ro
ro
ro

«Monaldi & Sorti sind die Erben Umberto Ecos.»
(L'Express, Frankreich)

Rita Monaldi ist Altphilologin, Francesco Sorti Musikwissenschaftler. Die bisherigen Romane des Ehepaars, darunter IMPRIMATUR, SECRETUM und VERITAS, wurden internationale Bestseller. Nach dem Boykott von IMPRIMATUR in Italien haben sich die Autoren entschlossen, ihre Bücher nicht mehr in ihrem Heimatland zu veröffentlichen. Monaldi & Sorti leben mit ihren zwei Kindern in Rom und Wien. «Die Entdeckung des Salaì» ist der zweite Band um das erfolgreiche Ermittlerduo Leonardo da Vinci und Salaì. Im Rowohlt Taschenbuch Verlag sind bereits erschienen: VERITAS (rororo 24612) und «Die Zweifel des Salaì» (rororo 24597).

MONALDI & SORTI

Die Entdeckung des Salaì

HISTORISCHER ROMAN

Aus dem Italienischen von
Annette Kopetzki

ROWOHLT TASCHENBUCH VERLAG

Veröffentlicht im Rowohlt Taschenbuch Verlag,
Reinbek bei Hamburg, Februar 2011

Umschlaggestaltung any.way, Barbara Hanke/Cordula Schmidt
(Abbildungen: Bridgemanart.de; Corbis; akg-images)
Satz ITC New Baskerville PostScript (InDesign) bei
hanseatenSatz-bremen, Bremen
Druck und Bindung CPI – Clausen & Bosse, Leck
Printed in Germany
ISBN 978 3 499 24598 5

Die Entdeckung des Salaì

EIN DIEB UND LÜGNER,
DICKKÖPFIG UND VERFRESSEN

WELCHER IM KERKER VON FLORENZ
SEINE VERBRECHEN GESTANDEN HAT.

Nebst weiterer nützlicher
und ergötzlicher Nachrichten darüber
Wie man Amerika entdeckt
Der Folter widersteht
Und die verlorenen Eier wiederfindet

~~~

Das Ganze handschriftlich verfasst
von Salaì höchstselbst
im Jahr des Herrn 1508
~~~

Jenseits von Portugal

Es gibt nichts Schädlicheres und Entwicklungshemmenderes als die ewigen Lamentationen über die Amerikanisierung Europas. Erst müssen wir Amerikaner werden, dann können wir wieder daran denken, «gute Europäer» zu werden. Berlin verdient gerade darum die höchste Bewunderung. Berlin ist in den Flegeljahren einer kommenden Kultur, die wir noch nicht kennen und die sich erst herausarbeiten muß.

Egon Friedell, *Ecce Poeta, (1912)*

In jenem Sommer 1936 hatte der spanische Bürgerkrieg begonnen (...) Vor dem Rathaus, von dem die Flagge Francos wehte, standen, meist von Priestern geführt, junge Burschen in ihren bäuerlichen Gewändern aufgereiht, offenbar aus den nachbarlichen Dörfern herangeholt (...) Nach einer Viertelstunde sah ich dieselben jungen Burschen verwandelt aus dem Rathaus herauskommen. Sie trugen blitzblanke, neue Uniformen, Gewehre und Bajonette; unter der Aufsicht von Offizieren wurden sie auf ebenfalls ganz neue und blitzblanke Automobile verladen und sausten durch die Straßen aus der Stadt hinaus. Ich erschrak. Wo hatte ich das schon einmal gesehen? In Italien zuerst und dann in Deutschland! Da und dort waren plötzlich diese tadellosen neuen Uniformen dagewesen und die neuen Automobile und Maschinengewehre. Und wieder fragte ich mich: Wer liefert, wer bezahlt diese neuen Uniformen, wer organisiert diese jungen, blutarmen Menschen, wer treibt sie gegen die bestehende Macht, gegen das gewählte Parlament, gegen ihre eigene, legale Volksvertretung? Der Staatsschatz befand sich, wie ich wußte, in den Händen der legalen Regierung und ebenso die Waffendepots. Es mußten also diese Automobile, diese Waffen aus dem Ausland geliefert worden sein, und sie waren zweifellos aus dem nahen Portugal über die Grenze gekommen. Aber wer hatte sie geliefert, wer sie bezahlt?

Stefan Zweig, *Die Welt von gestern*

VORWORT

Wir freuen uns, dem Lesepublikum und der Fachwelt mit der vorliegenden Ausgabe ein sehr bedeutendes historisches Dokument präsentieren zu können, von dessen Existenz jedoch bis heute keiner wusste: ein Verhörprotokoll, das den Richtern von Florenz an einem nicht näher genannten Tag des Jahres 1508 von Salaì übergeben wurde (mit bürgerlichem Namen Giangiacomo Caprotti, 1480–1526), dem Ziehsohn des großen Leonardo da Vinci.

Wie bei dem ersten, von den Autoren unter dem Titel Die Zweifel des Salaì *veröffentlichten Dokument, handelt es sich auch bei diesem Manuskript um eine der ungewöhnlichsten historischen Quellen, die in jüngster Zeit in Italien entdeckt wurden. Diese Schriften, die sich offenbar in Salaìs Besitz befanden, werfen ein neues Licht auf Ereignisse und Persönlichkeiten seiner Zeit, nicht zuletzt auf Leonardo. Der aufmerksame Leser wird ihren außergewöhnlichen historischen Wert zu schätzen wissen.*

Unklar ist, auf welche Weise Salaì in den Besitz des Protokolls gelangen konnte, da es wahrscheinlich für die Justizbehörden bestimmt war, nicht aber für den Angeklagten, der den im Folgenden abgedruckten Text sogar größtenteils von eigener Hand verfasst hat. Der Grund dafür liegt vermutlich in den exzeptionellen Umständen, die sich, wie man sehen wird, während des Verhörs ergeben haben.

Für die vorliegende Ausgabe wurden alle lateinischen Passagen in eine moderne Sprache übersetzt und die notwendigen Fußnoten auf ein Minimum beschränkt, um die Lesbarkeit nicht zu beeinträchtigen. Man beachte andererseits, dass diese Ausgabe nicht auf dem originalen Verhörprotokoll beruht, sondern auf einer Ab-

schrift, wo viele Details, beginnend bei dem Namen des Richters, der die Urkunde verfasste, um der Kürze willen vom Kopisten weggelassen wurden.

Leser, die ausführlichere Informationen über das Originalmanuskript wünschen, verweisen wir hiermit auf die Berichte der Tagung «Salaì und seine Zeit», die kürzlich in Grugliate (Mailand), dem Fundort der Manuskripte, stattfand.

Monaldi & Sorti

Die Entdeckung des Salaì

In nomine Domini

PROTOKOLL

darin alles geschrieben steht, was Salaì, ein gefährlicher Verbrecher und Schurke, der vieler schwerer Übeltaten angeklagt und auf Befehl des päpstlichen Gouverneurs von Rom auf dem Gebiet der Stadt Florenz arretiert wurde, in den Kerkern von Florenz auf die Fragen des Kriminalnotars geantwortet hat.

Jener Salaì war zuletzt geständig und hat viele seiner schweren Vergehen zugegeben.

Heute wurde mir, dem Kriminalnotar NN., meinen Häschern in Waffen und dem Skribenten, welcher dieses Protokoll verfasst, besagter Salaì vorgeführt.

Zuvörderst wird er gebeten, sich mit Namen, Geburtsort, Alter, Gewerbe et cetera auszuweisen.

Der Angeklagte antwortet, Salaì sei nur der Spitzname, darunter ihn alle kennen, und fügt hinzu, er heiße in Wirklichkeit Giangiacomo Caprotti, 28 Jahre alt, in Mailand geboren, Lehrjunge und Ziehsohn von Ser Leonardo da Vinci, Maler, Baumeister und Architekt, und sagt schließlich, er sei ein getreuer Diener unserer Stadt Florenz, Gott schütze sie, und ihres großen Gonfaloniere Pier Soderini, der sie so weise regieret.

Der Angeklagte erklärt, dass er von seinem richtigen Vater im Alter von zehn Jahren dem obengenannten da Vinci anvertraut wurde, damit dieser ihn ernähre und unterrichte und ihn zu seinem Werkstattgehilfen mache.

Salaì behauptet jedoch, er sei ungeachtet dieser Lehre ebenso ungebildet geblieben wie zuvor, denn die Lektionen des da Vinci seien stinklangweilig (Ausdruck des Angeklagten), aus welchem Grunde der Angeklagte sich nach ein paar Jahren das Lesen und Schreiben allein beigebracht habe, wenngleich mit dürftigen Ergebnissen.

Er fügt hinzu, dass er im Hause seines Ziehvaters sogar ärgeren Hunger gelitten als zuvor, doch jetzt könne er ja nicht mehr umkehren, sonst würde er zurückgehen, Teufel auch, und ob er das würde (Ausdruck des Angeklagten). Darauf fragt er, ob man ein Fenster öffnen könne, denn ihm sei warm und er wolle nicht schwitzen, da er ein neues Hemd trage und die Manschetten leicht schmutzig würden.

Sodann werden Salaì die Anklagepunkte vorgelesen, und er wird gefragt, ob er sich für schuldig oder unschuldig erklärt.

Der Angeklagte schwört, mit den angeführten Tatsachen nicht das Geringste zu tun zu haben, ja, wer ihn angezeigt, müsse ein, nach seinen Worten, wurmstichiges Hirn haben, wegen der mangelnden ehelichen Treue der eigenen Gattin (ein sogenannter Hahnrei).

Salaì wird aufgefordert, sich vor dem Richter einer schicklicheren Sprache zu befleißigen, nur auf das zu antworten, was er gefragt wird, und sich persönlicher Bemerkungen zu enthalten. Darauf wird ihm angeboten, einen Anwalt seines Vertrauens zu benennen.

Salaì weigert sich, einen solchen zu nennen, weil, seinen Worten nach, die Anwälte ihrerseits Hahnreie, Verräter und geldgierig seien, fernerhin ihre Klienten betrögen, um ihnen das Geld aus der Nase zu ziehen. Vor dem Richter aber würden sie mucken und tun, was er wolle, weil der Richter mächtig sei, ihre Klienten hingegen fast immer arme Schlucker (Ausdrücke des Angeklagten). Er fügt hinzu, sogar sein Ziehvater, der bereits erwähnte Leonardo da Vinci, welcher nach Aussage des Angeklagten an schwerer geistiger Verwirrung und chronischem Gedächtnisverlust leide, sei zu demselben Schluss gekommen.

Der Richter nimmt den Verzicht auf einen Anwalt zur Kenntnis und beginnt mit der Inquisition. Erste Frage: Was hat der Angeklagte in den vergangenen Wochen in Rom gemacht?

Salaì antwortet, eigentlich wäre er viel lieber nicht nach Rom gegangen, er habe es nur getan, um da Vinci einen Dienst zu erweisen. Dieser Dienst bestand nach seinen Worten darin, ein Buch über Kosmographie zu beschaffen, ein Gebiet, für das sich da Vinci interessiere, wiewohl er sich das Buch nicht persönlich habe beschaffen können. Der Angeklagte bekräftigt, es habe durchaus nicht beabsichtigt, irgendein Gesetz zu brechen, und sei einzig aus dem Grund nach Rom gereist, den Auftrag für da Vinci zu erledigen, mehr nicht. Nach diesen Worten erklärt der Angeklagte, die Luft im Gerichtssaal sei entschieden zu warm, und da er meint, alle Fragen erschöpfend beantwortet zu haben, dankt er dem Gericht, erhebt sich und verabschiedet sich vom Kriminalnotar.

Die Häscher zwingen Salaì, sich wieder hinzusetzen, und ermahnen ihn erneut zum Respekt gegenüber der Gerichtsbarkeit. Der Kriminalnotar erinnert den Angeklagten an seine Pflicht, die ganze Wahrheit und nichts als die Wahrheit zu sagen, und gibt ihm zu bedenken, dass ein Haftbefehl mit schwerwiegenden Anklagen über seinem Haupt schwebe. Hierauf wird Salaì die Abschrift eines Briefes von seiner Hand gezeigt, welcher zusammen mit einem künstlerisch unbedeutenden Sonett zum Zeitpunkt seiner Verhaftung bei ihm gefunden wurde.

Der Brief, an seinen Ziehvater Ser Leonardo da Vinci gerichtet, lautet folgendermaßen:

Mein geliebter Ziehvater,
verwünschen könnt ich Euch, dass Ihr mich nach Rom geschickt, um dieses verfluchte Buch über Kosmografie zu besorgen für Eure Disputazionen mit dem Benci und dem Vespucci, weil wegen Euch und Euren Freunden bin ich in ein Schlamassel von der ganz grässlichen Sorte geraten ... Ihr habt ja keine Ahnung, was hier in Rom für ein Durcheinander herrscht wegen der neuen großen Entdeckungen, von denen die Teutschen ein so großes Tamtam machen. Aber das ist eine hochgeheime Sache, die ich Euch jetzt nicht erklären kann, denn wegen dieser Entdeckungen wird es bald vielleicht einen Mordsärger geben.

Euer getreuer
Salaì

Dem Angeklagten wird vorgeworfen, dass dieser Brief Informationen enthalte, welche er dem Gericht bisher verschwiegen habe. Salaì wird darob aufgefordert, die Bedeutung des besagten Briefes zu erläutern. Zur Warnung wird ihm die Peitsche gezeigt.

Salaì berichtigt sich, wenn er recht überlege, sei es im Gerichtssaal gar nicht so heiß, im Gegenteil, man könne sich hier durchaus wohl fühlen, und erklärt, er sei bereit zu bleiben, zumal er den Kriminalnotar wirklich sympathisch finde, und jetzt sei er willens, alle, ganz bestimmt alle Klärungen zu liefern, die das hohe Gericht von ihm verlange.

Freilich bittet er darum, dass ihm einige Stunden gewährt werden, um die Begebenheiten wohlgeordnet und ohne Fehler in einem Memorandum rekonstruieren zu können, darin er alles beschreiben wolle, was auf seiner Reise nach Rom geschehen sei.

Nachdem der Kriminalnotar die Gesetzesparagraphen etc. etc. eingesehen und sich eine Weile mit dem Verhandlungsskribenten beraten hat, gewährt er dem Angeklagten die Bitte und ordnet an, dass Salaì in seine Zelle zurückgebracht und ihm Papier, Feder und Tinte zur Verfügung gestellt werden. Darauf ermahnt er den Angeklagten, in seiner Schrift nur die Wahrheit und nichts als diese zu sagen und sämtliche Ortschaften zu nennen, die er während seiner Reise aufgesucht hat.

Der Notar verfügt außerdem, dass Salaìs Memorandum am Tag darauf sofort dem Gericht übergeben und zu den Akten genommen wird. Angesichts des Ernstes der Angelegenheit sollen von drei Skribenten eilig Kopien angefertigt und dem Kriminalnotar persönlich ausgehändigt werden, damit er sie unverzüglich lesen kann.

Die Wiederaufnahme der Inquisition wird für den nächsten Morgen festgesetzt, unmittelbar nach der Verlesung des vom Angeklagten versprochenen Memorandums.

Die Sitzung wird um 11 Uhr aufgehoben.

WAHRHAFFTIGES UND AUFRICHTIGES
MEMORANDUM
ÜBER DIE REISE NACH ROM
DES SALAÌ IM AUFTRAG VON LIONARDO,
SEINEM ZIEHVATER,
MALER UND BAUMEISTER

enthaltend alle wichtigen Ereignisse, welche
von dieser Reise zu wissen nützlich sind,
jene unnützen und langweiligen aber auslassend,
welche für den Signior Notarius
reine Zeitverschwendung wären.

Edelmütiger und höchst ehrenwerter Signior Notarius,

zuerst einmal dank ich Euch recht sehr, dass Ihr mich in diese schöne Kerkerzelle habt setzen lassen, die scheint mir wirklich behaglich und gemütlich, zumal es hier weit und breit keine Peitsche gibt, nemlich Peitschen, ich weiß auch nicht wieso, aber die machen mich ganz kollerig.

Vergebt mir, wann ich beim Schreiben manchmal Feler mache aber erstens ich komm ja aus dem Volk und krieg seit Jahren schon keine ~~Lexio~~ ~~leczion~~ Unterrichtung mehr von Lionardo, weil erstens ist Schreiben eine sauschwere Übung und macht mich immer ganz rammdösig, und zum zweiten, wenn draußen schönes Wetter ist, dann geh ich lieber spatziren und betrachte die Bäume, die Sonne und die edlen Palazzi von Fiorenza, unsrer Vaterstadt, Gott schütze sie und den großen Gonfaloniere Pier Soderini, der sie so weise regiret. Und werf ich gern auch mal einen Blick auf ein schönes Weib auf der Straße, wogegen Lionardo immer daheim sitzt und liest und zeichnet und malt und studirt und sich darin übt von rechts nach links zu schreiben und sich den Kopf zerbricht über diesen Maschinen zum Fliegen, die er sich ausdenkt, aber funktioniren tun die nie.

Diese Geschichte mit der Reise nach Rom, die erklär ich Euch sogleich ganz genau, dann können wir hier Schluss machen und Ihr lasst mich aus dem Kerker frei, nemlich ich hab massenhaft wichtige Dinge zu tun, zum Beispiel muss ich das Ei auf meiner Fensterbank begießen, weil sonst trocknet es aus.

Ihr habt's ja schon gesehn, in dem Brief, den die Sbirren bei mir gefunden, da steht's bestätigt dass ich für Lionardo nach Rom gegangen bin um ein Buch zu besorgen, grad so wie ichs Euch gleich am Anfang gesagt, und das sind die Worte «verwünschen könnt ich Euch, dass Ihr mich nach Rom geschickt, um dieses verfluchte Buch über Kosmografie zu besorgen». Seht Ihr also, dass ich Euch keine Lüge erzählt?

Mein Ziehvater liebt es nemlich Berge von Büchern anzuhäufen, dabei kapirt er selbst nicht was zum Henker da drin geschrieben steht, weil viele sind auf Latein, und obzwar er sich schämt, aber von Latein hat er gar keinen blassen Dunst denn er hat's nie geschafft es zu lernen. Und wenn die Leute zu ihm nach Haus kommen, sehn sie all die Bücher in den Regalen und das sind mordsmäßig viele, zum Beispiel das über Ackerbau vom Crescenzio, die Dekaden von Livio oder das Quadriregio vom Frezzi* und so viele andre mehr, dass ich bis zum Jüngsten Gericht in dieser Zelle sitzen müsst, wenn ich sie alle aufzählen wollte, aber das geht nicht, nemlich wie ich schon sagte, sonst trocknet mir das Ei auf der Fensterbank aus.

Und wenn die Leute all diese Wälzer sehn denken sie, oha, dieser Lionardo muss wirklich ein großer Geist sein,

* Aus diesen und anderen Details geht die Echtheit von Salaìs Manuskript und seines Inhalts klar hervor: Die aufgezählten Bücher (Das *De Agricultura* von Piero de Crescenzi, die *Dekaden* von Titus Livius und das Gedicht *Quadriregio* von Federico Frezzi) gehörten tatsächlich zu Leonardos Bibliothek. Vgl. dazu G. D'Adda, *Leonardo de Vinci e la sua libreria. Note di un bibliografico,* Mailand 1873.)

wo er doch so viele Bücher über Astrologie, Kosmografie, Geometrie und Navigatorie etcetera gelesen hat, wogegen einem normalen Menschen gleich der Schädel brummt wie ein Wettergrollen wenn er bloß daran denkt.

Na egal, ich wollt sagen dass Lionardo über solche Werke oft mit seinen Freunden spricht, zum Beispiel mit dem Giovanni Benci und dem Vespucci, denn die interessiren sich besonders für Kosmografie wo die Geografie von der ganzen Welt erklärt wird, drum steht in meinem Brief ja auch was vom Benci und Vespucci, und das ist schon wieder ein Beweis dass ich Euch beileibe keinen Stuss erzählt, Signior Notarius, meint Ihr nicht auch?

Also hab ich mich auf die Reise nach Rom gemacht, und bin ich gekommen durch Treghi, Ponte de le Vane, Bastardo, Castiglion Fiorentino, l'Ossaia, Castiglion del Lago, Castel de la Pieve, Ponte Carnaiolo, die Stadt Orvieto wo man feine Lautensaiten macht, Capraccia, die Stadt Montefiascone, die Stadt Viterbo, das Kastell von Ronciglione, Monterosio, Baccano, dann La Storta und schließlich in die Stadt Rom, und das sind insgesamt achtzehn Poststazionen.*

In meinem Brief ist sodann von den Teutschen aus Germanien die Rede, und jetzt erklär ich Euch gleich warum. Wie ich in Rom endlich das Buch gefunden das Lionardo haben wollt, sieh mal an, was für ein Zufall, da treff ich eine Jungfer die ich vor sieben Jahren kennengelernt, nemlich

* Auch die Tatsache, dass die von Salaì beschriebenen Etappen der Reise von Florenz nach Rom mit den Reiseberichten seiner Zeitgenossen übereinstimmen, die sich bis zum Ende des 17. Jahrhunderts gleich blieben, beweist die Authentizität von Salaìs Erzählung. (Vgl. z. B. O. Codogno, *Nuovo itinerario delle poste per tutto il mondo,* Venedig 1676.)

das erste Mal wann ich zusammen mit Lionardo nach Rom gereist bin.

Die Jungfer heißt Dorothea und ist eine Teutsche, außerdem muss ich erklären dass sie eine besondre Jungfer ist, also ich meine sie ist praktisch das schärfste Weib das ich je gesehn, weil sie hat blitzweiße Zähne blonde Haare und endlos lange Beine und blaue Augen und eine ganz ganz helle Haut wie die von einem Kindchen, kurzum sie ist etwas, was sich hier in unsrem Fiorenza, Gott schütze es und seinen großen Gonfaloniere Pier Soderini der es so weise regieret, nur sehr schwer finden lässt. Überdies hat sie (das sag ich damit Ihr mich recht versteht) vorn zwei schöne Kugeln, so rund und prall wie wenn sie gleich platzen wollten, und geht sie über die Straße sind die Leute voll von Staunen, und bleibt ihnen der Mund so weit offen stehn dass ihr Kinn fast bis zum Boden fällt und dort ein Loch gräbt.

Ich sag Euch Signior Notarius, das war eine Überraschung wann ich diese Dorothea in Rom treffe, denn einen heißen Feger wie sie nach so langer Zeit wiederzusehen, das würde ja sogar die Toten wieder zum Lächeln bringen, und zweitens hatte ich ja gedacht Dorothea wär für immer nach Teutschland zurückgegangen, aber nein, sie ist mit ihrem Vater in Italien geblieben, wo, hat sie mir aber nicht gesagt, und dann ist sie nach Rom zurückgekehrt.

Also hab ich sie sehr herzlich begrüßt und sie mich noch viel herzlicher, ja um genau zu sein, wir haben massig Zeit miteinander verbracht, bei Tag und bei Nacht, aber nachts ward niemals nicht geschlafen, da haben wir andre Sachen gemacht, Signior Notarius, in dem Punkt verstehn wir zwei Männer uns, oder? Bloß dass, wie ich schon gesagt, auch ihr Vater und noch andre teutsche Freunde mit Dorothea in Rom waren, und denen gehn die Italiener maximamente auf den Sack, also wollten sie nicht dass Dorothea und ich uns sehen, von all den andren Sachen gar nicht zu reden.

Schließlich haben die Teutschen rausgekriegt, dass ich und Dorothea uns nachts treffen (und darum steht in dem Brief das Wort «Entdeckungen»), drum haben sie zu mir gesagt Lieber Salaì warum verpisst du dich nicht schleunigst wieder in dein schönes Fiorenza? Das kann ich sogar verstehen und hätte dasselbe gesagt wenn ich an ihrer Stelle wär, und wirklich bin ich zuletzt auch weggegangen, und weil mir Zank und Streit wegen Weibern sehr lästig und widerlich erscheint, werd ich Euch all die Einzelheiten hier nicht erzählen, Signior Notarius, denn das lohnt sich wahrhaftig nicht, meint Ihr nicht auch?

Sowieso wussten inzwischen schon alle, dass Salaì eben jener ist wo mit Dorothea, der Teutschen, liederliche Dinge treibt, drum hab ich in dem Brief geschrieben: «wegen dieser Entdeckungen wird es bald vielleicht einen Mordsärger geben».

Ich will nemlich nicht ~~arrogna argona arrronga~~ also wie ein Angeber erscheinen, Signior Exzellenz, aber mit den Weibern kenn ich mich zimlich gut aus, und wegen der Sache mit Dorothea wussten mittlerweile alle Männer in Rom, wenn Salaì ankommt müssen sie ihre Frauen an der kurzen Leine halten wie man's bei den Hunden macht, sonst verschwinden die Weiber für zwei, drei Stunden mit Salaì hinterm Busch und kommen mit halb zerrissnen Hosen und sehr zufriedenem Gesicht wieder heraus. Aber dass ich mir diesen Ruf verdient hab, daran sind ganz allein die Teutschen Schuld, weil die haben viel zu vielen Leuten von dem Tändeln zwischen mir und Dorothea erzählt, und drum steht in meinem Brief ja auch: «wegen der neuen großen Entdeckungen, von denen die Teutschen ein so großes Tamtam machen».

Also hab ich irgendwann beschlossen Rom zu verlassen und bin zurückgekehrt in unsre Heimat Fiorenza, und wo Ihr mich ja drum gefragt habt sag ich dass ich durch La Storta gekommen bin, dann durch Baccano, Monterosio, das Kastell von Ronciglione, die Stadt Viterbo, die Stadt Montefiascone, Capraccia, die Stadt Orvieto wo man feine Lautensaiten macht, Ponte Carnaiolo, Castel de la Pieve, Castiglion del Lago, l'Ossaia, Castiglion Fiorentino, Bastardo, Ponte de le Vane, Treghi und schließlich bin ich in Fiorenza angekommen, und das sind insgesamt achtzehn Poststazionen.

So, das wär geschafft, sehr gut, also ich meine, jetzt ist alles klar und Ihr könnt mich ebenso gut sofort aus diesem Kerker rauslassen, welcher sehr schön ist, um Himmelswillen, und eigentlich würd es mir wirklich gefallen hier zu bleiben und mit Euch und den Sbirren viele Tage lang zu reden, aber das Problem ist dass ich wie gesagt ziemlich viel zu tun hab, und sonderlich muss ich das Ei auf der Fensterbank begießen, sonst trocknet es aus, und außerdem mach ich mir ein bisschen Sorgen um meinen Ziehvater, diesen Dummkopf, also Lionardo, nemlich allein kriegt der rein gar nichts zuwege und ohne mich gerät er immer in irgendwelche ~~Situazi~~ ~~Situatzi~~ wie zum Henker schreibt man ~~Situazzi~~ naja, in irgendeine Patsche.

Mit verzüglicher und höchster Hochachtung
Salaì

Nachdem das Memorandum von Salaì verlesen ist, hebt die Verhandlung wieder an.

Der erste Zeuge tritt ein und wird dem Angeklagten gegenübergestellt.

Auf die Frage des Skribenten antwortet der Zeuge, sein Name sei Andrea Del Carretto, neunundzwanzig Jahre alt, geboren in Fiorenza und ebendort ansässig. Sein Gewerbe ist das Verleihen von Pferden für den Postverkehr zwischen Rom und Fiorenza. Er bestätigt, dass er Salaì seit vielen Jahren kennt.

Der Notar fragt, ob es der Wahrheit entspricht, dass der Zeuge sich, wie von den Sbirren dieses Hohen Gerichts ermittelt, vor einigen Tagen in Rom aufgehalten und Salaì ein Pferd geliehen habe, damit selbiger eilig von Rom nach Fiorenza zurückkehren konnte. Del Carretto antwortet Ja, er habe dieses Pferd an Salaì verliehen, worauf dieser ihm versprochen habe, das Tier zurückzuerstatten und zu bezahlen, sobald beide wieder in Fiorenza seien. Dann aber sei Salaì verschwunden, so der Zeuge, und was aus dem Pferd geworden sei, wisse man nicht. Del Carretto hat indes von Freunden erfahren, dass der Angeklagte das Pferd höchstwahrscheinlich verkauft hat, denn ein Pferd, das dem seinen sehr ähnlich sieht, ward vor ein paar Tagen in Fiorenza von einem Händler aus Pistoia erworben.

Der Notar fragt den Zeugen, wie Salaì seinen dringenden Aufbruch aus Rom und die Rückreise nach Fiorenza begründet habe. Del Carretto antwortet, der Angeklagte habe ihm anvertraut, er fürchte um sein Leben, denn es gebe Leute, die überall nach ihm suchten und ihn vermutlich abmurksen wollten (Ausdruck des Zeugen), weil er entsetzliche Geheimnisse entdeckt habe, und einer habe schon dran glauben müssen, außerdem sei das kostbare

Buch, das er in Rom für seinen Ziehvater, Ser Leonardo da Vinci, erwerben sollte, auf geheimnisvolle Weise gestohlen worden, und darum könne er es nicht mehr erwarten, sich aus dem Staub zu machen, um dieser gefährlichen Lage zu entkommen, in die ihn sein Ziehvater gebracht habe, verflucht soll er sein (Ausdruck des Zeugen).

Darauf wendet sich der Zeuge mit dem Vorwurf an Salaì, er habe ihm sein Pferd nicht zurückerstattet, und beschimpft ihn als Betrüger und falschen Freund.

Der Richter fragt Salaì, was er dem Zeugen zu entgegnen gedenke.

Anstatt zu antworten, wendet sich Salaì an Del Carretto und erinnert ihn daran, dass sie Freunde seien. Er verstehe nicht, warum der Freund ihn bei den Gerichtsbehörden in ein schlechtes Licht rücken wolle, es sei denn aus Rache für das eine Mal, als Salaì sich die Frau von Del Carretto auf den Spieß gesteckt hat (Ausdruck des Angeklagten), während dieser auf Reisen war.

Del Carretto erwidert, Salaì sei ein elender Dreckskerl und Betrüger (Ausdruck des Zeugen) und werde außer für den Diebstahl des Pferdes auch für diesen Betrug noch teuer bezahlen. Der Zeuge fügt noch zahlreiche Drohungen und beleidigende Worte hinzu, die der Notar nicht in das vorliegende Protokoll aufnehmen lassen will. Salaì hält mit Ausdrücken von derselben Art dagegen, außerdem mit Vorwürfen der Prahlerei und des Meineids.

Der Zeuge erhebt sich von seinem Stuhl und spuckt auf den Angeklagten, worauf dieser sich einen Schuh auszieht, ihn mit voller Wucht gegen den Zeugen schleudert und Del Carretto ernsthaft am rechten Auge verletzt. Die Häscher schreiten ein, die Kämpfenden werden zur Ruhe gebracht. Der Notar, dem es nur mit Mühe gelingt, das unflätige Geschrei von Zeuge und Angeklagtem zu übertönen, droht strenge Strafen an und fragt den Zeugen, ob er noch etwas zu sagen habe.

Del Carretto verlangt, man solle Salaì, diesen dreckigen Dieb und Betrüger (Ausdrücke des Zeugen) sofort bestrafen und ihn zwingen, das Geld aus dem Verkauf des Pferdes zurückzuerstatten. Außerdem solle man ihm Fingernägel und Zunge herausreißen und ihn für mindestens zwanzig Jahre in den Kerker werfen.

Der Notar ordnet an, die Aussage des Zeugen und Salaìs Antworten zu den Akten zu nehmen.

Sodann führen die Häscher Del Carretto zum Ausgang, damit sein Auge verarztet werden kann. Der Notar bestimmt, dass der Zeuge demnächst erneut vorgeladen werde, damit gegen Salaì ein weiterer Prozess wegen unrechtmäßiger Aneignung des Pferdes und Betrugs angestrengt werden könne.

Salaì bittet um das Wort. Der Notar verweigert es ihm und hält ihm stattdessen vor, er habe in seiner Aussage viele wichtige Tatsachen unerwähnt gelassen: dass er von einem Mord wusste, dass ihm das für seinen Ziehvater erworbene Buch gestohlen wurde und schließlich dass er aus Rom geflohen sei und sich dabei schwerer Vergehen gegenüber einem Florentiner Mitbürger schuldig gemacht habe.

Da der Angeklagte schweigt, droht der Notar ihm fünfzehn Peitschenhiebe an und befiehlt den Häschern, ihn in das Nebenzimmer zu bringen. Nach den Regeln, die auch bei der Römischen Inquisition in Kraft sind, gilt es als ein untrügliches Zeichen seiner Unschuld, wenn der Angeklagte die Tortur ohne Widerstand erträgt, dann wird er ohne weiteres freigelassen. Andernfalls aber muss die

Inquisition fortgesetzt werden, bis ein volles Geständnis erfolgt ist.

Der Angeklagte versucht, sich den Armen der Häscher zu entziehen, die ihn jedoch fest im Griff haben und in die Marterkammer führen. Währenddessen spricht er Sätze aus wie «Salaì hat vor nichts Angst, jetzt werdet ihr sehen, wie ein Mann Schmerzen erträgt» und dergleichen.

Die Sitzung wird um 9 Uhr aufgehoben.

Etwa zwanzig Minuten später wird die Inquisition des Angeklagten im Beisein des Notars, des Verhandlungsskribenten und dreier Häscher fortgesetzt. Der Notar fragt nach dem Ergebnis der Prüfung durch die Peitsche. Die Häscher berichten, dass Salaì der Tortur mit Tapferkeit und Gelassenheit entgegengesehen habe, jedoch vom zweiten Schlag an unaufhörlich Sätze gesprochen habe wie «Oh Gott, Hilfe, rettet mich, Mamma Mia, genug, es ist genug, in Ordnung, ich werde sprechen, ich werde die ganze Wahrheit sagen, aber jetzt hört auf, ich bitte euch!»

Der Notar fragt Salaì, ob er willens sei, sein Verhalten zu ändern und die Fragen des Gerichts von nun an ehrlich zu beantworten.

Der Angeklagte sagt, fünfzehn Peitschenhiebe hätten ein sachdienliches plötzliches Erwachen von Erinnerungen ausgelöst, die vorher in seinem Gedächtnis aus unerfindlichen Gründen ins Stocken geraten, ihm aber jetzt völlig klar zu Bewusstsein gekommen seien.

Tatsächlich räumt er ein, er habe sich in Rom von Del Carretto jenes Pferd geliehen, davon zuvor die Rede ging, doch er habe es ihm auf jeden Fall zurückgeben wollen, sobald er ihn in Fiorenza wiedergesehen hätte. Als er dann aber zurückgekehrt sei, habe er sich überlegt, dass Del Carretto auch mit Geld recht zufrieden sein müsse, da man es bequem in der Tasche tragen könne, während ein Pferd groß und schwer sei, einen Stall, Wasser und Hafer brauche, kurzum, es sei insgesamt eine ziemliche Plage. Er habe einen Händler aus Pistoia gefunden, der anständig gezahlt habe, und das Geld in gutem Glauben kassiert, um es Del Carretto anderntags auszuhändigen.

Der Notar gibt dem Angeklagten zu bedenken, dass er weitere schwerwiegende Fakten (den Diebstahl des Buches, einen Mord) verschwiegen habe, und fordert eine Erklärung.

Salaì bittet, man möge ihm ein wenig Zeit gewähren, um die Fragen des Notars gewissenhaft zu beantworten, da ihm die Schmerzen am Rücken im Moment nicht gestatteten, sich gebührend zu konzentrieren. Er bittet darum, ein weiteres Memorandum verfassen zu dürfen, darin er das bereits Berichtete präzisieren und vervollständigen werde.

Nach einer raschen Besprechung mit dem Verhandlungsskribenten gibt der Notar der Bitte des Angeklagten statt. Das zweite Memorandum sei ohne Aufschub spätestens um 6 Uhr am nächsten Morgen vorzulegen und müsse die reine Wahrheit und nichts als sie enthalten, außerdem sämtliche Ortschaften, in die Salaì sich während seiner Reise begeben habe.

Nach der Verlesung dieser Schrift könne die Vernehmung fortgesetzt werden.

Die Sitzung wird um 10 Uhr aufgehoben.

NEUES MEMORANDUM
GENAUER ALS DAS VORHERGEHNDE
VON DER REISE DES SALAÌ NACH ROM
UM EIN BUCH FÜR SER LIONARDO ZU BESCHAFFEN

Diesmal alle Einzelheiten enthaltend
welche der Signior Kriminalnotarius wissen will
und zur Sicherheit auch noch jene
die ihm vermutlich völlig wurscht sind.

Ruhmreicher und hochnobler Signior Notarius,

zuvörderst dank ich Euch und küss ich Euch tausendmal die Hände und auch die Füße dass Ihr mir die Gnade gewährt, mich besser zu erklären und genauer zu erzählen was mir in Rom passirt ist, weil sonst könnt es ja fast scheinen wie wenn Salaì ein Lügner wär. Dabei geht es doch nur um ein paar Einzelheiten, welche mir aus dem Gedächtnis gepurzelt sind, zumal ich ja nur wenige Tage in Rom geblieben bin statt wer weiß wie lange, aber jetzt versprech ich Euch dass ich nicht mehr zerstreut sein werde.

Grade tut mir der Rücken höllisch weh genau an der Stelle wo man mir die Peitschenhiebe gegeben, aber zum Glück hilft mir der Schmerz heut Nacht wach zu bleiben, insonderheit wenn ich mich auf das Bett mit Stroh legen will was an den Wunden grässlich weh tut, und drum denk ich, wird dies Memorandum für Euch, gütigster hochachtbarer Signior Notarius, bis morgen früh ganz bestimmt fertig sein. Dann könnt Ihr mich aus diesem Kerker entlassen, wo ich doch einen Haufen wichtiger Dinge zu tun hab, zum Beispiel das Ei bei mir auf dem Fenstersims begießen, weil sonst trocknet es aus, vielleicht hab ich das schon gesagt.

Also, wie Ihr Euch sicherlich entsinnt, das Buch was ich in Rom für Lionardo, meinen Ziehvater, kaufen sollte, ist ein Buch über Kosmografie, nemlich praktisch die Geografie von der ganzen Welt also Meere Seen Flüsse Berge und sogar die Länder wo erst vor kurzem entdeckt worden sind. Lionardo braucht dieses Buch, weil er will eine neue Weltkarte machen darauf man sieht dass es von den Kontinenten, also den Teilen der Welt, nicht nur drei sondern deren vier gibt, denn außer Europa Asien und Affrika gibt's ja jetzt auch Amerika, die neue Welt die dieser berühmte Amerigo Vespucci entdeckt hat.

Drum hab ich in meinem Brief die Namen von Benci und Vespucci geschrieben, mit denen mein Ziehvater oft über Matematik Fisik und auch über Kosmografie redet. Dieser Benci besitzt nemlich schon eine Weltkarte die ihm Lionardo gemacht, und der Vespucci ist aus derselben Familie wie der berühmte Amerigo Vespucci, welcher wie alle wissen Amerika entdeckt, und drum ist Amerika ja auch nach ihm benannt.*

Vespucci und Benci sind in den letzten Monaten viele Male bei Lionardo gewesen und haben mit ihm über diese neue Welt gesprochen, die auf der andren Seite vom Ozean entdeckt wurde. Sonderlich an das letzte Gespräch mit Lionardo erinnre ich mich, da war ich nemlich auch dabei, aber versteckt hinter einer Tür, weil ich mach mir

* In den ersten Jahren des 16. Jahrhunderts zirkulierten in ganz Europa gedruckte Briefe, in denen Amerigo Vespucci erklärte, den neuen Kontinent mehrmals besucht zu haben. Sie verhalfen dem unbekannten florentinischen Kaufmann zu enormer Berühmtheit. Giorgio Antonio Vespucci (1453–1512), ein Freund Leonardos, war der Onkel von Amerigo Vespucci. Wie aus Leonardos Handschriften hervorgeht (vgl. Kodex Atlantico, f. 331r, und Kodex Arundel, f. 190v), war Giovanni Benci im Besitz einer Weltkarte von Leonardo und tauschte häufig Bücher mit dem großen Künstler. Dieser beschäftigte sich ausgiebig mit Kartographie, wie eine weitere Reihe von Zeichnungen aus dem Kodex Atlantico zeigt (f. 178 verso a, 279 recto b; vgl. E. Carusi, *I disegni geografici di Leonardo da Vinci*, Rom 1941.)

immer einen großen Spaß draus, Signior Notarius, mir den Stuss anzuhören wo mein Ziehvater seinen Gästen erzählt, um vor ihnen den weisen Mann zu spielen, und bei Gelegenheit verarsch ich ihn dann damit und mach dass er fuchsteuffelswild wird. Lionardo ist eigentlich igniorant wie die Bauern aus Vinci, sein Heimatdorf, aber er tut gern wie wenn er was viel Bessres wär, und wirklich hat er sich diese treffliche List ausgedacht, dass er vor seinen Besuchern immer ein ernstes Gesicht macht, also eine Miene wie von einem der sehr geheime und großartige Ideen im Kopf hat, und so denken dann alle, hm, vielleicht sagt dieser Lionardo nie was weil er ein verschlossenes Wesen hat wie alle großen Geister. In Wirklichkeit aber ist Lionardo erst dann richtig zufrieden, wenn er die Tür zumachen kann und seine Besucher wieder gehn, dann tut er einen großen Seufzer der Erleichterung, weil es ist ihm wieder mal gelungen, seine Ignioranz zu verheimlichen.

Was zum Kuckuck wollt ich eigentlich erzählen, ach ja, bei diesem Besuch sagt Vespucci, oh, welch Held ist mein Neffe Amerigo Vespucci, dass er Amerika entdeckt hat! Wirklich, ein großer Patriot, sagt Benci, durch ihn hat Fiorenza sich wahrhaft ewigen Ruhm erworben, weil man kann jetzt sagen, dass Amerika von Fiorenza entdeckt wurde und unsere Stadt wahrlich die Königin aller geografischen Entdecker ist. Auch Lionardo sagt, ja, meine teuren Freunde, ihr habt fürwahr Recht, aber er klingt nicht besonders überzeugt.

Und hinzu kommt, sagen Benci und Vespucci dann weiter, dass Ptolemäus, also der größte Geograf der Antike, viele Jahrhunderte lang vergessen war, bis er von dem Fiorentiner Palla Strozzi wiederentdeckt und aus dem Griechischen übersetzt ward von Emanuele Crisolora, welcher hier bei uns in Fiorenza Griechisch lehrte.* Die Landkarten des Ptolemäus aus uralten griechischen Kodexen wurden in unsrer heutigen Zeit zum ersten Mal von zwei Fiorentinern kopiert, nemlich Francesco de Lapacino und Domenico de Lionardo Buoninsegna, und es war ebenfalls unsre Stadt, wo die antiken Weltkarten, die Ptolemäus und andre gemacht, verbessert und immer genauer gezeichnet wurden bis man sie dann schließlich gedruckt hat. Oh ja, lieber Benci, oh ja, lieber Vespucci, wie erhaben ist unsre Heimatstadt, oh, wie Recht Ihr habt! Und so beweihräuchern die beiden einander, dieweil mein Ziehvater stumm bleibt, und wenn er so lange Zeit den Mund hält, dann weiß ich, der ich ihn gut kenne, warum, nemlich ihm kocht die Galle vor Neid auf jeden von dem die andren gut sprechen. Denn Lionardo hält sich für einen großen Künstler aber er hat nie auch nur einen Heller in der Tasche wogegen immer die andren das Geld und die Ehren kriegen die gar nicht so gut zeichnen können und keine so scharfen Weiber malen können als wie er (obgleich mir, Signior Notarius, die Weiber wo Lionardo malt alleweil ein bisschen zickig scheinen, und meiner Meinung nach kann, mal grob geschätzt, keine einzige von denen den Schwengel richtig nehmen, Ihr vergebt mir den Ausdruck, oder?)

Also ich sagte, wie Lionardo so mit seinen Freunden redet aber innerlich kocht vor Neid, da hört man im Hin-

* Auch an diesen und den folgenden Zeilen lässt sich die Echtheit von Salaìs Bericht erkennen, denn alle hier erwähnten historischen Informationen sind korrekt und waren seinerzeit sicher weithin bekannt; vgl. R. Almagìa, *Il primato di Firenze negli studi geografici durante i secoli XV e XVI*, Florenz 1963.

tergrund des Zimmers aaahhh, uuuhhmmm, denn jetzt geht Lionardo sogar die Luft aus und er fängt fast an zu keuchen, weil es zwickt und zwackt ihm im Gedärm (ich lebe schon viele Jahre bei ihm, Signior Notarius, und weiß über diese Sachen gut Bescheid, denn früher hat er sich darüber immer bei mir beklagt), und solch ein Zwacken kriegen wir alle wenn man uns was sagt was uns überhaupt nicht behagt, und wenn wir aus irgendeinem Grunde den, der uns diese unangenehmen Dinge sagt, nicht dahin schicken können wo der Pfeffer wächst.

Ich sagte also, Benci und Vespucci kapiren nichts von den üblen Säften, wo meinen Ziehvater plagen, drum machen sie mit ihrem Gerede immer weiter. Oh ja, mein lieber Benci, wahrlich, mein lieber Vespucci, und ist Euch bewusst, guter Benci, welch ein großer Held unser Landsmann Pietro de Massajo war, der all diese Karten von der Toskana, Italien, Spanien, Frankreich, Etiopien und sogar vom Heiligen Land gezeichnet hat? Und Ihr, teurer Vespucci, habt Ihr je an unsren Mitbürger Cristoforo Buondelmonti gedacht, der ganze acht Jahre lang im Ägäischen Meer zwischen den griechischen Inseln umhergefahren ist und sie allesamt fein säuberlich gezeichnet hat für eine schöne Karte, so dass jeder der jetzt in jener Gegend segelt, seinen Weg findet und sich nicht mehr verirrt? Oh ja, welch ein Verdienst, das ist wahrlich ein großer Mann! Und ganz zu schweigen von dem Fiorentiner Paolo del Pozzo Toscanelli, dem Freund von Columbus, einem der besten Geografen aller Zeiten, oder von Benedetto Dei, der den ganzen Orient und ganz Affrika bereist und all diese Gegenden so gut kennt als wie ich meine Manteltasche. Vergessen wir auch nicht Giovanni da Empoli, der Indien und China besucht, oder Piero de Andrea Strozzi, welcher Asien von oben bis unten erforscht hat. Ach ja, meine Freunde, sagt Benci und erhebt sein Weinglas, trinken wir auf den Ruhm unserer Fiorenza, die Königin und Kaiserin der Geografie, und heben wir das Glas auf Pier Soderini, unsren großen Gonfaloniere. Erheben wir das Glas! wiederholen Lionardo und Vespucci und hinter der Tür hör ich wie die Gläser ding dong machen und dann den Wein der gluckgluck macht, aber unterdessen sag ich mir Na, wollen wir wetten, dass Lionardo gleich explodirt?

Und wirklich, in dem Moment hält's mein Ziehvater, der sich bei dieser Lobhudelei für tausend Unbekannte gefühlt wie eine Null zwischen unzähligen Zahlen, nemlich einen Dreck wert, nicht mehr aus und sagt in feierlichem Ton: Lieber Benci, lieber Vespucci, eigentlich wollt ich Euch noch nichts davon sagen, doch Euer weises und edles Gespräch zwingt mich, Euch zu gestehen, dass auch ich vor einiger Zeit beschlossen habe meinen Beitrag zu den Ruhmestaten Fiorenzas in der Geografie zu leisten.

Wiiirklich? fragen die beiden höchst interessirt und überrascht weil sie kennen Lionardo nicht so gut und haben keine Ahnung vom Zwacken im Gedärm was mein Ziehvater über all dem Lobhudeln auf so viele andre Fiorentiner gekriegt. Jawohl, sagt Lionardo, ich bereite eine neue Weltkarte vor, noch schöner und kostbarer als alle früheren welche je ein menschliches Auge erblickt, und sobald sie fertig ist, dürft Ihr sie bewundern. Ich bin gewiss, dass sie Euch überaus gut gefallen wird, denn man wird zum ersten Mal sehen dass es nicht drei Erdteile gibt, nemlich Europa Asien und Affrika, sondern vier, weil auch Amerika dabeisein wird. Auf diese Weise, mein lieber Vespucci und mein lieber Benci, werden alle sagen können dass Amerika von einem Fiorentiner entdeckt wurde, nemlich von Euren Neffen Amerigo. Aber auch die schönste und neuste und wichtigste Weltkarte wird von einem treuen Diener der Stadt Fiorenza gemacht sein, nemlich in aller Bescheidenheit von mir.

Die beiden sagen natürlich: Welch eine Überraschung, oh, was für eine schöne Nachricht, was für eine gute Idee, Kompliment, Mastro Lionardo. Und erst in dem Moment fängt mein Ziehvater wieder an, normal zu atmen, ohne das schwere Keuchen was er immer bei diesem Gedärmzwacken kriegt. Dann sind die beiden sehr zufrieden fortgegangen aber Lionardo hat, ohne dass er's wollte, hinter ihnen fast die Tür zugeschlagen, denn das Zwacken war zurückgekommen und hat ihn noch kolleriger gemacht: So er nemlich zu dem Mumpitz stehen will, den er gefaselt um Benci und Vespucci zu beeindrucken, muss er sich jetzt mit irgendeiner List behelfen sonst sieht er ganz schön alt aus, aber wie soll diese List aussehen?

Wenn diese Weltkarte gelingen soll, von der Lionardo Benci und Vespucci erzählt, dann braucht er unbedingt Hilfe, weil er will ja immer glauben machen dass er alles weiß, aber zuletzt kopirt er doch immer Bücher und Zeichnungen von andren. Wenn Ihr mit ihm sprecht, Signior Notarius, dann tut bitte so als hätt ich Euch all das nicht gesagt, in Ordnung?

Ein paar Tage nach diesem letzten Gespräch mit Benci und Vespucci hat Lionardo mich in eine Ecke gezogen und mir mit Flüsterstimme erklärt, im letzten Jahr hätt jemand in Teutschland ein Buch herausgebracht mit einer neuen, sehr gut gemachten Weltkarte, nemlich nach dem Vorbild der uralten Weltkarte eines griechischen Geografen, der hieß Ptolemäus. Sie zeigt außerdem auch die ganze neue Welt die Amerigo Vespucci entdeckt hat, und die ist riesengroß. Und genau dieses teutsche Buch mit der Karte darin soll ich ihm in Rom besorgen. In Fiorenza besitzt es nemlich keiner, wogegen es in Rom scheint's zu haben ist.

Ich hab geantwortet, hört mal, Vater, warum sucht Ihr diese Weltkarte mit Amerika darauf nicht in einer andren Stadt wo Ihr Freunde habt die sich auskennen mit diesen wissenschafftlichen Dingen, statt dass Ihr den armen Salaì nach Rom schickt damit er sich für Euch den Arsch aufreißt?

Da sagt er, du undankbarer, blöder Rotzlöffel, niemals hilfst du mir, wenn ich dich um einen Gefallen bitte, willst dich immer nur auf meine Kosten durchfressen und Zeit mit den Weibern verlieren und kopirst mir obendrein auch noch meine Gemälde.

Das stimmt, Signior Notarius, aber ich muss dazu gleich sagen dass ich die Zeichnungen und Gemälde von Lionardo nicht aus Böswilligkeit kopire, sondern nur weil ich damit bei den Weibern gut ankommen kann. Wenn ich sie nemlich einlade damit sie meine Malereien sehn, sind sie so erstaunt und gerührt von meiner Kunst dass sie meist schon nach einer Viertelstunde reif sind, auf den Spieß gesteckt zu werden, denn mit der Kunst und ihrer Rührung hab ich ihnen einen feinen Vorwand geliefert für eine schnelle Nummer, und das ist etwas was alle Weiber in Wirklichkeit wollen, aber ohne eine gute Entschuldigung kommen sie immer mit tausend lästigen Problemen über denen man unnütz viel Zeit verliert während man selbst es grade zimlich eilig hat.

Wo war ich stehngeblieben, ach ja, also Lionardo hab

ich dann so geantwortet: Mein lieber Ziehvater, mich dünkt, auch Ihr kopirt gern, denn Ihr schickt mich nach Rom dass ich die Weltkarte finde wo dieser Teutsche gemacht damit Ihr eine ebensolche Karte zeichnen könnt, und Eure Freunde glauben, es wär Eure eigne Idee.

Psssst, sei still, du Trottel, sagt er, sprich leise, jemand könnt uns hören! Und er fügt hinzu, natürlich könnte er auch nach Rom fahren, aber erstens ist er zu berühmt und man würde ihn dort bestimmt erkennen, und außerdem ist eine so lange Reise in seinem Alter beileibe kein Kinderspiel mehr. Das ist wahr, Signior Notarius, aber wenn Lionardo in den letzten Monaten der Rücken so schmerzt, dann liegt das meiner Meinung nach daran dass er, obwohl er fast sechzig ist, immer noch so viel wichst wie ein junger Bengel. Aber ich bitt Euch inständig, Signior Notarius, auch das dürft Ihr meinem Ziehvater nicht sagen, sonst schämt er sich gewaltig.

Am selben Tag hat Lionardo mir einen Zettel mit dem Titel von dem Buch gegeben, das ich ihm besorgen soll:

Universalis Cosmographia secundum Ptholomaei
traditionem et Americi Vespucii aliorumque lustrationes

und hat mir erklärt, wie das Buch aussieht, nemlich darin ist eine Karte und noch andre sehr besondre Abbildungen und Zeichnungen. Dann gibt er mir ein Säckchen mit dem Geld das ich für die Reise brauche. Als ich bemerke wie viel das ist krieg ich einen Schreck, denn so viel Geld hab ich noch nie bei Lionardo gesehen, und ärgere mich auch ein bisschen, weil Lionardo ist zuletzt immer blank gewesen und hat sich ein hübsches Sümmchen von mir geliehen, aber wenn ich gewusst hätt dass er so fette Ersparnisse hat, dann hätt ich den Teuffel getan und ihm das Geld geliehen.*

Herr Vater, hab ich gefragt, kostet dies Buch wirklich so viel? Und er antwortet, ja gewiss, denn die Karte darinnen die ist so groß als wie ein Bettlaken und ist sehr kunstfertig gemacht, drum verlangen sie einen gesalzenen Preis dafür. Aber gib acht, Salaì, da du ein Esel und ein grober Klotz bist, wessenthalben du ein Buch mit so viel Wissenschafft darin niemals würdest verstehen können, musst du sagen wenn dich jemand frägt wozu du das Buch brauchst: Es ist für einen wichtigen Signiore in Fiorenza der nicht erkannt sein möchte.

Darauf hab ich gesagt, Ihr mögt entschuldigen, Herr Vater, ich meine, wo Ihr doch im Moment nicht mal eine Wohnstatt habt und müsst als Gast bei andren Leuten leben**, warum spart Ihr Euch dieses Geld nicht und gebt es für etwas Nützliches aus, zum Beispiel könntet Ihr einen schönen großen Truthahn kaufen, damit wir ihn morgen gefüllt mit Nüssen, Pflaumen und Kastanien braten?

Halt den Mund, Salaì, sagt er, und rede nicht wider die Befehle die ich dir gebe, und pass auf dass du das Geld nicht mit irgendwelchen Weibern von Rom vergeudest, sonst stech ich dir wenn du zurückkommst eigenhändig die Augen aus und schenk sie den Kindern hier unten auf der Straße dass sie damit Murmeln spielen, hast du verstanden, Salaì? Und jetzt frag mir keine Löcher mehr in den

* Wie Leonardos Aufzeichnungen bezeugen (vgl. Kodex Arundel f. 271r oder Kodex Atlantico f. 310v), pflegte der Meister sich häufiger Geld von Salaì zu borgen.

** Tatsächlich lebte Leonardo zu Beginn des Jahres 1508 als Gast im Haus des florentinischen Patriziers Francesco Martelli.

Bauch, sondern pack deine Sachen, denn ich will dass du morgen in aller Frühe aufbrichst, Punktum und Schluss.

Grad will ich wieder protestieren, Signior Notarius, denn es behagt mir überhaupt nicht so früh aufzustehen, doch die Worte bleiben mir im Halse stecken als Lionardo sagt: Wenn du morgen abreist und es unterwegs keine Probleme gibt, kommst du am Samstag in Rom an. Vielleicht kannst du dann sofort das Buch kaufen und schon am Sonntag zurückkehren. Wenn du aber erst übermorgen abreist, verlierst du einen Tag, denn am Sonntag ist in Rom alles geschlossen, und überdies muss ich dir eine weitre Nacht in der Herberge zahlen, aber da hast du dich geschnitten, das tu ich nicht.

Um es kurz zu machen sag ich, na gut, noch morgen werd ich nach Rom aufbrechen. Denn wenn Lionardo sich was in den Kopf gesetzt, gebärdet er sich schlimmer als wie eine zänkische Alte, also tut man besser was er sagt, sonst geht er einem noch die nächsten hundert Jahre damit auf den Sack. Dann wirft Lionardo einen Haufen neuer, wunderschöner und eleganter Kleider auf mein Bett, die haben überall Bänder und Federn und Schleifen und Dekorazionen, und haben ihn bestimmt eine schöne Stange Geld gekostet. Ich muss sofort eine vergoldete Weste anziehn, die hat Knöpfe in Form von Schneckenhäusern und um den Leib einen Gürtel aus feinstem Leder, und drunter trag ich eine Art Hemd aus rotem Atlas mit langen Ärmeln, das mich, in aller Bescheidenheit sei's gesagt, Signior Notarius, wahrlich schön und prächtig kleidet.

Dann sagt Lionardo: Wenn du nach Rom kommst ziehst du sofort diese Gewänder an, so sehen alle dass ein großer Herr dich geschickt hat. Vergiss das nicht, geh immer nur so gekleidet auf die Straße! Dann kannst du sicher sein dass alle dich respektiren und dir helfen werden, weil gute Kleidung tragen ist immer von Nutzen.

Zuletzt nennt er mir den Namen von einem Priester den ich besuchen soll sobald ich in Rom angekommen, ein gewisser Pater Dati, aber ohne zu sagen dass Lionardo mich schickt. Er wird dir auf jeden Fall helfen, sagt mein Ziehvater, denn er ist ein Fachmann für Kosmografie und wenn er hört dass du aus Fiorenza kommst wie er, wird er dich gewisslich gut behandeln.

Eigentlich will ich noch sagen: Aber Herr Vater, wir sind doch immer zusammen in Rom gewesen und wenn jemand mich wiedererkennt so begreift er sicher dass Ihr mich geschickt, die Römer sind ja keine Dummköpfe nicht. Aber bei Lionardo hat es keinen Zweck dass man auf etwas beharrt, nemlich wenn er eine Idee hat, vor allem so es eine falsche ist, lässt er sie sich nimmer nicht ausreden. So ist es mit meinem Herrn: Bevor er kapirt wie die Sache wirklich steht, muss er sich immer erst den Kopf blutig schlagen. Zum Glück ist mir schon eine bessre Idee gekommen als seine, aber ich halt lieber die Klappe, weil wenn Lionardo so unleidlich wird ist es besser ich tu was ich will und lass ihn im Dunkeln.

Am nächsten Tag bin ich also nach Rom aufgebrochen, zum Glück war das Wetter gut, so hat die Reise wenige Tage gedauert, und wo Ihr mich ja drum gefragt habt, gekommen bin ich durch Treghi, Ponte de le Vane, Bastardo, Castiglion Fiorentino, l'Ossaia, Castiglion del Lago, Castel de la Pieve, Ponte Carnaiolo, die Stadt Orvieto wo man feine Lautensaiten macht, Capraccia, die Stadt Montefiascone, die Stadt Viterbo, das Kastell von Ronciglione, Monterosio, Baccano, dann La Storta und schließlich in die Stadt Rom, und das sind insgesamt achtzehn Poststazionen.

Bei bester Gesundheit bin ich am Samstag angekommen, genau wie Lionardo es wollte, und gerne hätt ich mich in derselben Herberge einquartirt wo Lionardo und ich vor sieben Jahren genächtet, zumal es dort ein Mägdlein gab, die hatte zwischen Hals und Bauch zwei prächtige Vorsprünge und ließ sich zu meinem großen Gaudium auch gerne einen Dienst von mir besorgen, drum hätt's mir gefallen, sie wiederzusehen. Aber in derselben Gegend gab's auch jede Menge Leute bei denen ich Schulden gemacht hatte, um was zu essen, zu trinken und Kleidung zu kaufen, und wann ich Rom verlassen ohne sie zu bezahlen sind sie zimlich ärgerlich geworden, drum würden sie mir jetzt, wenn sie mich erkennen, mindestens den Schwengel abreißen und recht tief in den Schlund stopfen. Also hab ich mir in einer andren Gegend eine Herberge gesucht, nemlich bei der Kirche Santagostino, wo nur zwei hässliche alte Vetteln die Gäste bedienen, und eine von denen hat eine Enkelin, die hat mir sofort einen Haufen Fragen gestellt. Ciao, wie heißt du, woher kommst du, was machst du in Rom etcetera etcetera, so wie's Kindchen in dem Alter allweil tun, weil sie neugierig sind und sich immer in anderer Leute Angelegenheiten einmischen müssen. Natürlich hab ich ihr kein Sterbenswörtchen von dem gesagt, was ich in Rom vorhab. Die alten Vetteln und die Diener von der Herberge waren zum Glück immer in ihren Kammern und haben nicht sonderlich drauf geachtet, wer raus und reingeht in die Herberge, so konnt ich meine Geschäfte besorgen ohne dass mich jemand sah. Hab aber immer gut acht gegeben, Signior Notarius, und bin nur dann aus meinem Zimmer gegangen wenn ich hörte dass keiner auf dem Korridor herumlief, damit außer den Jungfern von der Herberge niemand erfährt, welches mein Zimmer ist. Denn vor sieben Jahren, wann ich mit Lionardo in Rom war, sind mehrmals Diebe in mein Zimmer und das von Lionardo gekommen und einmal hat einer dieser Gauner mich sogar fast kaltgemacht.

Ein Gutes hatte die Herberge, nemlich dass mein Bett behaglich und viel Licht und Luft im Raume war, was eine sehr gute und löbliche Sache ist, aber es hat sowieso die ganze Zeit wo ich in Rom war, außer am ersten Abend, die Sonne geschienen und war schön warm.

Nachdem ich meine Sachen verstaut, hab ich aus dem Fenster geblickt, und auf der Straße gab's das übliche Durcheinander von Rom, und jetzt erklär ich Euch was das ist, Signior Notarius, weil Ihr seid vielleicht noch nie dort gewesen:

Am Horizont sieht man massenweise Kuppeln, Wacht- und Glockentürme von den Kirchen, am Himmel Scharen von Vögeln und Tauben (besonders von denen gibt's in Rom jede Menge) und kacken gern auf die Köpfe der armen Schlucker, die keinen Hut haben.

Unten, ich meine auf der Straße, gibt's ein Mordsgedränge wegen all der Tiere, nemlich Pferde Esel Schafe und auch ein paar Hühner, wo aus den Ställen entwischt sind, denn die Straßen von Rom sind in einem sauschlechten Zustand, überall wächst Unkraut, und da geht's dem Vieh natürlich prächtig. Außerdem sieht man an allen Ecken und Enden Leute die Sachen zum Essen und Trinken verkaufen, nemlich Salat Karotten Zwiebeln Knoblauch Wein Öl Brot Gebäck Käse Kräuter Schinken Mandeln Pistazien etcetera, oder auch Sachen die man nicht essen kann, nemlich Nägel Papier zum Schreiben Pinsel Schuhe Seile Schlüssel Hüte Stühle etcetera, ach, für eine Liste von all diesen Sachen würd man ein eignes Buch brauchen. Außerdem gibt's Gruppen von Mönchen Priestern Seminaristen Kanonikern und Kardinälen mit ihrem Gefolge und religiöse Prozessionen mit dem Kruzifix vorneweg und Nonnen mit lauter unterschiedlichen Trachten und Hauben, nemlich schwartzen braunen blauen und weißen. Und dann sind da die Pilger die wo aus dem Frankenreich, aus Teutschland und aus Spanien kommen um Buße zu tun und die Vergebung ihrer Sünden zu erbitten oder um die Basiliken und Kirchen zu besuchen, und manche gehn in den Prozessionen mit und geißeln sich den Rücken, und auf den Kopf haben sie sich Asche gestreut um für ihre Sünden zu büßen, und immerzu sagen sie Mea culpa mea culpa mea maxima culpa, das ist Latein und bedeutet Lieber Jesus ich bitte vielmals um Vergebung, denn der ganze Mist den ich gebaut hab, das war alles meine Schuld.

Wovon man aber die meisten Leute auf den Straßen sieht, Signior Notarius, das sind die Bettler und Hausierer, und die stammen auch aus andren Ländern, weil in Rom ist immer schönes Wetter, drum kommen all die armen Teufel die kein Dach überm Kopf haben und auf der Straße leben müssen hier nach Rom, und man findet praktisch an jeder Ecke einen von ihnen. Manche sind sehr freundlich und du kannst dich stundenlang mit ihnen unterhalten, denn sie kriegen ja alles mit was in Rom so passiert, und wenn du willst, können sie dir säckeweise Geschichten erzählen.

Dann sieht man auf den Straßen auch noch Soldaten Diener Träger von Sänften und hübsche Mägde,

Schmiede Stallknechte hübsche Mägde Tischler Maler Arbeiter und hübsche Mägde, Winzer wo nach Rom kommen um ihren Wein zu verkaufen und außerdem Leute die von morgens bis abends lachen und schwatzen und keinen Finger krumm machen, keine Ahnung von was die leben (davon gibt's unglaublich viele hier) und hübsche Mägde und alte Damen und zimlich viele Huren, manche alt, andre jung so dass man sie nicht von den ehrbaren Weibern unterscheiden kann, und Mütter wo stillen und Kinder die auf der Straße spielen und Bettler und wirklich sehr viele hübsche Mägde die einem mehr als alles andre ins Auge fallen, denn, vergebt mir wenn ich offen spreche, Signior Notarius, aber das hab ich schon vor sieben Jahren gesehn dass die Weiber hier in Rom viel schärfer und appetittlicher sind als die bei uns daheim in Fiorenza (Gott schütze es, versteht sich, ich will nichts gesagt haben), und vorn haben sie fast immer ein großes Paar schöner Mozzarelle und gibt so viele davon, dass man sich andauernd nach rechts und links umdrehn muss will man sie alle gründlich anschauen, ich meine die Weiber, nicht die Mozzarelle, denn wenn man eine verpasst, packt einen diese sonderbare Erregung, wir verstehn uns, Signior Notarius. Und wirklich, in der Straße gleich unter meinem Fenster ist plötzlich ein Mägdelein aufgetaucht, um die zwanzig Jahre alt, mit einer Haut so weiß wie Sahne und Lippen wie Blut so rot und Brüsten wie zwei Äpfel so rund, die ging irgendeine Besorgung machen und in der Hand trägt sie einen Weidenkorb. Ihre ganze Erscheinung ist lieblich und ehrbar aber auch ein bisschen versaut, da bin ich so verzaubert von ihrem Anblick und von dem Gedanken was man alles Schönes zusammen anstellen könnt, dass mein Blick an ihr festklebt, und ich denk mir Mamma Mia, ich würd meine rechte Hinterbacke an einen Fleischer verkaufen bloß um ein paar Nächte mit dir zu verbringen. Seltsam, Signior Notarius, aber es ist als hätt sie meinen Gedanken geahnt, denn kurz bevor sie um die Ecke biegt wirft sie einen Blick nach oben und sieht mich an und es scheint als lächelt sie mir zu. Aber gleich darauf denk ich, Ach, ich hab mich vielleicht getäuscht, und beschließ nicht mehr dran zu denken.

Dann sind ein paar Soldaten vom Heer des Papstes mit ihren Bannern für die Schlacht vorbeigekommen, und die Leute haben geklatscht und Hoch die Soldaten! gerufen, und die Soldaten haben ihre Waffen gezeigt als wollten sie gleich in den Krieg ziehn. Und ich hab mir gedacht, ist schon komisch dass der Papst ein kampfbereites Heer ganz für sich allein hat. Aber ich hab auch sagen hören, dass der Pontefix der jetzt regiert, nemlich Julius II. aus der Familie Della Rovere, wirklich Mumm in den Knochen hat, nemlich er hat gar keine Angst gegen die andren italienischen und fremdländischen Fürsten Krieg zu führen, aber fragt mich nicht welche Fürsten das sind, Signior Notarius, weil von Politik versteh ich nicht die Bohne, drum kann ich Euch auch nichts erzählen was nützlich ist für Fiorenza, unsre Stadt, möge Gott sie schützen und ihren großen Gonfaloniere Pier Soderini der sie so weise regieret, Amen.

Erst hab ich den Leuten auf der Straße noch ein bisschen zugesehn, dann hab ich die Herberge verlassen, aber kann Euch jetzt nicht erklären was ich gemacht denn meine Hand muss ausruhn, weil ich hab ja schon zimlich viel geschrieben und der Daumen tut mir weh, also brech ich hier erstmal ab und mach einen schönen Schnörkel wie ich's auf den Manuscripta gesehn von denen Lionardo immer abschreibt, und Ihr könnt außerdem Eure Augen ausruhn, Signior Notarius.

Sooo, das wär geschafft, ich hab die Zeit genutzt um die Kerkerzelle ein bisschen sauberzumachen, denn als ich hier reinkam war die ja so dreckig dass einem speiübel werden konnt, und daran sieht man warum das Gefängnis ein Ort ist der die Leute traurig macht wenn sie drinsitzen, aber ich sag Euch, Signior Notarius, dass man unsre Zellen von Zeit zu Zeit ruhig mal saubermachen könnt, sonst ist das eine Schande und man darf sich nicht wundern dass die Leute ausbrechen und weglaufen, meint Ihr nicht auch?

Also wir waren bei dem Moment angekommen wo ich die Herberge verlasse, und als Erstes hab ich mich auf den Weg zu diesem Pater Dati gemacht wo ich mit meiner Suche anfangen sollt, wie Lionardo gesagt. Dieser Dati ist eine wichtige Person, nemlich er ist Dekan von der Basilika Sankt Pietro und Beichtvater von der andren Basilika San Giovanni, und in der bin ich ihn dann auch suchen gegangen.*

Dieser Spazirgang zu Dati war sehr gut und löblich weil ich hatte Zeit das Schönste und Wichtigste zu betrachten was es außer den Kirchen sonst noch in Rom gibt, nemlich die römischen Weiber welche sich überhaupt nicht verän-

* Salaì berichtet wahrheitsgetreu: Giuliano Dati (1445–1524), ein florentinischer Theologe und Fachmann für Geographie, lebte in Rom und war Dekan von Sankt Peter.

dert haben seit sieben Jahren. Wenn sie auf der Straße lustwandeln, sind sie todernst und tun so wie wenn sie das Vaterunser sprechen würden, erstens weil das die Gewohnheit von allen italienischen Weibern ist und zum zweiten weil die Römerinnen eifersüchtige Ehemänner zuhause sitzen haben. Aber in Wirklichkeit behalten sie aus dem Augenwinkel immer alle schönen jungen Männer im Blick, und kaum sehn sie einen, zum Beispiel mich, Salaì, so werfen sie ihm rasch ein schönes Lächeln zu, aber heimlich, oder sie sagen mit lauter Stimme, dass man sie gut hören kann, zu ihren Freundinnen, oh heute laufen aber wirklich eine Menge hübscher Kerle herum, oder sie fassen sich auf eine Weise an die Haare wo man gleich kapiert dass sie morgens immer mit einem einzigen fixen Gedanken aufwachen, nemlich den an diese gewisse Sache, und dieser Gedanke plagt sie so lange bis sie einen schönen Jungen finden der ihnen einen Dienst besorgt wie sich's gehört von vorn und von hinten, so sind sie danach vielleicht zufrieden.

Ihr mögt mir vergeben, Signior Notarius, wenn ich Euch all diese Dinge erkläre, weil ich weiß ja, auch Ihr seid ein Mann und kennt Euch in der Sache wohl aus, aber es muss sein damit Ihr besser versteht was gleich darauf passirt ist, nemlich auf einmal kommt mir die Idee, wer weiß, womöglich finde ich dieses Mägdelein mit einer Haut so weiß wie Sahne und Lippen wie Blut so rot und Brüsten als wie zwei Äpfel so rund, aber grad in dem Moment wie ich durch eine Gasse hinter der Piazza Navona geh, sehe ich eine schöne Jungfer auf einem Balkon sitzen, die kämmt sich die Haare und sind sehr lang und schwartz wie Kohle. Das Weib ist nicht besonders groß aber sehr wohlgestallt, nemlich mit einem schönen Gesicht und schlauen Äuglein an denen man genau erkennt dass sie haufenweise säuische

Gedanken im Kopf hat, dann ein langer, schlanker Hals und darunter womöglich schmale Hüften, und außerdem hat sie vorn ein Paar Fleischbällchen, so üppig und rund dass es fast zwei Männer braucht, will man sie umarmen.

Kurzum, Signior Notarius, stellt Euch bloß vor, wie Salaì vorbeigeht wirft dieses gerissene Weibsbild ihm ein schönes Lächeln zu und, welch ein Zufall, ausgerechnet da fällt ihr der Kamm vom Balkon, und ich bin ja nun wirklich nicht blöd, also nehm ich ihn sofort, schau zu ihr hinauf und sag dabei, Meine Dame, Euer Kamm hat sich nur einen Moment lang von Euch entfernt und schon hat er Sehnsucht nach Euch, und das, meine teure Dame, das versteh ich sehr gut denn mir würd es grad ebenso gehn, gestattet Ihr also dass ich ihm helfe, Trost zu finden?

Sie lacht und sagt, aber gewiss doch, mein schöner Jüngling, dieser arme Kamm muss getröstet werden, kommt nur, kommt sogleich herauf. Also denk ich mir, na gut, das Buch für Lionardo geh ich eben später suchen, ich kann doch diese arme Jungfer nicht ohne ihren Kamm lassen und vor allem nicht ohne was andres.

Dieweil ich die Treppe hochgeh denk ich, nun ja, diese hier ist vielleicht nicht genauso wie das Mägdelein mit einer Haut so weiß wie Sahne und Lippen wie Blut so rot und Brüsten als wie zwei Äpfel so rund, das ich vom Fenster der Herberge aus gesehn, aber eine feine Entschädigung ist sie allemal.

Wie ich oben ankomm empfängt mich die Jungfer mit den schwartzen Haaren mit einem strahlenden Lächeln und lässt mich eintreten in ihre Wohnung, und an der sieht man genau dass sie keinen Mann hat, weil es gibt nur ein Zimmer und obendrein ist alles voll Weibersachen, nemlich Spieglein Kämme Bürsten Kleider Parfüme Blumenvasen, ein großes Bett mit einem hohen Kopfende aus Holz und von allen Seiten mit langen weißen Schleiern umgeben, und überall herrscht ein Geruch nach äterischen Ölen und Spezereien dass es fast scheint als würd sich die Jungfer den lieben langen Tag um nichts andres kümmern als schön und duftend zu sein. Hinter dem Bett ist eine Tür, da denk ich, aha, vielleicht war die Wohnung früher mal größer und dahinter gabs noch mehr Zimmer.

Jedenfalls läuft von Anfang an alles wie geschmiert weil sie sagt, ich soll mich auf einen Stuhl setzen und dann hab ich ihr den Kamm wiedergegeben: Hier meine Dame, ich bring Euch Euren treuen Freund zurück. Da lacht sie, schaut mir in die Augen und sagt, oh, eigentlich hab ich erwartet, dass nicht ein, sondern zwei treue Freunde kommen. Ich zeig auf den Kamm und antworte, nun, dann seid Ihr eine Verräterin, denn diesen Kamm hier, Euren Freund, den hab ich auf Eure Bitte hin zurückgebracht, aber jetzt macht Ihr mir einen Gegner daraus, wohlan denn, wenn Ihr es so wollt, dann soll es so sein. Darauf knie ich mich vor sie hin und sag noch mehr galante Sachen und nehm ihre Hand und liebkose sie lange, dabei seh ich dass sie lächelt und lässt mich gewähren, und da sag ich, meine Dame, wir sind nun beide Eure Freier, ich und der Kamm, drum müssen wir uns duellieren, um zu entscheiden wer Eure Gunst genießt und wer sich hingegen zurückziehn muss. Die Jungfer lacht, setzt sich aufs Bett, dieweil sie immer noch meine Hand festhält, und sagt, in Ordnung, wir wollen sehen wer gewinnt. Ich werd mein Bestes tun, sag ich, werf den Kamm auf den Boden, trete drauf herum und schrei dabei: Stirb du Hund! Und wie sie lacht und sagt, ach, der Ärmste, tut ihm nicht allzu weh, mach ich ein Gesicht wie ein siegreicher Held und sag, seht Ihr, meine Dame, ich hab gewonnen, und im nächsten Augenblick flieg ich schon auf ihr Bett und gleich darauf sind die Jungfer und ich ganz verknotet mit Beinen Armen Hintern Brüsten Bauch und Zungen und derweil ich ihr die Schlaufen auf dem Rücken löse denk ich, nun sieh mal einer an, wie dreist diese römischen Weiber sind, das hätt ich mir ja nun nicht träumen lassen, dass ich binnen drei Minuten von der Straße bis zu ihren Unterhosen komm. Danach hab ich die Jungfer sehr gut behandelt, nemlich ich hab ihre Händchen fest an das Kopfende vom Bett gedrückt, so konnt sie ruhig und behaglich liegen dieweil ich ihr den Dienst besorgt, das hilft nemlich dabei dass der Dienst selbst recht gut gelingt, Signior Notarius, vielleicht gebt Ihr mir da Recht.

Das Ganze hat freilich ewig lang gedauert denn es scheint als will dieses dreiste Weib nie müde werden, ja es zieht sich so lang hin, dass ich am Ende schon denke, ich glaub es wird Zeit dass ich diesen Dati suchen geh, und als der Dienst endlich fertig ist mach ich der Jungfer mit den schwartzen Haaren viele Komplimente und sag ihr viele honorable und löbliche Dinge, aber sie hört mir gar nicht zu, ist im Handumdrehn schon wieder angezogen und macht sich an ihren Kleidern zu schaffen und scheint sich einen Dreck um mich zu scheren, ja sie ist sogar ein bisschen ungeduldig, aber ich denk mir, na gut, man sieht dass sie ihre tägliche Ration vom Schwengel gekriegt hat. Meine Liebe, sag ich, das war wirklich ergötzlich und ich würde dich in den nächsten Tagen gerne wiedersehn doch jetzt muss ich gehn, also komm ich dich so bald wie möglich wieder besuchen, einverstanden?

Ich sag Euch, Signior Notarius, das war vielleicht eine Überraschung als sie ruft, wie bitte? Was soll das denn heißen, so bald wie möglich? Neeneenee, mein Guter, spiel mir ja nicht den Einfaltspinsel vor! Ich denk sofort, ach du heiliger Strohsack, ich hab's ja gewusst, diese Jungfer will kühl erscheinen aber in Wirklichkeit hat sie sich schon in dich verliebt und verlangt dass du hier bei ihr bleibst oder schon heute Abend wiederkommst. Also sag ich zu ihr, nun mach dir mal keine Sorgen, ich verlasse dich bestimmt nicht, und sie entgegnet: Mich verlassen? Hör mal, mein Freund, du bist wohl tatsächlich ein Idiot, was hast du denn eigentlich verstanden? Hier wird sofort bezahlt, das ist die Regel, ich hab bloß deshalb nicht von dir verlangt dass du das Geld auf den Tisch legst bevor es losgeht, weil du mir simpatisch bist und ein schöner Junge und weil ich gedacht hab ich könnt dir vertrauen, stattdessen willst du mich jetzt für dumm verkaufen.

Dann hat die Jungfer sehr laut geschrien: Patroclo! Komm sofort her Paaaatroclo!

Plötzlich spür ich einen gewaltigen Stoß der mich fast aus dem Bett wirft und sehe dass jemand mit unglaublicher Kraft die Tür hinter dem Bett aufstößt wobei er alles verschiebt, nemlich das Bett die Vorhänge Kissen Laken und auch mich, Salaì. Das Bett wär sogar fast umgekippt, so heftig war der Stoß, und durch die Tür kommt ein Berserker von einem Mann, ganz kahlköpfig mit kleinen und sehr wütenden Augen und ist doppelt so groß als wie ich und hat einen breiten Rücken wie ein Büffel und Arme so dick wie ein Baumstamm. Die Jungfer zeigt mit einem Finger auf mich der ihr zittert vor Zorn, Ekel und Angst als wär ich eine tote Ratte die jemand zum Scherz auf ihr Bett gelegt. Noch bevor ich aufstehn kann, hat Patroclo schon meinen rechten Arm gepackt und dreht ihn mir hintern Rücken, so dass der Arm brechen würde wie ein

Knust trocken Brot wenn ich ihn bloß ein kleines bisschen bewege.

In der Zwischenzeit ist mir endlich ein Licht aufgegangen, und hab ich alles begriffen, nemlich diese Jungfer war gar keine die sich von Salaì einen Dienst besorgen lassen wollt, sondern bloß eine kleine Hure, und ich armer Esel hab das nicht kapiert und wollte mich davonmachen ohne zu bezahlen, was man in Rom bei den Huren niemals tun darf denn die haben immer einen Beschützer, der heißt in Rom Pappone, was Vielfraß bedeutet, weil er nemlich den größten Teil von dem Geld frisst was die Kunden seinen Mädchen zahlen. Dieser Patroclo ist ganz sicher der Pappone von der Jungfer, und jetzt bringt er mir grade auf freundliche Weise bei dass ich keinesfalls tun darf was ich vorhatte, nein, ich muss sofort mit den Piepen rausrücken wenn ich zwei Arme behalten will und nicht bloß den linken, der sich für viele Sachen, zum Beispiel essen schreiben und sich die Nase kratzen viel weniger gut eignet als der rechte.

Also erklär ich sofort mit sehr höflichen Worten wo viele gute Gründe drinstecken, dass es ein Missverständnis war und ich natürlich bezahlen wollte, aber ich wär ein Fremder und käm aus Fiorenza und vielleicht war's darum ein Missverständnis, aber ich hätt niemals dran gedacht wegzugehn ohne der Jungfer das zu zahlen was ihr zusteht, wo sie doch so freundlich zu mir gewesen etcetera etcetera, und derweil bete ich zu Jesus und der Jungfrau Maria und allen Heiligen dass Patroclo mir den Arm nicht noch mehr verdreht, weil sonst macht es gewiss bald krack.

Die Jungfer scheint mir gottseidank überzeugt, denn schließlich sagt sie, in Ordnung Patroclo, ich hab verstanden, dieser Junge hier hat sich bloß nicht richtig ausgedrückt, und da lässt Patroclo endlich meinen rechten Arm los, aber der ist so übel zugerichtet dass er sich nicht mehr wie ein Arm anfühlt, sondern wie der Lappen mit dem Lionardo sich abtrocknet nachdem er ein Bad genommen.

Dann sagt die Jungfer was ich zahlen muss und da reiß ich die Augen auf, nemlich das ist eine ungeheuerliche und gewaltige Summe, zumal Lionardo mir ja gesagt hat, ich soll sein Geld nicht mit den Weibern von Rom vergeuden und wenn er wüsste dass ich einen solchen Batzen für irgendeine beliebige Hure ausgeb, dann würd er mir bestimmt, sobald ich wieder in Fiorenza bin, mein Säckchen mitsamt den Eiern abreißen und daraus einen Beutel für Münzen machen.

Also hab ich angefangen zu handeln und gesagt, oha Moment mal, der Preis scheint mir übertrieben hoch, aber das Handeln war weißgott nicht leicht denn dieweil ich mit der Jungfer rede guckt Patroclo mich aus seinen kleinen Schweinsäuglein an, die sagen, pass auf Salaì, wenn du nicht spurst, hack ich dir einen nach dem andren die Finger ab und nehm sie als Würmer wenn ich angeln geh.

Da knie ich vor der kleinen Hure nieder und sag mit gefalteten Händen und so treuherzig wie ich kann, meine Dame, ich bin Euch ja so dankbar für die Ehrlichkeit und Güte mit welcher Ihr mich behandelt habt, aber glaubt mir, ich kann die ganze Summe die Ihr von mir fordert wirklich nicht bezahlen. Ich versprech Euch indes, ich werd Euch bald einen Freund aus adliger Familie herbringen der hat scheffelweise Geld und kann es gar nicht erwarten eine Jungfer kennenzulernen die so ehrbar und süß und ein so wunderschöner Anblick ist als wie Ihr, und ich bin sicher, Ihr werdet ihm Genuss gewähren wie Ihr's bei mir getan, und auch mein Freund wird Euch Befriedigung verschaffen, so großzügig und so gut dass Euch Hören und Sehen vergeht.

Noch der größte Depp hätte kapiert, Signior Notarius, dass ich gar keinen reichen Freund hab den ich der Jungfer bringen könnt, denn das war bloß eine Lüge damit ich diese Summe nicht zahlen muss bei der man das Zähneklappern kriegt. Aber ich hab die Lüge so voller Inbrunst erzählt dass mir sogar die Augen tränten, und die Jungfer hat mir ein bisschen geglaubt und vielleicht auch Mitleid gehabt, also sagt sie schließlich, ich verstehe, schöner Jüngling, nun gut, gib mir was du mir geben kannst und verschwinde jetzt, aber ich nehm dich beim Wort, du kommst mich bald mit deinem Freund besuchen, und keine krummen Sachen, verstanden?

Also hab ich ihr den Lohn gezahlt den alle Huren von Rom nehmen, und wie ich aus dem Haus der Jungfer gehe, ist mir wie wenn ich aus der Hölle in die Welt der Menschen zurückkehre, und ich denke, verflixt Salaì, du bist wirklich ein Schwachkopf, warum hast du nicht dran gedacht dass Rom eine von den Städten ist wo es mehr Huren und Nutten gibt als auf der ganzen Welt, und sind einige so jung und frisch dass man sie nicht von den ehrbaren Weibern unterscheiden kann. Dann bin ich gleich in die nächstbeste Kirche und hab fünfzig Avemaria und fünfzig Paternoster gesagt, um dem Himmel zu danken dass ich noch lebend aus der Sache rausgekommen bin, vor allem aber ohne meinen rechten Arm diesem Patroclo zu schenken, weil der Arm ist sehr wichtig um diese Dankgebete an unsren Herrn Jesus und seine Kameraden, nemlich alle Heiligen und Seligen etcetera zu sprechen. Wenn man das nicht macht, kann man von einem grässlichen Pech verfolgt werden, nehmt zum Bespiel Lionardo,

Signior Notarius, der ungläubig ist und hat sogar in seinem Alter immer noch Probleme mit Arbeit mit Geld und mit Weibern, kurzum mit allem.

Nach den Gebeten und einer halben Stunde Wegs bin ich endlich bei diesem Menschen angekommen den mir Lionardo empfohlen, und heißt, wie ich schon gesagt, Dati.

Dieser Dati ist ein Männchen mit einem wirren Schopf und winzig kleinen Augen dass er fast aussieht wie eine Maus, und kommen ihm viele Härchen aus der Nase und den Ohren heraus und man versteht sofort warum er Kanonikus ist, weil einer mit so einem Gesicht und all diesen Härchen der kriegt nur schwerlich eine Frau zu fassen. Wann ich mich vorstelle bittet er mich in die Sakristei von San Giovanni, aber nachdem er den Zettel mit dem Titel von dem Buch gelesen beäugt er mich misstrauisch und fragt, sag mal Junge, was willst du denn mit so einem Buch?

Ich antworte: Ehrlich gesagt, das Buch ist nicht für mich, sondern für eine wichtige Persönlichkeit die sich für Kosmografie interessirt, aber der Herr will nicht dass man seinen Namen erfährt, weil er ist ein hochadliger und bedeutender Mann und sehr bekannt und hat mit vielen Staatsgeschäfften zu tun.

Dati schüttelt den Kopf als will er sagen, oh nein, so geht das nicht. Es tut mir leid, mein Junge erwidert er, aber ich helfe keinem, der sich nicht richtig vorstellt, also musst du mir schon sagen wer dein Padrone ist, und ich schwöre dir dass ich es niemandem verraten werde. Zum Glück, Signior Notarius, war ich auf dieses Problem bestens vorbereitet, also hab ich statt Lionardos Namen zu verraten den Namen von einem Mann aus Venedig genannt, ein gewisser Grimani aus einer alten und edlen Familie, der, als wir vor sieben Jahren hier in Rom waren, Lionardo eingeladen hat ein paar Statuen in seinem Palazzo in Rom anzuschaun, und ich bin auch mitgegangen, aber in dem Moment waren die Grimani nicht in der Stadt und so hat uns nur sein Sekretarius empfangen und der hieß Stefano Iligi.

Diese Idee, nemlich zu sagen dass mich einer aus Venedig schickt, die schien mir ausgezeichnet, denn wenn ich sag, der wo mich schickt ist aus Fiorenza, dann fällt den Leuten ganz sicher Lionardo ein oder mindestens einer von seinen Freunden, also Vespucci Benci etcetera, wo die doch alle diese fixe Idee mit der Kosmografie haben, aber die Leute von Venedig sind im Kopf ein bisschen normaler, drum denken sie nicht immer an weit entfernte Orte wie Amerika wo sie sowieso nie einen Fuß hinsetzen werden.

Dann fragt mich Dati: Weißt du, dass das Buch was du für Grimani suchst sehr kostbar und teuer ist, und dass obendrein eine Menge dummes Zeug darin geschrieben steht?

Wieso dummes Zeug? frag ich. Aber gewiss doch, antwortet er, dieses Buch ist eine Fälschung und gestopft voll mit Lügen. Zwei Teutsche haben es geschrieben, die heißen Waldseemüller und Ringmann und sagen dass die Neue Welt wo im Westen entdeckt worden ist Amerika heißt, weil Amerigo Vespucci sie entdeckt hat.* Aber das ist gar nicht wahr, sagt Dati, denn in Wirklichkeit hat Columbus dieses

* Martin Waldseemüller (1470–1512) und Matthis Ringmann (1482–1511) waren tatsächlich die Verfasser der 1507 veröffentlichten *Universalis cosmographia*, von der Salaì spricht.

neue Land entdeckt. Ja, mein lieber Junge, so du's noch nicht weißt, es gab einen der hieß Columbus, vor zwei Jahren ist er gestorben und heute erinnert sich keiner mehr an ihn, aber er war's welcher der genialen Idee gefolgt ist dass man übers Meer auf die westindischen Inseln gelangt, nicht auf dem Landwege gen Osten, wie alle es machen, sondern nach Westen übers Meer, und nachdem er lange Zeit mit einer Flotte aus drei Schiffen Richtung Westen gesegelt, ist er endlich an einer Insel angekommen die hat er Hispaniola genannt, und das war tatsächlich eine neue noch nie zuvor entdeckte Welt. Und weil er ein Ehrenmann war, ist er aus Pflichtgefühl gegenüber der spanischen Krone zurückgekehrt, um seine Entdeckung dem König und der Königin von Spanien darzubieten, die hatten ihm ja auch das Geld für die Schiffe gegeben.

Und darum, schließt Dati, interessiren mich solche Bücher wie das was du suchst nicht, denn sie erzählen bloß Lügen und sagen dass Amerika von diesem Vespucci entdeckt ward, ja, ich will sie nicht mal anschauen, also kann ich dir nicht helfen, mein lieber Junge, und bitte dich, lass mich in Ruhe, weil ich hab eine Menge Geschäfte zu besorgen.

Einen Moment, entschuldigt, auf derlei Dinge versteh ich mich natürlich gar nicht, aber wenn Columbus wirklich die Neue Welt entdeckt hat, die jetzt alle Amerika nennen, warum erinnert sich denn dann keiner an ihn? Dati antwortet: Ich kann dir nur sagen, dass seit ein paar Jahren alle von diesem Vespucci reden, wie wenn's Columbus nie gegeben hätte, weil nemlich die Briefe von diesem Vespucci die er an Lorenzo, den Sohn von Pierfrancesco de Medici geschrieben und an unsren großen Gonfaloniere Pier Soderini, Gott schütze ihn und Fiorenza, gedruckt und herausgegeben wurden, und darin erklärt er, wie er nach Amerika gelangt ist. Diese Briefe sind in halb Europa im Umlauf und man findet gar nichts andres mehr als bloß sie. Und jetzt muss ich arbeiten, wie ich dir gesagt, also nimm diese Tür da und verschwinde.

Die Art, wie dieser Dati geredet, Signior Notarius, die hat mich wirklich sehr erstaunt, denn er war von dem Namen Grimani kein bisschen beeindruckt, und es schien wie wenn er große Lust hätte, mich zum Teuffel zu schicken.

Nun gut, sag ich schließlich, gleich geh ich, aber sagt mir wenigstens wen ich sonst nach diesem Buche fragen kann. Er antwortet: Wie soll ich das wissen? Versuch's bei Eucharius Silber, das ist einer der wo Bücher druckt, und ist auch ein Teutscher. Sein Laden ist in der Via Mercatoria beim Campo de Fiore.

Uff, so ein Mist, denk ich wie ich aus der Sakristei rausgeh, sitzt dieser Eucharius Silber doch ausgerechnet dort wo ich nicht hinwollte, nemlich in der Gegend von der Herberge wo Lionardo und ich vor sieben Jahren genächtigt, und wo's einen Haufen Leute gibt die mich wiedererkennen könnten.

Aber was andres fällt mir im Moment nicht ein, und so denk ich: Hoffen wir dass mich mit diesem schönen Gewand in dem ich aussah wie der Sohn eines hochherrschaftlichen Signiore, niemand erkennt. Zur Sicherheit bin ich noch in eine andre Kirche rein, hab das Kreuzzeichen gemacht und ein paar Dutzend Gebete zur Jungfrau Maria gesprochen, weil die wirken trefflich gegen alles Pech.

Dann bin ich am Campo de Fiore angekommen, den Hut bis zu den Ohren runtergezogen und alle Haare darin, nemlich meine blonden Locken sind in Rom höchst selten, also hätt man mich in jener Gegend vielleicht daran erkannt. Schneller als wie ein Pfeil bieg ich in die Via Mercatoria ein, weil grad an dieser Ecke stand vor sieben Jahren oft ein Händler wo Fritelle verkauft und bei dem hab ich einen Berg Schulden gemacht, und wenn ich auf den stoßen würde, Signior Notarius, na dann gute Nacht.

Aber gottlob hat mich niemand angehalten, und so bin ich langsamer gegangen um mir alle Läden von Buchbindern und Druckern anzuschaun die es in der Via Mercatoria dutzendweise gibt. Wie ich schon vor sieben Jahren bemerkt, ist Rom immer noch gepackt voll mit Teutschen, und auch unter denen wo Bücher verkaufen gibt's jede Menge, ja man kann sogar sagen dass von diesen Händlern mehr Leute Teutsch als Italienisch oder Römisch sprechen. Nemlich ich hab die Ladenschilder mit den Namen von den Besitzern gelesen, und die heißen Giovanni de Besickein, Andreas Fritag, Bartolomeo Guldinbeck und Sigismondo Mayr. Vor ihren Läden stehn massenhaft Leute die Bücher kaufen, nemlich Kanoniker und Prälaten und Pilger und Fremde und mir scheint dass man hier vor allem zwei Arten von Büchern verkauft, die einen handeln von der Religion und die andren von Rom. Wie ich stehnbleibe seh ich nemlich ein Buch:

Mirabilia Romae Urbis

also die Wunder von Rom, was also wohl ein Buch ist für Leute die in der Stadt vom Papst ankommen und kennen noch gar nichts, nicht mal die Basilika von Sankt Pietro.

Ich frag einen der Buchhändler, helft mir bitte, guter Mann, wo finde ich das Geschäft von Eucharius Silber? Er zeigt mir das Türchen zu einem kleinen, dunklen Laden wo ich sofort hineinschlüpfe.*

Der Laden ist voll mit Büchern und hoch aufgetürmten Stapeln Papier und Pressen um Bücher zu drucken, und überall herrscht Finsternis, denn die einzige Öffnung außer der Tür ist ein winziges Fenster zum Hof hin, durch das kommt ein Sonnenstrahl so bleich wie ein Weiberhintern.

Silber ist ein buckliges Männchen und klapperdürr, die Nase nach unten gebogen und das Gesicht so düster wie wenn er ein Totengräber wär. Die Hände sind schmutzig von der Druckertinte und trägt eine Schürze voller Flecken, die von zwei Bändern um den Hals gehalten wird. Er spricht in aller Ruhe mit einem Kunden aber ich hab keine Zeit zu verlieren und wann ich kapiere wer der Besitzer ist, geh ich dazwischen und sag, entschuldigt Signior Silber, ich such ein Buch und möchte mich Euch sprechen.

Silber ist so überrascht von meiner Frage dass er zögert und erst mal nicht antwortet, aber der andre sagt: Hör mal Junge, du bist im Laden des größten Druckers von Rom, also benimm dich anständig, warte bis du an der Reihe bist und halt den Mund.

Also warte ich bis Silber und sein Freund fertig sind mit reden und schau mir derweil alle Bücher an die hier in

* Eucharius Silber, um das Ende des 15. Jahrhunderts einer der wichtigsten deutschen Drucker in Rom, hatte tatsächlich seine Werkstatt in der alten Via Mercatoria (heute Via del Pellegrino). Vgl. A. Modigliani, *Mercati, botteghe e spazi di commercio a Roma tra medioevo ed età moderna*, Rom 1998, S. 202. Auch die anderen obengenannten deutschen Buchhändler und Drucker waren in den ersten Jahren des Jahrhunderts in Rom tätig. Vgl. M. G. Blasio, *Cum gratia et privilegio. Programmi editoriali e politica pontificia a Roma 1487–1527*, Rom 1988.

der Druckerei herumstehen. Das ist wirklich eine schier unglaubliche Menge und sind zu Stapeln aufgetürmt, die sind höher als mein Kopf, drum kann ich in dem Laden umhergehn ohne dass die beiden mich sehen.

Zuletzt seh ich ein Büchlein, es sind nur wenige Seiten, von einem Fädchen zusammengehalten, und der Titel macht mich sofort neugierig:

Brief von den neu entdeckten Inseln

Ich schlag es auf und seh, wie ich mir schon gedacht, dass es von der Entdeckung Amerikas handelt und davon dass Amerika von Columbus gefunden ward, und es gibt auch eine Notiz auf der letzten Seite, mit dem Griffel geschrieben, die lautet JULIANUS DATI, JULII 1493.

Was das heißt ist mir sofort klar, Signior Notarius, nemlich GUILIANO DATI, JULI 1493, denn so man sich nicht beeindrucken lässt ist das Lateinische ganz leicht zu verstehn, weil viele Worte sind fast als wie im Italienischen und auch wie unsre Sprache in Fiorenza, Gott schütze es und den großen Gonfaloniere Pier Soderini der es so weise regiret, Amen.

Weiter unten steht dass das Büchlein von Eucharius Silber gedruckt ist,* und das dünkt mich höchst sonderbar. Aber grad in dem Moment verabschiedet Silber sich von seinem Freund der fortgeht, also bin ich jetzt an der Reihe, und indem dass ich vielleicht keine Gelegenheit mehr hab dieses Büchlein in Ruhe zu lesen, versteck ich mich hinter

* Tatsächlich druckte Silber im Juni 1493 einen Brief von Dati mit dem Titel *Lettera delle isole novamente trovate.* (Vgl. *Gesamtkatalog der Wiegendrucke,* Leipzig 1925, Bd. VII, Nr. 7999.)

einem Stapel Papier und stopf es mir recht tief in die Hosen.

Ich weiß wohl, Signior Notarius, dass Ihr wahrscheinlich sagen werdet das ist Diebstahl, aber ich schwör Euch, ich wollte Silber das Büchlein zurückgeben, bloß dass ich dann leider keine Gelegenheit mehr hatte und jetzt bin ich wieder hier in Fiorenza. Aber im Leben weiß man ja nie, vielleicht schaff ich's früher oder später doch noch. Außerdem muss ich zu meiner Entschuldigung sagen, dass ich dieses kleine Laster schon als Junge hatte, drum nennt Lionardo mich ja auch nicht nur verlogen, verfressen und dickköpfig, sondern auch einen Dieb und hat mir den Namen Salaì gegeben, nach dem bösen Sultan Saladin, denn wenn mich was wirklich interessirt, dann – zack – steck ich's ein, aber natürlich nur geliehen, das ist klar.

Wo war ich, ach so, dieser Silber sagt freundlich, komm her, mein Junge was willst du von mir?

Naja, sag ich und fürchte dass er mich doch gesehn wie ich mir den Band in die Hosen gestopft, nun, ich suche ein Buch das heißt so und so.

Aha, ich verstehe, sagt Silber und ist gar nicht überrascht und auch nicht misstrauisch wie Pater Dati. Er fragt nicht mal, wer mich zu ihm schickt, und das bedeutet, dass die Druckerei von Silber in Rom wirklich alle kennen, sogar die Steine auf der Straße.

Das ist ein sehr seltenes Buch, sagt Silber, denn es wurde vor kurzem in Lothringen gedruckt und es gibt nicht viele Exemplare. Es handelt von der Entdeckung Amerikas durch Vespucci, glaube ich. Ein interessantes Gebiet, aber leider weiß ich nicht wie ich dir helfen kann, mein Junge.

Da klappt mir der Unterkiefer bis zum Boden runter, denn schon wieder hab ich nichts Nützliches rausgekriegt und langsam geht mir die ganze Sache auf den Sack. Um doch noch was aus Silber rauszukriegen frag ich ihn: War das nicht ein gewisser Columbus wo Amerika entdeckt? Silber setzt eine listige Miene auf wie wenn er sagen würde, aha, du willst Katz und Maus mit mir spielen, und antwortet: Mein lieber Junge, ich bin kein Fachmann für Kosmologie, bin nur ein armer Verleger und kann ja nicht die ganze Wissenschafft von den Autoren der Bücher im Kopf haben die du hier gedruckt siehst. Wofür brauchst du denn dieses Buch?

Ehrlich gesagt, nicht ich brauch es, sondern eine bedeutende Persönlichkeit aus Venedig, die hat mich beauftragt es zu kaufen. Aha, und wie heißt denn dieser Mann? Seine Exzellenz Grimani. Soso, und wie viel Zeit hast du, es zu finden? Nicht grad viel, sag ich, ich muss mich beeilen, sonst wird mein Padrone wütend, und zwar gewaltig.

Da gibt mir Silber einen Rat: Wenn du Eile hast, dieses Buch zu finden, weißt du was ich an deiner Stelle täte? Geh zur Druckerei von Giovanni De Lignamine, da bekommst du es. Sein Laden ist am Ende der Straße, du kannst ihn gar nicht verfehlen, er liegt an der Ecke zu einem sehr engen Gässchen wo einer steht, der verkauft Kräuter und Knoblauchzehn, aber beeil dich, es ist spät, und ich glaub er geht gleich nach Haus.

Also renn ich zu der Ecke die er mir beschrieben, und wirklich da steht der Händler mit den Knoblauchzehn, wie Silber gesagt, und ich seh auch einen Laden, wahrscheinlich der vom De Lignamine, aber der ist geschlossen. Der Knoblauchverkäufer sagt, De Lignamine ist schon seit Jahren nicht mehr in Rom, nemlich er ist nach Spanien gegangen und seit der Zeit ist die Tür von seinem Laden immer geschlossen. Jedenfalls ist das ein Lager, sagt der

Händler, wo De Lignamine die Exemplare von seinen gedruckten Büchern aufbewahrt, und das sind sehr viele. De Lignamine behauptet, er hat mehr als fünftausend Bände hergestellt.

Wie sonderbar, sag ich, Silber hat mich hergeschickt und mir auch gesagt, ich würd hier jemanden finden. Ach ja? Tja, mein lieber Junge, das bedeutet, dass Silber dir einen Bären aufgebunden hat, denn er hat seinen Laden seit zwanzig Jahren in der Via Mercatoria und weiß ganz gewiss dass De Lignamine nicht mehr hier ist.

Ich geh zurück zum Laden vom Silber, um ihn zu fragen, sag mal, warum hast du mich verarscht? Aber jetzt ist auch sein Laden geschlossen, drum frag ich im Geschäft gleich daneben. Das ist ein Buchhändler, der will aber auch grad schließen und sagt mir, Silber ist für mindestens zehn Tage weg und kommt so schnell nicht zurück, denn er muss außerhalb von Rom einige Geschäfte erledigen. Dann könnt Ihr mir vielleicht helfen, bitte ich ihn, aber der Mann schaut mich misstrauisch an, brummt was Undeutliches und wendet sich ab, um die letzten Sachen aufzuräumen und seinen Laden zu schließen.

Wie ich mich umblicke seh ich, dass alle andren Buchhändler und Drucker in der Nähe unser Gespräch gehört, aber sobald ich sie anschau drehn sie sich um und tun wie wenn sie von nichts wissen und fangen auch an, ihre Läden aufzuräumen und schließen dann alle die Türen. Wie sie mir so den Rücken zuwenden scheinen sie alle zu sagen, Junge, lass uns in Ruhe, hau ab und kümmer dich um deinen Kram. Kurzum, Signior Notarius, es war ganz klar, keiner wollte einen Finger für mich krumm machen, und sicher hätten alle gern gesehn, wenn ich mich auf der Stelle verpisst hätte. Außerdem war am nächsten Tag Sonntag und alle Läden geschlossen, also konnt ich bis Montag nicht den kleinsten Furz zuwege bringen.

Darum bin ich zu Dati zurück, um ihm zu erzählen was passiert war, aber Dati hat mir von seinem Sekretarius sagen lassen, es wär schon spät und er hätte viel zu tun, drum sollt ich später wiederkommen und um ein ~~Kollokwi~~ ~~Kollocqui~~ ~~Kollouqi~~ um ein Gespräch bitten, aber frühestens in zehn Tagen, tja, es schien ganz so als hätte dieser Dati keine große Lust, mich wiederzusehn.

Also sag ich mir, na gut, wenn ich am Montag keinen finde der mir hilft an dieses verdammte Buch ranzukommen, dann geh ich zurück nach Fiorenza, Gott schütze es und den großen Gonfaloniere Pier Soderini, der es so weise regiret, und Lionardo sag ich dass ich die Nase voll hab, und aus der Patsche muss er sich schon selbst helfen.

Wie Ihr seht, Signior Notarius, hab ich reichlich gearbeitet und darüber hab ich einen solchen Hunger gekriegt dass ich hätt einen Ochsen schlachten und ihn roh mitsamt dem Fell und den Hufen essen können. Aber um es einfacher zu haben such ich mir eine Osteria in der Nähe von San Giovanni im Lateran, da wird mir ein köstliches Mahl aufgetischt, nemlich gebratnes Huhn mit Karotten und Kohl, frisches Brot und zwei oder drei Gläser junger roter Wein und eine Nachspeise aus Früchten und Honig, das hat mich wieder zu Kräften gebracht, und schon dieweil ich esse, weiß ich dass ich mit dem Geld von Lionardo zahlen werde, gewiss nicht mit meinem eignen, und das sind so Gedanken die machen mir immer einen großen Appetit und eine gute Verdauung.

Beim Essen zieh ich das Büchlein aus meinen Hosen was ich im Laden vom Silber mitgenommen und denke mir:

Sieh mal einer an, wenn man was stielt hat man immer das Gefühl was Böses zu tun, aber eigentlich hab ich gut dran getan, Silber das Büchlein zu stibitzen, denn er hat mich verarscht indem dass er mich zu Lignamine schickt wo der doch gar nicht mehr in Rom ist. Das Büchlein war zimlich langweilig weil es war in Versen geschrieben, und Poesie hab ich noch nie besonders gut verstanden, ich hab's Euch ja schon erklärt dass ich ein bisschen igniorant und ungehobelt bin. Aber ich hab kapirt dass da was von Columbus Entdeckung der indischen Inseln geschrieben steht, und war eine Übersetzung aus dem Spanischen ins Italienische, die hat Dati gemacht. Also ist klar dass Dati und Silber sich wirklich gut kennen, aber warum hat Dati mir das nicht gesagt? Dieweil ich esse ist mir aber eine noch seltsamere Sache passirt und zwar diese.

Wie ich grad das Huhn abnage setzen sich zwei Männer an den Tisch nebenan, die blicken manchmal zu mir rüber, aber immer wenn ich sie anschau, drehn sie sich weg und tun wie wenn nichts wär, und sie trinken nur ein bisschen Wein ohne zu essen, darum denke ich: Wie bringen die zwei das fertig, dass sie keine Lust zum essen haben bei den Düften die hier aus der Küche kommen?

Wann ich einen Moment rausgegangen um zu pissen und dann wiederkomm, seh ich dass die beiden weg sind, aber auf meinem Tisch liegt ein Zettel, darauf steht groß die Zahl 10 geschrieben.

Ich denk, vielleicht haben die Leute von der Osteria mir auf einen Zettel geschrieben, was ich bezahlen soll, obwohl mir das ein bisschen viel erscheint. Also frag ich die Padrona ob sie den Zettel auf meinen Tisch gelegt, und sie sagt, nein, davon weiß ich nichts.

Unterdessen ist's draußen schon zimlich dunkel,

also geh ich zu meiner Herberge zurück. Auf der Straße herrscht eine grässliche Finsternis, ringsherum ist alles schwartz, nur durch die Fenster der Häuser sieht man das Licht von Kerzen die noch brennen, und ich brauch höllisch lang um den Weg zu finden, weil die Basilika San Giovanni ist sehr weit weg von der Kirche Santagostino, und dann fängt's auch noch an zu regnen, ein Regen mit Tropfen so dick wie Weinflaschen, ich kann meine eigne Hand vorm Auge nicht mehr sehn.

Darum hab ich mich schließlich verfranzt, denn wie ich in die Richtung von meiner Herberge geh, nehm ich die Piazza Navona nicht von rechts sondern von links, und so lande ich auf einem kleinen Platz den ich, wie mir scheint, schon mal gesehn, aber ich erinnre mich nicht recht. Der Regen hört nicht auf, kein Schwein ist auf der Straße und ich kann niemanden nach dem Weg fragen.

Also bleib ich stehn und fang an zu beten, nemlich das einzige was hilft in solchen Fällen, Signior Notarius, ist ein paar Paternoster zu sagen, die sind überaus nützlich zur Abwehr von Missgeschick und Dieben, Betrügern und Mördern, diesem ganzen Gesindel was bei einer so höllischen Finsternis auf den Straßen von Rom umherschleicht. Wenn die mich kriegen, stehlen sie mir gewiss all das Geld von Lionardo das ich bei mir trag und schneiden mir noch dazu die Kehle durch.

Aber grad wie ich mit dem ersten Paternoster anfang wird der Regen noch stärker, und kommt so gewaltig viel runter dass es scheint als hätte Gott gesagt, so da habt ihr's, jetzt wascht euch den Gestank von euren Sünden ab, der steigt mir ja schon in die Nase.

Ich steh an eine Mauer gelehnt, meine Füße sind klatschnass vom Wasser und vom Schlamm, und ich schau mich um ob da wenigstens ein offener Hauseingang ist wo ich mich unterstellen kann, aber sind alle geschlossen und obendrein hab ich keinen blassen Schimmer wo meine Herberge ist. Da spür ich plötzlich wie mich was am Bein packt. Ich schrei sofort, wer ist da, und seh eine Hand die kommt unter einem Haufen Lumpen und Brettern hervor und hat meine Wade umklammert. Unter dem Haufen antwortet eine Stimme, was brüllst du so, pass auf, du Idiot, du hast mir auf den Fuß getreten, und dann fängt die Stimme an zu husten, ein lauter und tiefer Husten ist das, Uchuchuch, ochochoch, und man merkt sofort, der ist übel dran, denn der lebt draußen sogar bei diesem Hundewetter.

Jedenfalls war das die Hand von einem der unzähligen Bettler wo auf den Straßen von Rom leben, Signior Notarius, ich hab's Euch ja schon erzählt, und der Bettler hat sich unter den Lumpen und paar hölzernen Brettern vor dem Regen geschützt, aber aus dieser dreckigen Hütte ragte sein Fuß heraus und da bin ich aus Versehen drauf getreten, also hat er versucht, mich mit der Hand wegzustoßen. Ich entschuldige mich, da bietet er mir an mich zu ihm zu gesellen, damit auch ich vor dem Regen geschützt bin, aber die Hütte stinkt schlimmer als wie Müll, drum sag ich, nein vielen Dank, sehr freundlich von Euch.

Ich trete ein bisschen zur Seite, und plötzlich sehe ich zwischen meinen Füßen ein Stück Papier, halb in einen alten durchlöcherten Stofflappen eingewickelt, und man sieht, dass es ganz voll geschrieben ist. Also bück ich mich um es aufzuheben und wie ich Acht gebe dass es nicht noch nasser wird, denn der Regen hat die Schrift schon halb verwischt, da staune ich sehr, denn es ist ein Gedicht, stellt Euch bloß vor, Signior Notarius, und handelt von sehr interessanten Dingen und ist just dasselbe Sonett das Ihr in meiner Tasche gefunden, zusammen mit dem Brief an Lionardo:

SONETT

An den wahren Entdecker der Neuen Welt

Des Amerigo Vespucci große Glorie
Scheint mir in Wahrheit eher klein
Denn wer ihm geglaubt die Historie
Der fiel auf grobe Torheit herein.

Columbus soll ewig der Stolz gebühren
Zu sagen: «Hör mich an, Volk, und hab Acht,
Mein Andenken dürft ihr niemals verlieren
Ich allein hab Amerika ans Licht gebracht.»

Doch auch Innozenz wollen wir rühmen.
Dem Kapitän half er bei schwerem Beginn:
Mannschaft und Segel, ein jeder der Riemen
War des Pontifex und seiner Bankherrn Gewinn.

Für diese Entdeckung, fürwahr keine Neuigkeit
Musste Cybo der Große finanziell sich verpflichten,
Der als Papst und Papa väterliche Heiligkeit.

Pasquino

Nun sieh mal einer an, denk ich, was für ein wunderlicher Zufall, dass ich grad jetzt dieses Gedicht find, was ich zwar nicht ganz verstehn kann, aber man erkennt ganz klar dass es von Vespucci und Columbus handelt und von der Entdeckung Amerikas, und auch von einem Papst, und fast scheint mir jemand hat es hier absichtlich für mich hingelegt.

Aber ich hab ja nun wirklich nicht geahnt, dass ich heut des Abends hier vorbeikomm, denk ich, drum konnte auch niemand sonst es wissen. Also frag ich den Bettler, hör mal mein Freund, ich hab hier auf dem Boden ein Papier mit einem Gedicht gefunden, und wo du dich just an dieser Stelle so gut eingerichtet, kannst du mir vielleicht sagen woher das kommen könnte?

Ich hab erwartet, er würde antworten, woher zum Teufel soll ich das wissen, siehst du denn nicht dass ich halbtot bin vor Hunger? Doch nein, er sagt ganz geduldig, er will mir helfen, weil an meinem Aktzent hat er schon gemerkt dass ich nicht aus Rom bin. Dann erklärt er mir, Gedichte wie das, was ich in der Hand halte, gibt's an dieser Ecke zuhauf, denn wir sind hier auf der berühmten Piazza Pasquino. Und da erinnre ich mich dass ich vor sieben Jahren sehr oft hier gewesen bin, nemlich auf der Piazza wo eine bekannte römische Statue steht, die heißt Pasquino. An die hängen die Römer anonüme Schriften mit ihrem politischen Protest, zum Beispiel: Nieder mit dem Papst oder: Tod den Spaniern oder: Der französische Botschafter ist ein großer Hurenbock oder: Der Kardinal Soundso ist vom andren Ufer etcetera, oder auch Gedichte Aufrufe politische Vorträge etcetera, und zum Spaß unterschreiben sie diese Schriften mit dem Namen Pasquino wie wenn es die Statue gewesen wär, die sie verfasst hätte. Kurzum, Signior Notarius, wenn ein armer Kerl hier in Rom den Mächtigen mal eins draufgeben will, aber er weiß nicht wie, dann schreibt er ein schönes Sonett mit lauter Gemeinheiten und hängt es an der Piazza Pasquino auf, und auch wenn sein Leben so weitergeht wie vorher, fühlt er sich doch ein bisschen besser. Das ist eine Tradition die es in unsrer Heimat Fiorenza nicht gibt aber die könnt man ruhig mal bei uns einführen, denn mir scheint es eine gute Sache zu sein, wenn man die Mächtigen von Zeit zu Zeit zur Hölle schicken kann, dann toben wir armen Schlucker und Ignioranten uns mal ein bisschen aus, was sagt Ihr dazu, Signior Notarius?

Was zum Henker wollt ich erzählen, ach ja. Wegen dem Regen hatte ich sie nicht gesehn, aber gleich hinter der Ecke steht die Statue von Pasquino. Also geh ich sie anschaun und wirklich, sie ist gespickt voll mit Blättern und Zetteln, aber dieser Platzregen ist so stark dass alles ganz nass ist und die Zettel kleben an der Statue fest, man kann sie kaum abnehmen, und außerdem ist die Tinte fast überall vom Wasser verwischt. Den ich gefunden hab, den kann man noch leidlich gut lesen, weil er von dem Stofflappen des Bettlers geschützt war, also steck ich ihn mir in die Tasche und zwei, drei andre dazu, die auch fast ganz heil sind, das sind Kopien von demselben Sonett.

Guter Mann, frag ich den Bettler, vielleicht wisst Ihr auch wer dieses Gedicht über Columbus und Vespucci und die Entdeckung von Amerika verfasst hat? Und er antwortet, natürlich weiß ich das, hier gibt's ein paar Kerle die sind ein wenig wunderlich, kommen einmal in der Woche und hängen Sonette auf und andre Sachen über diese Geschichte mit Amerika, ich kann zwar nicht lesen, aber am nächsten Morgen stehn hier immer ein paar Leute die lesen laut vor, was sie da aufgehängt finden und dann lachen sie und disputiren drüber. Aha, und wann kommen diese Männer gewöhnlich, von denen Ihr redet? Tja, sagt er, fast immer am Samstag, denn dann hält die Nachtwache keine genauen Uhrzeiten ein und kontrolliert wie's ihr grade passt, drum ist die Statue zimlich lange unbeobachtet.

Oh gut, sag ich, und denke, ha, was für ein Mordsschwein ich hab, heute ist Samstag, einmal wenigstens hab ich gut dran getan, Lionardo zu gehorchen, nemlich sofort aus Fiorenza abzureisen, denn hätt ich die Kutsche einen Tag später genommen, wie ich zuerst gewollt, wär ich nicht rechtzeitig hier angekommen, um den Männern zu begegnen wo dieses Sonett geschrieben haben und mir vielleicht auch sonst was Nützliches sagen können.

Es scheint ja wirklich so, Signior Notarius, wie wenn von den normalen Leuten die was von Büchern verstehn mir keiner helfen wollte das Buch für Lionardo zu finden: Dati nicht, Silber nicht und die andren Buchhändler auch nicht. Also war die einzige Möglichkeit etwas zu erfahren, dass ich Leute fragte die einen Sprung in der Schüssel haben, sprich ganz bestimmt solche die wo Sonette schreiben und sie an eine Statue hängen, etwas was mich zimlich verschroben dünkt und vielleicht auch ein bisschen dumm.

Also versteck ich mich hinter der Statue von Pasquino und warte, und tatsächlich seh ich nach einer Weile plötzlich zwei Schatten, die kommen aus dem Schutz einer Mauer und gehen im Regen auf die Statue zu. Doch grad in dem Moment muss der Bettler husten, uchuchuch, ochochoch, und wie man das grässliche Geräusch von seinem schleimigen Krächzen sehr laut hört, halten die beiden Schatten erst inne und dann verschwinden sie.

Jammerschade, denk ich, vielleicht sind sie weg weil sie fürchten die Nachtwache kommt näher, und fast will ich ihnen schon hinterher, aber ich hab nicht gesehn in welcher Richtung sie die Piazza verlassen, und außerdem könnte das gefehrlich sein. Also beschließ ich, auch meiner Wege zu gehn und nehm die Straße vor mir, die nach rechts führt.

Aber wann ich in die Mitte der Straße komm, hör ich eine Stimme die sagt, da ist er, dann bemerk ich Schritte die sich nähern und fang an zu laufen. Meine Füße rutschen im Schlamm aus und ich denk, siehst du Salaì, du hast es nicht besser verdient, denn bei all den Dieben die nachts unterwegs sind, konnte nichts hirnrissiger sein als im Dunkeln hinter der Statue von Pasquino auf zwei Unbekannte zu warten um sie nach Columbus und Vespucci zu fragen. Derweil lauf ich aber so schnell ich kann, und ruf auch Hilfe! aber der starke Regen verschluckt meinen Schrei, und ist sowieso ringsum keine Menschenseele zu sehn. Gleich darauf spür ich eine Hand die mich am Hals packt und dazu einen Schlag auf den Schädel, und auf einmal wird in meinen Augen und drumherum alles schwartz wie die Nacht, und meine Beine sagen Ciao Salaì, und ich fall aufs Pflaster. Dann erinnre ich mich, dass mich jemand unter den Armen gepackt und gezogen und der Regen mein Gesicht nass gemacht hat, aber sonst hab ich an der Stelle bloß ein Loch im Gedächtnis. Und jetzt mach ich mal wieder einen schönen Schnörkel, damit ich weiß wo ich weiterschreiben muss, weil erst muss ich pinkeln, entschuldigt bitte Signior Notarius, aber ich versprech Euch dass ich dann gleich sofort weitermache.

So, da bin ich wieder, es ist unglaublich aber mir scheint, im Kerker ist das Pinkeln noch dringlicher als draußen in Freiheit, nemlich wenn der Eimer voll ist muss man den Wärter rufen, aber der lässt einen immer ewig lang warten und wenn er dann kommt, sagt er, na Salaì, hast du eine kaputte Blase? Und ich sag ihm, leck mich doch, deine Blase hat dir doch deine Großmutter geliehn.

Also ich sagte, wann ich wieder aufgewacht bin ging es mir nicht so gut, weil ich lag zwar warm und trocken in einem Raum, aber mit einem Seil der Länge nach auf ein Bett gefesselt und der Schädel tat mir auch weh. Es war fast dunkel, nur eine Kerze brannte und Stimmen flüsterten, Das war deine Schuld, nein, Hornochse, es war deine Schuld, hast du denn nicht drauf geachtet wie er gekleidet ist, bevor du ihm eins übergebraten hast?

An diesen Reden erkenn ich dass die Leute die mich überfallen haben, dachten ich wär ein großer Herr, weil ich trag an meinen Kleidern ja überall diese Bänder Schleifen Federn etcetera mit denen Lionardo mich gewandet hat, und kosten einen Batzen Geld.

Und ich denk an das was Lionardo gesagt, nemlich dass die Leute mich respektieren und mir helfen würden, wenn ich so angezogen wär, und gut gekleidet sein hilft immer. Ha, da war er aber schief gewickelt, denn Dati wollte nicht mehr mit mir sprechen, Silber hat mich verarscht und jetzt hat mich jemand niedergeschlagen und an ein Bett gefesselt, und vielleicht schneidet man mir obendrein gleich die Kehle durch, und an all dem könnt auch Ihr sehn, Signior Notarius, dass mein Ziehvater ja ein großer Genius sein mag wie er behauptet, aber eigentlich hat er gar keinen Durchblick, denn wär ich erst einen Tag später aus Fiorenza abgefahren, wie ich wollte, und nicht schon am Samstag angekommen, wie Lionardo wollte, ich würd hier jetzt nicht so verschnürt liegen wie ein Rostbraten.

Dann merk ich aber dass sie mich doch nicht so fest umwickelt haben, denn einen Arm kann ich noch bewegen, also fass ich sofort an die Tasche, wo ich das Säckchen mit Lionardos ganzem Geld hab, und gottseidank es ist noch da. Ich dreh mich um und seh, dass da drei Männer sind, einer sitzt, zwei stehen, und ich denk, vielleicht haben sie mich hier reingebracht, um mir die Kehle in aller Ruhe durchzuschneiden. Ich versuche aufzustehn, aber mir tut der Kopf weh wie wenn ihn jemand in der Kirche Santa Reparata bei uns in Fiorenza statt der Glockenklöppel benutzt hätte um den ganzen Tag damit Ding Dong zu machen.

B-bleibt ganz ru-ruhig und ru-ruht Euch aus, sagt einer von denen die stehen. Du hältst den Mund, diese ganze Geschichte ist deine Schuld, sagt der auf dem Stuhl zu ihm. Dann haben sie wahrscheinlich begriffen, dass ich niemandem was zuleide tun kann, denn sie lockern das Seil ein bisschen und geben mir eine Tasse Wasser, die trink ich ganz aus und fühl mich etwas besser. Dann lösen sie das Seil um meinen Bauch, also kann ich mich aufrecht hinsetzen, schau mich um und seh dass ich in einer Art Lager bin. Derweil streiten die drei weiter und flüstern, du bist und bleibst ein Rindvieh, Blasco, ich hab dir doch gesagt, das ist nur ein armer Tölpel der sich verirrt hat, und der andre antwortet: Wie zum Henker soll ich das wissen, mir schien, wie wenn der uns verfolgt.

Derjenige von den dreien der mir zunächst auf einem Hocker sitzt, hat eine dunkle Haut wie ein Mohr aus Affrika und das Gesicht ist ganz pockennarbig von den Pusteln die man kriegt wenn man niemals Weiber hat und zu viel wichst. Die Haare sind wie Kohle so schwartz, die Augen klein und unruhig, aber der Blick ist der von einem Besessenen, nemlich halb teufflisch, halb verblödet.

Die andren zwei sind einer groß und einer klein, der

Große (aber das hab ich erst später erfahren) heißt Ferramonti und hat Schielaugen und eine Haut so vom Fett glänzend wie die von einem Brathuhn, sein Bärtchen ist schwartz und sein Schädel halb kahl, außerdem stottert er das heißt er stolpert immerfort über das was er sagt, so wie's mir geschieht wenn ich ein schwieriges Wort schreib, aber der Unterschied ist dass er auch über die leichten Worte stolpert und spri-spri-spricht i-im-mer nu-nur so-so und hat eine halbe Stunde gebraucht bloß um seinen Namen zu sagen, nemlich Ferramonti.

Der dritte heißt Blasco und ist groß wie ich mit langen blonden Haaren und Locken wie die meinen, aber das Gesicht ist runder und er trägt ein rotes Wams und anders als Ferramonti spricht er sehr gut und sehr schnell. Sein Gesichtsausdruck ist gutmütig und freundlich, seine Augen sind nicht schief wie die von Ferramonti und nicht besessen wie bei Rubè, so heißt der auf dem Hocker, aber sehn sehr schlau aus, wie wenn er heimlich bei sich sagen würde, ha, ihr habt ja keine Ahnung aber ich weiß wie der Hase läuft.

Rubè scheint der Anführer zu sein, nemlich wenn die drei verschiedne Meinungen haben gewinnt immer er, dann sagt er, haltet den Mund ihr Schwachköpfe, ihr könnt ja nicht mal bis drei zählen, und sie brummen in sich hinein, Hör sich das einer an, bloß weil er ein paar mehr Bücher liest als wir will er immer kommandiren, aber zuletzt gehorchen sie ihm doch.

E-en-entschuldi-digt Signiore, sagt Ferramonti zu mir, ich w-w-wollte Euch nicht weh-wehtun aber wie ich Euch mi-mitten im Re-regen gesehn, hab ich Euch eins ü-über die Rü-rübe ge-ge-geben weil ich dachte Ihr seid ein Meumeuchel-mörder.

Schlimmer, ein Spion der Sbirren, fügt Blasco hinzu. Schnauze, Idiot, bringt ihn Rubè zum Schweigen, du mit deinem beschissenen roten Wams das du sogar nachts anziehst, damit erkennen dich doch alle.

Also beschließ ich zu sprechen, denn bis jetzt hab ich den Mund noch nicht aufgemacht: Hört, ihr Männer, ich bin kein Meuchelmörder und auch kein Spion, im Gegenteil, das sind Leute bei denen mir maximamente die Galle hochkommt, aber bei den Sbirren und den Kriminalnotari ebenso (Tut mir leid, Signior Notarius, aber das musste ich unbedingt sagen, weil ich hatte Angst dass sie mir nochmal eins überbraten, damit ich sie nicht bei den Sbirren verpfeifen kann). Also werde ich bei Gericht nicht anzeigen was mir heut Abend mit euch passiert ist, denn ich seh dass ihr im guten Glauben ward und euch bloß geirrt habt. Ich bin nur hier in Rom um ein Buch für meinen Padrone zu kaufen, das ist eine sehr wichtige Persönlichkeit in Venedig und hat mit vielen öffentlichen Angelegenheiten zu tun, drum will er nicht dass ich seinen Namen sage. Also meine lieben Signiori, wenn ihr mich jetzt entlasst, dank ich euch sehr, und geh in meine Herberge zurück, in Ordnung?

Aber sicher, natürlich, sagen sie und scheinen zimlich überzeugt von meiner Ehrlichkeit, insonderheit aber sehr froh dass sie das Problem so lösen können, wie ich wollte, nemlich ohne Sbirren. Sie lassen mich aufstehn und begleiten mich mit tausend Freundlichkeiten zur Tür: Wie geht's dem Kopfe? Wollt Ihr noch ein Glas Wasser? Wisst Ihr welchen Weg Ihr nehmen müsst? Wollt Ihr ein Tuch zum Schutz vor dem Regen? Nein danke, mir geht's ausgezeichnet und ich brauch nichts, sag ich, denn ich will mich so schnell wie möglich verdrücken.

Wie er die Tür öffnet um mich rauszulassen, sagt Ferramonti, nur noch eine Fra-frage bitte, w-was für ein Buch s-su-sucht Ihr denn für Eu-euren Pa-pa-padrone?

Ich antworte: Och, nichts Besondres, ein Buch über … wie sagt man noch gleich, ein Buch über Reisen. Ach ja, wie heißt es denn? fragt Rubè der weil ich so zögerlich antworte etwas misstrauisch geworden ist. Hm, tja, naja, stammle ich wieder, also den Zettel mit dem Titel hab ich in der Herberge.

Bevor ich mir was Bessres ausdenken kann, schaut einer der drei in meine Taschen und zieht das Buch von diesem Giuliano Dati heraus, wo ich in Silbers Laden geklaut.

Und das, Signior Notarius, war das größte Pech was mir passiren konnte, denn kaum haben die drei erkannt, welch ein Büchlein das ist, wechseln sie Blicke, und Ihr könnt Euch nicht vorstellen wie schnell sie jetzt die Tür wieder schließen, mich packen, aufs Bett werfen und mit einem Strick und ein paar Decken fesseln. Ich hab versucht mich zu wehren, aber die sind zu dritt und ich einer, und außerdem war ihnen ja nicht so schwummerig vom Schlag auf die Rübe wie mir, also hatten sie fast sofort die Oberhand. Ich hab noch laut geschrien, Hilfe, rettet mich, aber da hatten sie mir schon einen Lappen um den Mund gebunden. Derweil brummen sie untereinander Sachen wie, ich ha-habs ja ge-gewusst. Ja, du hattest Recht, pssst, ihr beiden Hohlköpfe, seid ruhig und bindet ihn fester.

Erst als ich wieder ordentlich verschnürt bin, nehmen sie mir den Lappen vom Mund, aber sie warnen mich, wenn ich schrei, sorgen sie dafür dass ich's sofort bereue.

Dann muss ich ein endlos langes Verhör über mich ergehen lassen, und als erstes wollen sie wissen, warum um alles in der Welt ich mich im Auftrag meines Padrone für die Entdeckung von Amerika interessire. Sie drohen mir, wenn ich nicht die Wahrheit sage, werden sie das sofort merken und mir ruckzuck den Bauch aufschneiden, wie man's bei den Fischen macht, um das Innere rauszunehmen. Also muss ich nachgeben, um Schlimmeres zu verhüten, und gesteh den wahren Titel von dem Buch das ich suche, nemlich das mit der Kosmografie, und da sagen sie, aha, nun hör sich das einer an, und daran merk ich dass sie das Buch ganz genau kennen. Dann fragen sie mich tausendmal seit wann ich mich für das Thema interessire, welche andren Bücher von der Art ich kenn wie lang ich sie schon verfolge wer mich bezahlt um sie auszuspioniren was ich schon über sie weiß ob ich andre Spione als Komplizen hab etcetera etcetera. Und nach all dem ist sonnenklar dass Rubè Ferramonti und Blasco ein elendes Leben führen, denn sie müssen sich immerzu fürchten und leben ständig in der Angst, dass mächtige und böse Menschen gegen sie Ränke spinnen.

Zwei Stunden hat's gebraucht um sie zu überzeugen dass ich sie nicht ausspionir, dass die Entdeckung von Amerika mich einen feuchten Dreck interessirt, dass ich bloß in Rom bin um dieses Buch für meinen Padrone zu kaufen und von Kosmografie keinen blassen Schimmer habe. Wann sie mich fragen wie mein Padrone heißt und ich sag Grimani, rufen sie, oooh, aaah, und sind ordentlich beeindruckt, ja sogar erschrocken, und scheint fast wie wenn sie viel besser wissen als ich wer Grimani ist.

Da frag ich, sagt mal, warum habt ihr euch eigentlich so in die Hosen gemacht wie ihr erfahren habt dass das Buch von Amerika handelt? Und bevor ihr mir wieder eins überbratet, ich hab auf der Straße außerdem einen Zettel mit einem Sonett gefunden, da geht's auch um die Entdeckung von Amerika, könnt ihr mir bitte erklären was das ist?

Da blickt Rubè seine Freunde sehr böse an und sagt, ihr seid wahrhaftig zwei elende Stümper, ich hatte euch doch befohlen ihr sollt alle Kopien von dem Sonett mitnehmen, auch die wo runtergefallen sind, aber nein, kaum hört ihr irgendjemanden husten nehmt ihr Reißaus wie die Kaninchen.

Also wenn ichs richtig verstanden hab, dann waren Blasco und Ferramonti zu der Statue von Pasquino gegangen, um ein paar neue Sonette dranzumachen, aber erst mussten sie alle Kopien von dem Sonett über Columbus Vespucci etcetera abnehmen was sie am Samstag davor geschrieben und an den Pasquino geklebt hatten.

Wie der Bettler gehustet hat, sind Blasco und Ferramonti weggelaufen weil sie Angst hatten, die Sbirren oder Diebe wären gekommen. Gleich darauf hab ich, ohne dass ich's wusste, denselben Weg genommen auf dem sie geflohen waren, und sie hatten gedacht ich verfolge sie, also haben sie mir ein paar gehörige Schläge auf den Kopf verpasst und mich in Sicherheit gebracht, dass sie mich ausfragen und rauskriegen was zum Teuffel ich von ihnen will.

Dann rede ich weiter und sag, das Sonett handelt von Vespucci und Columbus aber ich kapir nicht genau was das bedeuten soll, denn ich hab immer gehört dass Amerika von Amerigo Vespucci entdeckt wurde, wogegen in dem Sonett steht es war Columbus.

Tja, mein Lieber, Vespucci oder Columbus? Du bist noch zu jung, aber wenn du all die Bücher gelesen hättest die ich gelesen hab, würdest du verstehen dass genau das der Kern des Problems ist, sagt Rubè mit sehr geheimnisvoller Miene. Aber er behandelt mich nun endlich freundlich und befiehlt den beiden andren mit einer Kopfbewegung mich loszubinden und macht ein Gesicht das bedeutet:

Alles klar, dieser Salaì ist bloß irgendein Trottel und ist nichts Verdächtiges an ihm, und ist auch kein großer Herr sondern bloß ein Junge, den sein Padrone gut gekleidet hat.

Dann erklären mir die drei dass wir uns in einem Lager nah bei der Piazza mit der Statue von Pasquino befinden, das nutzen sie in gefehrlichen ~~Situazio~~ ~~Sitauzio~~ wenn's brenzlig wird als heimlichen Unterschlupf und liegt in einer Gasse wo des Nachts nicht mal ein Hund vorbeikommt, drum kann man reden ohne Gefahr dass jemand zuhört. Dann holen sie ein bisschen Brot und Wurst und Wein aus einem Schrank und bieten mir was an, der Wein wär sehr anständig, sagen sie, weil Rubè hat ihn mitgebracht, der hat ein Geschäft mit Wein und Öl. Ich hab gern zugegriffen, Signior Notarius, denn wegen dem Schreck hatte ich schon das ganze Huhn vom Abendessen verdaut. Sie fragen mich wo meine Herberge ist, und wie ich zögere, sagen sie, ganz ruhig, wir wollen dir nichts Böses, und dann sagt Blasco, aha, die kenn ich wohl, denn ich selbst wohne ganz in der Nähe.

Danach haben Rubè Blasco und Ferramonti mir eine Menge geheimer und sehr gefehrlicher Dinge verraten, die will ich Euch berichten, Signior Notarius, denn die sind gewiss sehr wichtig als Informazion für die politischen Anführer unsrer Stadt Fiorenza, Gott schütze sie immerdar, Amen. Darum steht in meinem Brief an Lionardo ja auch geschrieben «weil wegen Euch und Euren Freunden bin ich in ein Schlamassel von der ganz grässlichen Sorte geraten». Denn die politische Intrige, wo ich hier hinein verwickelt worden bin ist so gewaltig und komplizirt wie man sichs kaum vorstellen kann. Und in diesem Punkt hat Del Carretto obwohl er ein verdammter Lügner ist die

Wahrheit gesagt, nemlich dass ich ihm anvertraut hab ich würd in einer sehr gefehrlichen Sache stecken.

Aber jetzt, Signior Notarius, wartet einen Moment, mir ist nemlich das Papier ausgegangen, muss also den Wärter rufen und unterdessen mach ich noch mal so einen feinen Schnörkel wie vorhin.

Uff, zum Glück ist der Wärter sofort gekommen wann ich ihn gerufen, heut Nacht ist er ein bisschen freundlicher, wogegen tagsüber macht er sich einen Spaß draus mir die Folter zu beschreiben für die Gefangenen die wo dem Kriminalnotarius nicht die Wahrheit erzählen, und er sagt, du wirst schon sehn, Salaì, wie schön das ist wenn der Schinder dir die Eier und den Schwengel mit einer glühenden Zange abzwackt, hahaha, aber da sag ich, du kannst mich mal Dreckskerl pass auf, die Zange haben sie im Arsch deiner Frau vergessen.

Wo war ich, ach ja, also von dem Moment an hat fast immer nur Rubè gesprochen und die beiden andren haben ihn nur unterbrochen um irgendwelche Einzelheiten hinzuzufügen, und so, Signior Notarius, hab ich die folgenden wirklich und wahrhaftig außergewöhnlichen Dinge erfahren: Vespucci hat Amerika niemals entdeckt, ach was, er hat Amerika nicht mal von weitem gesehn, denn er hat ja auch niemals ein Schiff bestiegen, er ist nemlich ein großer Betrüger vor dem Herrn und hat in seinen Schriften die in allen Reichen von Europa veröffentlicht und Pier Soderini, dem großen Gonfaloniere unsrer Stadt Fiorenza gewidmet sind, nur Lügen erzählt. Amerika ist in Wirklichkeit von Columbus entdeckt worden, aber den haben alle vergessen wegen der Lügen vom Vespucci. Dieser Columbus hatte keine normale Familie wie man glauben könnte, nein, in Wahrheit war er der heimliche Sohn von einem Papst, der hieß Innozenz VIII. und kam aus der Genueser Familie der Cybo. Und tatsächlich, wenn man sich die Bildnisse von Innozenz VIII. und von Columbus anschaut, sind sie einer dem andren wirklich wie aus dem Gesicht geschnitten, Vater und Sohn, nemlich mit den gleichen Haaren den gleichen Augen und auch der ganze Rest ist völlig gleich, aber das ist ein riesengroßes Geheimnis was nur wenige wissen.

Rubè erzählt dass Innozenz VIII. die Expedizion von Columbus nach Amerika heimlich mit seinem eignen Geld organisiert hat, also dem Geld vom Heiligen Stuhl, aber so dass es keiner gemerkt hat, nemlich über ein Netz von Geldgebern die offiziell für den König von Spanien arbeiteten, heimlich jedoch waren sie alle Männer vom Papst Cybo, also dem Papa von Columbus, habt Ihr kapirt, Signior Notarius, wie geschickt das eingefädelt war?

Am Anfang schien alles schwierig für Columbus, weil das Könighaus von Spanien wollte ihm kein Geld für die Schiffe und die Mannschaft geben und Columbus war schon verzweifelt denn niemand vertraute ihm, aber wie dann Papst Cybo sich eingeschaltet ist alles schön glatt gelaufen.

Das Sonett das Blasco Rubè und Ferramonti an die Statue vom Pasquino gehängt haben, soll genau das sagen, nemlich dass Vespucci ein großer Lügner ist und dass die Entdeckungsreise nach Amerika vom Papst bezahlt wurde welcher auch der Vater vom Columbus war.

Aber das ist noch längst nicht alles, sagt Rubè, denn Columbus war auch ein Mitglied der Mystischen Bruderschaft die seit vielen und abermals vielen Jahrhunderten im Verborgenen existirt, nemlich das ist ein religiöser Orden von Mönchen die kämpfen sogar mit dem Schwert für Christus, zum Beispiel haben sie einen Kreuzzug gemacht um den Muselmännern die Kehle durchzuschneiden. Und sie besitzen ein großes Geheimnis, nemlich sie sollen, man weiß nicht genau wo, einen unglaublich kostbaren Heiligen Teller versteckt haben, der kommt aus Jerusalem und hat enorme Zauberkräfte, zum Beispiel wer ihn in der Hand hält der kriegt eine Vision von Christus erst als Kind und dann in allen seinen Lebensaltern bis hin zur Passion, aber Rubè fügt hinzu dass man nach einer Weile nicht mehr wusste wo dieser Teller gelandet ist, einer sagt er ist in Spanien, ein andrer sagt in Genua, kurzum niemand weiß so richtig wo er steckt und nicht mal ob's ihn wirklich gegeben hat.

Dann muss Rubè sich ausruhn, seine Kehle ist ganz trocken von der großen Erregung dass er mir all diese geheimen und sehr gefehrlichen Sachen erzählt, also macht Blasco weiter und sagt Innozenz Cybo hatte einen großen Plan, nemlich er wollte das Gelobte Land entdecken das allen Menschen ein neues Zeitalter voller Glück und Heiligkeit bringen würde. Denn am Ende des letzten Jahrhunderts war Europa so auf den Hund gekommen dass man's fast wegschmeißen konnte, von Osten kamen die Türcken, die hatten 1453 Konzstantinopel erobert und etwas später waren sie in Süditalien in Otranto gelandet und drohten bis nach Rom zu marschiren, und ihr Tyrann Mohammed II. hatte sich schon zum Kaiser von ganz Europa ausgerufen. Obendrein hatten die Türcken mit ihren Invasionen im Orient den Landweg nach Asien versperrt, über den waren vorher immer Spezereien Gold Perlen und andre sehr wertvolle Waren gekommen und darum liefen die Geschäfte im Westen jetzt schlecht und viele Menschen krepirten vor Hunger.

Aber dann hat man in Rom bei den Arbeiten für den Wiederaufbau einer Kirche die Heilige Schriftrolle gefunden, nemlich das Schild was über dem Heiligen Kreuz hing an das Jesus genagelt ward, und darauf stand geschrieben JESUS VON NAZARETH KÖNIG DER JUDEN, und außerdem hat man noch Stücke vom Holz des Kreuzes entdeckt, sogar mit einem der Nägel die es zusammengehalten, und obendrein zwei Dornen aus der Krone die der Heiland während der Geißelung auf dem Kopfe trug. Und an diesem Wunder hat man erkannt dass die Zeiten einer neuen Erlösung bevorstehen.

Alle warteten auf Hilfe vom Himmel: die Christen zum Beispiel hofften, jetzt würden sie endlich das Reich eines gewissen Johannes finden, das war ein Priester und König und Nachkomme der drei Weisen aus dem Morgenland, und war so gut und freundlich und so von Gott gesegnet dass die Türcken nichts gegen ihn vermochten. Dann gab's die Juden in Spanien, die wurden unterdrückt weil die Leute sagten, sie hätten zwar die christliche Religion angenommen, aber insgeheim würden sie weiter tun wozu sie Lust haben, nemlich ihrer jüdischen Religion anhängen. Darum waren die Juden schließlich aus Spanien verjagt worden und mussten auch sie sehr leiden und hofften darum das Land zu finden, wo die verlorenen Stämme ihres Volkes hingegangen waren. Auch den Muselmännern ging's schlecht, denn sie hätten gern die ganze Welt erobert und beherrscht, aber die Ärmsten, es war ihnen noch nicht gelungen.

Innozenz VIII. Cybo war zwar das Haupt der Christenheit aber heimlich war er auch der Sohn eines Juden mit Namen Abraham und einer Mohammedanerin, drum träumte er davon auf der ganzen Welt Frieden zwischen den drei Religionen zu schaffen, nemlich die von Mohammed, die der Juden und die der Christen. Diesen Plan, glaubte er, könnte er nur außerhalb von Europa verwirklichen, denn seit langer Zeit schon sagten die Weisen und die Profeten dass auf der andren Seite des Meeres irgendwo neue und unbekannte Länder liegen, drum träumten sehr viele Leute davon diese Länder zu finden und eine neue Welt zu gründen und eine neue Zeit des Friedens zu beginnen. Seit Jahrhunderten redete man von diesen Ländern und die Filosofen und die Poeten nannten sie die Glücklichen Inseln, Garten der Hesperiden, die Insel des heiligen Brendan, Antilya, Kolchis, das entfernteste Thule, die Insel der Sieben Städte, das Schlaraffenland und die Insel Brazil. Diese Namen und viele andre mehr gibt's schon seit uralten Zeiten, lang bevor Columbus seine Entdeckung gemacht hat.

Zum Bei-beispiel Pla-pla-platon, unterbricht Ferramonti, der hat von einem g-ge-geheimnisvo-vollen Land mit Namen Aa-atlantis ge-gesprochen, und auch der Fi-filosof Raimondo Lullo hat vor zw-zwei-zweihundert Jahren ge-gesagt, das Meer was England umgibt k-kö-könnte sich gar nicht halten wenn auf d-der an-andren Seite kei-keine Küs-küste wär die es stützt.

Oh ja stimmt, daran hab ich noch gar nicht gedacht, sag ich, um freundlich zu sein, aber die Aufregung mit der sie mir alle diese Dinge erzählen find ich doch ein wenig närrisch. Nemlich ich werd aufgeregt, wenn ich ein schönes Weib seh das mir zulächelt, aber diese drei, Signior Notarius, denen schien bloß vom Reden über solche Dinge der

Schwengel gerade zu stehn, und heimlich denk ich, sieh mal an, ich hab immer geglaubt nur Lionardo ist so blöde dass er geil wird wenn er an wunderliche Dinge denkt, stattdessen laufen von der Sorte Mensch scheinbar eine ganze Menge rum.

In dem Jahr wo Amerika entdeckt ward, sagt Blasco, haben die Spanier die Stadt Granada nach einer großen Schlacht von den muselmannischen Mauren zurückerobert, und das hat bei den Menschen die größten Hoffnungen geweckt, drum erwarteten alle jetzt eine neue Zeit und besser als die alte und haben auf jede erdenkliche Weise zur Allerheiligsten Dreifaltigkeit gebetet. Nemlich dass die Dreifaltigkeit mit im Spiel war das versteht sich von selbst, weil Columbus hatte drei Karavellen ausgerüstet die waren 1492 am 3. August nach Amerika losgesegelt, und jede hatte drei Masten wie die drei Teile der Allerheiligsten Dreifaltigkeit. Und wenn man die Ziffern von dem Tag zusammenzählt an dem Columbus in Amerika angekommen ist, nemlich am 12. Oktober, kommt wieder die Drei, das ist kein Zufall. Mit sehr geheimnisvoller Miene fügt Blasco hinzu dass Innozenz VIII., der Vater von Columbus, in der Reihe aller Päpste die Nummer 213 war, was zweimal die Drei bedeutet wenn man die ersten beiden Ziffern zusammenzählt. Und Innozenz VIII. ist in der Nacht zum 25. August gestorben, also dem Tag des heiligen Christophorus welcher nach der Legende Fährmann war, und auf griechisch heißt sein Name Träger Christi.

Und zu-zu-zufällig, sagt Ferramonti, hatte I-in-innozenz VIII. als junger Mann was mit einer a-a-adeli-ligen Dame aus Neapel die hieß Co-co-colonna und Colum-lumbus h-heißt auf Spa-spanisch Colón also fast g-gl-gleich wie Colonna.

Dann mischt Blasco sich wieder ein und erklärt, Columbus und Colón sind die Übersetzung vom Namen Jonas, das war der Prophet wo verkündet hat dass die Juden die alten Grenzen ihres Reiches zurückerobern würden, und einige sagen, Jonas wär auf Hebräisch dasselbe wie Johannes. Und sieh mal an, im Evangelium steht, wie Johannes Jesus getauft hat, kam der Heilige Geist in Gestalt einer Säule vom Himmel. Und es kann kein Zufall sein dass die Türcken den Christen ausgerechnet unter der Regierung von Innozenz VIII. eine unermesslich kostbare und bedeutende Reliquie zurückgegeben haben, nemlich eine halb vertrocknete Hand von Johannes dem Täufer und dazu die Spitze von der Lanze mit der die Römer unsrem Herrn Jesus in die Rippe gestochen wie er am Kreuz hing, die wird jetzt in Rom in Sankt Pietro aufbewahrt.

Rubè sagt, es ist klar dass Columbus genau da wieder neu beginnen wollte wo der Heiland aufgehört hatte, denn er ist an einem Freitag in See gestochen (was wie alle wissen ein Tag ist, der saumäßig viel Pech bringt, weil an diesem Tag ist Jesus gestorben), er ist an einem Freitag in Amerika angekommen, ebenfalls an einem Freitag hat er die Reise zurück nach Europa angetreten und schließlich ist er wieder an einem Freitag in Europa gelandet, und für die Reise hat er genau dreiunddreißig Tage gebraucht, also genau so viel wie die Jahre die Christus gelebt hat.* Und das bedeutet zweimal die Drei fügt Blasco sehr leise hinzu, aus Angst wieder von Rubè runtergeputzt zu werden.

An der Stelle misch ich mich in das Gerede von den drei

* Salaì scheint über ausgezeichnete Quellen zu verfügen, denn die Daten von Columbus' Überfahrt werden durch heutige Historiker bestätigt. Vgl. z. B. P. E. Taviani / C. Varela (Hrsg.), *Il giornale di bordo – Libro della prima navigazione e scoperta delle Indie di Cristoforo Colombo,* Rom 1988.

Dummköpfen ein und frag, sagt mal, wie könnt ihr eigentlich so sicher sein dass es wirklich der Papst war wo das Geld für die Reise nach Amerika gegeben?

Aber das ist doch völlig klar! sagen alle drei im Chor und zählen lauter Tatsachen und Namen von Leuten auf von denen ich noch nie gehört, die sie aber scheint's besser kennen als ich meinen eignen Bauchnabel: Das Geld von der spanischen Krone für die Ausrüstung der drei Schiffe von Columbus Flotte, erklärt Rubè, wurde der spanischen Krone vom spanischen Korps der königlichen Wache geliehen, dieses Korps heißt Heilige Bruderschaft und wird von zwei Geschäftsmännern mit Namen Pinelli und Santangelo verwaltet.* Der erste war ein Neffe von Innozenz VIII., der zweite zog in ganz Spanien den Zehnten ein und schickte das Geld dem Papst. Der Kredit wurde dann von der Diözese Badajoz zurückgezahlt die von einem Genueser verwaltet wird, einem gewissen Gentili, und sieh mal an auch er war ein Verwandter von Innozenz VIII. Und wer hat das Königshaus von Spanien dazu gebracht Columbus zu unterstützen? Zwei Franziskanerpatres, nemlich ebenfalls Männer von Innozenz VIII. Und auch die andre Hälfte von den Geldmitteln für Columbus die von Spanien gezahlt wurde, kam von italienischen Bankleuten und die waren ebenfalls Verwandte vom Papst. Also mein lieber Junge, schließt Rubè, an all dem erkennt auch ein taubstummer Blinder dass Amerika in Wahrheit vom Heiligen Stuhl entdeckt ward, und Spanien hat keinen Finger dafür krumm gemacht, aber das ist ein Geheimnis was nie-

* Salaìs Angabe ist richtig: Es handelt sich um die Bankleute Bartolomeo Pinelli und Luis Santangel, die gegen Ende des 15. Jahrhunderts sowohl im Dienst des Heiligen Stuhls als auch der spanischen Monarchie standen.

mand rausfinden soll, und wir drei gehören zu den wenigen Menschen wo den Mut haben darüber zu sprechen. Dann hält er mir das Büchlein von Dati unter die Nase das die drei in meiner Tasche gefunden und fragt: Was hast du mir dazu zu sagen?

Also erzähl ich was mir mit Dati und mit Silber passirt ist. Dati hatte mir auch gesagt dass Amerika von Columbus, nicht von Vespucci entdeckt wurde, aber man konnte sehn dass er sehr misstrauisch war und wollte mir nicht helfen das Buch zu finden, und es war klar wie dicke Tinte dass Dati und Silber sich gut kennen, aber das haben sie mir verheimlicht. Hocherfreut sagt Blasco, siehst du? Versteht sich dass Dati und Silber nicht mit der Wahrheit rausrücken, weil sie wollen nicht dass du das Buch findest welches du suchst. Aber warum denn nicht? frag ich, da sagt Ferramonti: Das ist d-doch klar! In dieser Ge-geschi-schichte mit Co-col-lumbus und der E-ent-entdeckung von Aaaa-merika gibt's so viele Ge-hei-hei-heimnisse dass niemand will dass die andren zuviel wissen und die Wa-a-ahrheit rauskriegen, sonst wird's für viele mächtige Leute sehr un-un-ungemütlich. Aber für wen denn? frag ich.

Da erklärt Rubè mit sehr leiser Stimme: Denk nur, wenige Tage bevor Columbus nach Amerika aufbrechen wollt ist sein Vater, also Papst Innozenz, auf sehr verdächtige Weise gestorben, nemlich an einer plötzlichen und gänzlich unbekannten Krankheit. Als Columbus dann zurückkehrte sprach der nächste Papst die neuen Länder sofort den Spaniern zu, und an Columbus dachte nach einer Weile gar niemand mehr, als hätte das spanische Königshaus kein bisschen Interesse mehr am Entdecker von Amerika, ja als würd man ihn sogar am liebsten zum Teufel schicken. Die Portugiesen aber, welche vor Columbus schon viele unbekannte Inseln entdeckt hatten, freilich nicht so große wie Amerika, wussten sofort dass Spanien sich alle neuen von Columbus entdeckten Länder unter den Nagel reißen wollte. Und als sie protestierten erließ der nächste Papst, nemlich Alexander VI. Borgia innerhalb weniger Tage fünf Bullen, eine nach der andren, die sollten den Streit zwischen Spanien und Portugal schlichten. Aber nicht mal die Bullen halfen das Problem zu lösen, und ein neuer Vertrag zur Aufteilung der neuen Länder musste gemacht werden, das war 1494 in der spanischen Stadt Tordesillas.

Bei dieser Geschichte, sagt Rubè, geht es nemlich um den Besitz von unermesslich großen Ländern und enormen Reichtümern, und wenn man entdecken würde dass es gar nicht Spanien war das die Entdeckungsfahrt von Columbus finanzirt hat, sondern der Heilige Stuhl, statt den Schiedsrichter zu machen, wie Alexander VI., dann gäb's ein riesiges Durcheinander mit Folgen so schlimm, die könnt sich keiner vorstellen. Ja wenn man dieses große geheime Komplott um die Entdeckung Amerikas bedenkt und dazu diesen merkwürdigen und verdächtigen Tod von Innozenz VIII., dann kann man nicht ausschließen dass es in Wirklichkeit ein Mord war.

Gut, aber was wollt ihr drei denn in dieser Geschichte ausrichten? frag ich, und für alle antwortet Rubè: Wir wollen dass die Menschen die ganze Wahrheit erfahren und zuallererst wollen wir sie dem Papst berichten, also Seiner Heiligkeit Julius II., denn das ist ein Mann der Tat der geht ran an den Speck und kann eine Untersuchungskommission berufen und die ganze Schweinerei aus der Vergangenheit ans Licht bringen lassen und reinen Tisch mit denen machen, die der Welt erzählen Spanien hätte Amerika entdeckt, während es doch ganz allein das Verdienst vom Papst war. Leider haben wir's bis jetzt noch nicht geschafft von Seiner Heiligkeit empfangen zu werden, also versuchen wir die Wahrheit auf alle möglichen Weisen in Umlauf zu bringen, zum Beispiel indem wir ein paar Sonette und andre Schriften an die Statue vom Pasquino hängen, denn da gehn die Römer immer hin, um zu sehen ob's was Neues und Interessantes zu lesen gibt, und wir sind zuversichtlich dass die Sache früher oder später endlich auffliegt.

Seht Ihr, Signior Notarius, darum steht in meinem Brief geschrieben «Aber das ist eine hochgeheime Sache, die ich Euch jetzt nicht erklären kann, denn wegen dieser Entdeckungen wird es bald vielleicht einen Mordsärger geben.» Rubè hat mich nemlich gewarnt, es könnte ein großer Aufruhr entstehen wenn jemand die Nachricht öffentlich macht, dass die Entdeckung Amerikas in Wirklichkeit ganz und gar und so nicht gelaufen ist wie man uns armen Igniioranten, also Leuten wie Salaì, einreden will.

Ich weiß, Signior Notarius, dass ich Euch zuerst weismachen wollt, mit den Entdeckungen wär was andres gemeint, nemlich dass ich eine heimliche Tändelei mit einer teutschen Jungfer hab und dass ihre Verwandten mich erwischt hätten, und hätten die Geschichte überall rumerzählt. Aber das hab ich nur Euretwegen gesagt, weil ich konnte Euch diese ganze Geschichte ja nicht einfach so auftischen, Ihr hättet mir gewisslich nicht geglaubt genauso wie ich selbst kein Wort geglaubt, wann die drei mir alles erzählt haben. Außerdem scheint es alles in allem reichlich übertrieben und also ist's vielleicht auch erfunden und drum war meine Lüge gar ganz so schlimm, oder?

Auf jeden Fall muss ich sagen, wie Rubè vom Tod von Innozenz VIII. und von all den Gefahren erzählt die mit dieser Geschichte von Columbus und der Entdeckung Amerikas verbunden sind, da ist mir fast ein kalter Schauder über den Rücken gelaufen, nemlich solche Geschichten von Komplotten wirken zwar immer dick aufgetragen, aber wenn sie nun doch ein kleines bisschen wahr sind? Wann ich das erste Mal nach Rom gekommen um meinem Ziehvater zu helfen, bin ich auch plötzlich mitten unter Gaunern und Mördern und politischen Verschwörungen gelandet und hab gedacht, geh doch zum Teuffel Lionardo, nie wieder erweis ich dir irgendeinen Dienst, bringst nichts andres zuwege als mich in die Scheiße zu reiten um deine eignen Probleme zu lösen, selber aber bist du ein fauler Sack. Ja, Signior Notarius, sagen wir's ruhig geradeheraus, mein Ziehvater mag ja berühmt sein, aber ich kenne ihn in- und auswendig und kann Euch sagen dass er nie den Arsch hochkriegt und hat keine Lust zum Arbeiten, und seine Gemälde werden auch bloß deswegen fertig indem dass er uns Jungen von der Werkstatt arbeiten lässt, nemlich er sagt, du machst das und du machst dies, dieweil er bloß eine Skitze mit Blei in seine Hefte kritzelt, an der kann man dann ungefehr sehn wie das Gemälde am Ende werden soll. Also wenn man's genau bedenkt kann man eigentlich sagen dass das Gemälde mehr von uns ist als von ihm, oder?*

Was zum Henker wollt ich sagen, ach so, also ich hatte überhaupt keine Lust, mich in die Angelegenheiten dieser drei einzumischen, im Gegenteil mir lag bloß dran den

* Salaì hat nicht ganz unrecht mit seiner Bemerkung, denn es gibt tatsächlich kein einziges Gemälde von Leonardo, dessen Urheberschaft nicht umstritten wäre.

Auftrag für Lionardo so schnell als möglich zu erledigen und schnurstracks nach Fiorenza, unsrer Vaterstadt, Gott schütze sie, zurückzufahren. Also frag ich: Jetzt sagt mir mal, gibt's eurer Meinung nach hier in Rom jemanden der dieses Buch besitzt, ja oder nein?

Die drei sehn sich an (das tun sie immer bevor sie was beschließen, und klappen dabei die Augen auf wie die Eulen, nemlich sie müssen bei jeder Frage erstmal kapiren was für eine Bedrohung dahintersteckt), schließlich sagt Ferramonti: Hm, also d-die-ses Buch, das ha-aa-ben wir, ja, wir ha-aaa-haben d-das.

Ihr könnt Euch meine Überraschung vorstellen, Signior Notarius, wo ich das Buch doch erst seit einem Tag in Rom gesucht und jetzt hatt ich's schon gefunden, also denk ich, bravo Salaì, da hast du aber wirklich Schwein gehabt wie's allen geschieht die sich ihr Glück selbst verdienen. So sagt Lionardo nemlich manchmal auf Latein: Audax Fortuna Juventus, aber ich glaub so wie er das sagt ist es falsch, weil er kann ja kein Latein, aber die Idee dass das Glück dem Tüchtigen hilft die ist richtig. Außerdem hab ich den Grund kapirt, warum die drei so misstrauisch gegen mich waren, denn ich suchte ja ausgerechnet dieses unglaublich seltene Buch was in Rom vielleicht sowieso nur sie hatten, drum waren sie nicht ganz im Unrecht wenn sie fürchteten ich wär ein Spion.

Also frag ich, aber wie habt ihr das denn fertiggebracht, wo das Buch doch so selten ist? Und sie sagen sie hätten es von einem Händler gekauft der hat's ihnen aus Lothringen gebracht, nemlich dem Ort wo es geschrieben und gedruckt ward. Aber die ganze Sache hat sie eine Stange Geld gekostet, schon das Buch allein hat einen Preis wo sich einem der Kopf dreht, und dann hat der Händler auch noch fürs Bringen einen Wucheraufschlag verlangt, also haben die drei, Blasco, Rubè und Ferramonti, all ihre Ersparnisse dafür hergeben müssen, stellt Euch mal vor, Signior Notarius, für was die Leute ihr Geld zum Fenster rausschmeißen. Die drei waren nemlich völlig vernarrt in ihre Idee also die mit dem Komplott hinter der Entdeckung von Amerika, und wenn sie's nicht geschafft hätten dieses Buch zu kriegen, dann hätten sie eine grässliche Leere und einen Mangel verspürt wie einer der wo im Bett aufwacht und entdeckt dass man ihm dieweil er friedlich schlief zack! den Schwengel abgeschnitten.

Darum fragt Rubè, sag mal, Salaì kapierst du das denn nicht? Dieses Buch wird eines Tages maximamente wichtig sein, ist es doch das erste Buch mit einer Zeichnung von der neuen Welt die Columbus entdeckt hat, und darüber steht sogar der Name Amerika geschrieben! Und die ~~ekxzeptio exzepti eckszept~~ na also die sehr besondere Sache ist die dass in Wirklichkeit ein Riesenbetrug dahintersteckt, denn diesen Namen haben sich Gelehrte aus Lothringen ausgedacht die dem Lügner Vespucci glauben wollten, also haben sie das neue Land nach ihm benannt obwohl es in Wahrheit Columbus entdeckte welchselbiger aber auch ein Betrüger war, weil heimlicher Sohn vom Papst Innozenz VIII. der wiederum heimlich die Expedition nach Amerika finanzirt hat etcetera etcetera.

Na gut, sag ich, ich verstehe. Dies Buch liegt euch wirklich sehr am Herzen, nemlich mehr als andren Leuten die Weiber, aber Grimani, mein Padrone, der braucht es eben unbedingt und ist bereit jegliche Summe dafür zu zahlen, also sagt mir wie viel ihr wollt dann kommen wir sofort ins Geschäft und die Sache ist erledigt.

Da bilden die drei eine Art Chor zu mehreren Stimmen,

indem sie sagen, oh nein um Himmelswillen auf keinen Fall kommt gar nicht Frage, es gibt Dinge die haben keinen Preis, und so weiter und machen ein Gesicht wie wenn sie's wirklich ernst meinen. Ich denke bei mir, aha, alles klar, bei diesen dreien hier wird es ein schweres Stück Arbeit bis es in ihre wurmzerfressenen Köpfe hineingeht, dass das Geld was Lionardo bietet, viel mehr ist als irgendein blödes Buch wert sein kann, aber wie schaff ich's sie zu überzeugen? Also bitte ich sie erstmal: Dann sagt mir doch wenigstens wie kann ich mir durch euren Händler auch ein Exemplar von dem Buch nach Rom bringen lassen? Vergiss es, antwortet Blasco, unser Händler ist grad auf Reisen und niemand weiß wann er zurückkehrt, und außerdem ist gar nicht klar ob es in Lothringen, wo das Buch gemacht wurd, überhaupt noch ein Exemplar zum Verkauf gibt. Wenn das ni-nicht so weit wär, sagt Ferramonti, kö-kön-test du ja selbst hinfahren, Sa-Salaì, aber die Reise nach Lot-t-thringen ist lang und wer weiß wie-wieviel Geld dich das ko-kos-tet.

Wie ich das dritte oder vierte Mal von diesem verflixten Lothringen hör wo das Buch gemacht wurd auf das Lionardo so scharf ist, frag ich, entschuldigt, aber ich bin ein bisschen dumm und weiß nicht wo dieses Lothringen ist, erklärt ihr mir das bitte? Sie sagen Lothringen liegt zwischen Frankreich und Teutschland neben einer andren Region die heißt Elsass.

Da spring ich auf und ruf: Waaaas? Seid ihr sicher? Und sie sagen, na klar, was ist daran so sonderbar?

Das Sonderbare, Signior Notarius, das ist dass mir dieses Elsass wohlbekannt ist, denn wann ich vor sieben Jahren das erste Mal mit Lionardo in Rom war hab ich ein paar Elsässer kennengelernt, darunter auch jene Dorothea von der ich Euch anfangs gesprochen, und diese Elsässer sind praktisch Teutsche, also ich meine fast Teutsche, aber doch ein bisschen anders.

Elsässer gibt's scharenweise in Rom und sind alle gut Freund miteinander und alle zusammen sehr mächtig und haben massenhaft wunderliche Ideen im Kopf, von denen sind einige sogar sehr gefehrlich. Wie ich nemlich damals in Rom war ist mir wegen ihnen fast was sehr Böses passirt, also im Grunde wär ich fast kaltgemacht worden.

Und darum klingt mir, wann ich das Wort Elsass hör, ein Donnnng im Kopf als wie von einem Glockenschlag, denn mir kommt eine treffliche Idee, und die ist, ich werd Rubè Ferramonti und Blasco erzählen was ich von den Elsässern weiß. Wo sie nemlich so heiß sind auf Konspirazionen und Verschwörungen und solche geheimen Dinge bin ich fast sicher, so ich ihnen bloß ein bisschen was davon erzähl, wird ihnen sofort der Stängel hart als wie ein Granitblock.

Also berichte ich dass es in Rom viele von diesen Elsässern gibt und sind sehr mächtig und setzen sich überall fest, sogar an den höchsten Stellen der Kurie, also sehr dicht am Papst dran, und haben einen politischen Plan, nemlich sie wollen eine teutsche Religion machen, eine ganz andere, durch und durch neu und allein nur für sie, mit eignen Priestern und eignen Kirchen und allem Drum und Dran, dann kann Rom sie mal kreuzweise und dem Papst müssen sie nicht mehr gehorchen und können tun was ihnen passt. Damit sie sich besser von der Papstmacht abtrennen können haben die Elsässer eine Art neue Wissenschafft gegründet, die heißt Antikismus und ist die fixe Idee, Sachen aus der antiken Vergangenheit zu suchen, nemlich lateinische Manuscripta, die Kultur vom antiken Rom, die Monumente vom kaiserlichen Rom etcetera. Und diese Antikisten sagen dass die Römer sehr tapfer und kluge Köpfe waren und haben haufenweise Meisterwerke der Literatur geschrieben, und anstatt dass sie zu Gott und Jesus beten hatten sie einen ganzen Sack voll Götter, alle verschieden, und viel mehr Freiheit, kurzum sie waren tausendmal besser als die Leute heute. Darum denkt das Volk, dass die Menschheit vor Jesus es viel besser hatte als wir heute und verliert die Lust an Gott zu denken und landet allmählich in den Händen des Teuffels, mit dem sind die Elsässer nemlich dick befreundet. Vor ein paar Jahrzehnten gab's einen berühmten Antikisten aus Fiorenza der hieß Poggio Bracciolini und war auch Sekretarius vom Papst in Rom und hat die elsässischen Antikisten beschimpft, sie wären Idioten und Saufköppe, aber sie haben zurückgeschlagen und gesagt dass Bracciolini und die Italiener alle korrupt und versaut und igniorant sind, aber insgeheim steckten Bracciolini und die Elsässer unter einer Decke und lagen sich bloß in den Haaren um Verwirrung zu stiften.

Seit langer Zeit nemlich, erzähl ich weiter, verbreiten die Elsässer üble Nachreden gegen die Päpste, ja auch gegen ganz Italien und besonders Rom, und sagen dass die Römer alle Unzucht treiben, Diebe und Schweine und Betrüger sind, wogegen sie selbst alle ehrlich und wahre Patrioten und Menschen der Kultur und der Wissenschafft sind, und wagen sogar zu behaupten, Straßburg, nemlich die Hauptstadt vom Elsass, wär viel besser und ruhmreicher und wichtiger als Rom, nun stellt Euch bloß mal vor, Signior Notarius, auf welch ausgemachten Schwachsinn schlaue Männer manchmal kommen wenn es um ihre eignen Interessen geht.

Rubè Blasco und Ferramonti hören mir stumm und erschrocken zu, denn wie ich schon gesagt, wenn man solchen Leuten von Komplotten und Intrigen erzählt hat das auf sie dieselbe Wirkung von Staunen und Aufgeilen als wie ein schönes Paar nackter Brüste auf einen Mönch nach siebzehn Jahren Klausur. Außerdem hab ich ihnen die Geschichte richtig gut erzählt, denn ich wusste ja dass sie wahr ist, wogegen die wo Rubè und die andren mir erzählt haben, die schien mir ein zimlicher Unsinn zu sein.

Wie ich seh, dass die Geschichte von den Elsässern sofort ihre Wirkung auf Rubè und seine Kumpanen tut erzähl ich gleich noch ausführlich vom gefehrlichsten der Elsässer, einem gewissen Wimpfeling*, welcher der teufflischste von allen ist, denn er hasst die Italiener und auch die Frantzosen, nemlich alle die nicht teutsch sind, und das Wort Teuffel passt hier wahrhaftig gut hin, weil diese Elsässer sind so böse dass sie trefflich mit dem Satan auskommen, aber sehr schlecht mit Jesus. Außer Wimpfeling ist auch ein gewisser Burkard brandgefehrlich, erzähl ich weiter, der war vor ein paar Jahren Zeremonienmeister vom Papst und war einer von den Elsässern wo heimlich Verleumdungen gegen den Heiligen Vater verbreiten und bei dieser Verschwörung halfen ihm die Teutschen Fucker, das sind mächtigste Bankherren und stecken bis zum Hals voll mit Geld. Oh ja, das stimmt, sagt Blasco, der Burkard war päpstlicher Zeremoniar, in Rom kannten ihn alle, und ist vor ein paar Jahren gestorben.**

* Salaì bezieht sich auf Jacob Wimpfeling (1450–1528), den elsässischen Humanisten, der die moralische und geistige Überlegenheit des Elsass über Rom vertrat.

** Wieder erweisen sich die Informationen, über die Salaì verfügt, als richtig: Jacob Burkard, Leiter des päpstlichen Zeremoniells und Verfasser eines berühmten Tagebuchs, starb 1506 in Rom. Die Bankherren, von denen Leonardos Ziehsohn spricht, sind die berühmten Fugger, die just am Ende des 15. Jahrhunderts eine wichtige Filiale in Rom eröffneten.

Und hinzu kommt noch, sag ich, dass diese elsässischen Verschwörer den Buchdruck erfunden haben, denn Gutenberg, nemlich der Teutsche, wo als erster rausgefunden hat wie man Bücher drucken kann, der hat im Elsass gearbeitet, drum sagte Wimpfeling ganz Teutschland müsste stolz auf sich sein dass es den Buchdruck hervorgebracht, und niemand darf wagen zu behaupten, die Druckerpresse wär keine teutsche Erfindung.

Mein ganzer Bericht, Signior Notarius, war so vorzüglich vorgetragen und voll mit fürchterlichen Einzelheiten dass Blasco Rubè und Ferramonti weiß waren als wie Wachs und rollten mit den Augen und ihre Gesichter sahen aus wie wenn ihnen jemand mit einer Pumpe die ganze Luft aus dem Arsch rausgesogen hätte.

Dann fragt Blasco seine Kumpane: Erinnert ihr euch? Der Händler der uns das Buch aus Lothringen gebracht, der hat erzählt, Ringmann, also einer von den beiden Verfassern, ist Elsässer, und Waldseemüller, der andre, geht auch oft nach Straßburg, die Hauptstadt vom Elsass, und ist gut Freund mit einem gewissen Wimpfeling. An den Namen erinnere ich mich, weil unser Händler gesagt hat, dieser Wimpfeling wär sowohl im Elsass als auch in Lothringen sehr berühmt und angesehen, und ist gewiss derselbe Wimpfeling von dem du berichtet hast, Salaì.* Aha, das be-bedeu-te-tet dass dieses Buch viel-l-leicht für teuf-teu-flische Zweck-ke geschrieb-be-ben wurde! sagt Ferramonti und fängt an, den andren beiden unverständliche Dinge ins Ohr zu flüstern, und sie antworten, aaah ja oooh

* Matthias Ringmann (1482–1511), zusammen mit Martin Waldseemüller Verfasser der *Cosmographiae introductio*, ist tatsächlich in Eichhoffen im Elsass geboren und stand mit Wimpfeling in Kontakt.

stimmt genau natürlich, und machen furchtbar besorgte und ernste Gesichter.

Und genau das war die Wirkung die ich erreichen wollt, Signior Notarius, denn diesen dreien was von Komplotten zu erzählen das war wie wenn ein Funken auf einen Haufen trocknes Stroh fällt.

Ruhig ganz ruhig, sagt Rubè schließlich in feierlichem gewichtigem Ton, wir müssen einen klaren Blick behalten! Was man jedenfalls ganz klar sieht ist dass er selbst mächtig aufgeregt ist, und kann es gar nicht erwarten mit den andren allein zu sein, dass sie mit ihrem Gerede von Machinazionen und Verschwörungen weitermachen und ein neues Sonett schreiben können welches sie dann an die Statue vom Pasquino hängen um noch mehr Leute in Aufregung zu versetzen und so weiter. Signior Notarius, ich glaube, der Mensch liebt Verschwörungen, denn immer wenn was schiefgeht kann er sich vorstellen, dass ein Komplott von undurchsichtigen und furchtbar mächtigen Leuten dahintersteckt, dann darf er sich nemlich sagen, tja, was kann ich schon dagegen ausrichten? und wäscht sich die Hände in Unschuld und rührt den lieben langen Tag keinen Finger und wird am Ende so wie Lionardo, mein Ziehvater, dem es auch sehr gefällt sich immerfort mit seinen Albernheiten von der Arbeit abzulenken, nemlich Zeichnungen von fliegenden Apparaten und andre unnütze Erfindungen, aber will natürlich nicht auf Pferde und Diener und eine Werkstatt mit Gehilfen ganz für sich allein verzichten, obgleich ihm schon beim Gedanken richtig zu arbeiten speiübel wird.

Wenn Ihr gestattet, Signior Notarius, mach ich jetzt mal eine schöne Linie unter diesen Satz, weil ich finde an dieser Stelle von meinem Bericht nimmt die sich bestimmt sehr gut aus, ich muss nemlich das Tema wechseln.

Sooo, das hätten wir. Also, wann ich nach diesem stundenlangen Gerede endlich in meine Herberge zurückgehen darf, bin ich wirklich zufrieden, denn mir ist der allerbeste Weg eingefallen wie ich an das Buch für Lionardo rankomme, und außerdem hab ich mich mittlerweile von dem Schrecken wegen dem Überfall von Blasco Rubè und Ferramonti erholt und jetzt kann ich's kaum erwarten mich ins Bett zu legen um ein bisschen auszuruhn. Grad wie ich denke, hoffentlich sieht mich niemand zu so später Stunde in die Herberge zurückkehren, steh vor der Haustür und will den Schlüssel ins Schloss stecken, entdeckt mich wieder diese Enkelin einer der alten Vetteln durch einen Spalt im Fenster und sagt, schau mal Großmutter, der seltsame Mensch aus Fiorenza kommt jetzt erst zurück. Verfluchter Mist, Signior Notarius, ich frage mich warum manche Kinder sich nicht um ihren eignen Dreck kümmern können.

Auf jeden Fall ist von dem Abend an, also nachdem ich Blasco Rubè und Ferramonti von dem Komplott der Elsässer erzählt hatte, alles viel einfacher geworden, denn die drei konnten sich so für die Sache begeistern dass sie mich gebeten haben alles noch ein paar Mal zu erzählen, und jedes Mal hab ich die Geschichte mit mehr Einzelheiten und Besonderheiten ausgeschmückt, so dass die drei mich zuletzt fast schon für einen von ihnen genommen haben, und sagten seufzend, ach Salaì, hätten wir dich nicht kennengelernt, wir hätten niemals von dieser sehr gefehrlichen bedrohlichen Verschwörung erfahren, dabei leben wir heute doch in der neuen Zeit wo jeder immer um alles wissen sollte was in der Welt geschieht, und sollten alle wie gebildete Menschen leben, nicht wie Tiere, meinst du nicht auch?

Außerdem, Signior Notarius, muss man bedenken dass

ich in Rom das Geld vom Lionardo bei mir hatte, und das war ein gewaltiger Batzen. Wie ich den dreien also mein Angebot mach um das Buch zu kaufen, ist ein langes Verhandeln angefangen und hat viele Tage gedauert, nemlich sie wollten beileibe nicht runtergehen mit dem Preis, oh nein! Aber am Schluss hab ich sie weichgekocht. Ihr glaubt nicht, Signior Notarius, wie knausrig die waren, immer mehr hab ich geboten, aber war ihnen nie genug, und ich dachte schon wenn ich so viel Geld hätte wie die drei von mir verlangen, dann hätte ich doch in der feinsten Herberge von Rom Quartier genommen und alle geilen Weiber der Stadt eingeladen und sie mir eine nach der andren auf den Spieß gesteckt, oder ich hätte mir ein Häuschen ganz für mich allein in Fiorenza gekauft, jedenfalls hätten mir Bücher über die Entdeckung von Amerika gestohlen bleiben können, aber ich hab den Mund gehalten und das war gut so, denn schließlich sind wir uns einig geworden.

Wie die Sache mit dem Buch dann genau ausgegangen ist, das erzähl ich Euch später, jetzt mach ich erstmal in zeitlicher Reihenfolge weiter sonst gibt's eine Konfusion und sogar Ihr kapiert nichts mehr, der Ihr Kriminalnotarius seid und habt ein treffliches Hirn voller Ideen und viel besser als meins, der ich igniorant bin und ein ungehobelter Kerl.

Aber jetzt bin ich ein bisschen müde und will ich meine Hand ausruhn, sonst fallen mir vom vielen Schreiben bald die Finger ab als wie die Birnen vom Baum, drum mach ich hier unten wieder einen schönen Schnörkel und frag den Wärter um einen Kanten Brot und ein bisschen Wasser.

So, da bin ich, Ihr mögt die Verspätung entschuldigen, aber dieser Drecksack von Wärter hat mich ewig lang warten lassen und hat erst geantwortet nachdem ich ungefehr sechzigmal Wärter Wäääääärter geschrien und auch Brot und Wasser hat er mir erst nach anderthalb Jahrhunderten gebracht, aber was soll man machen, Signior Notarius, im Grunde hab ich mir den Kerker immer genau so vorgestellt, wenn nicht schlimmer, aber ich weiß, sobald Ihr dieses Memorandum lest werdet Ihr Gewissheit haben dass Salaì kein Lügner ist und dass ich Euch eine Menge Sachen erzähl wo für die Politik unsrer geliebten Stadt Fiorenza, Gott schütze sie, sehr interessant und nützlich sind und insonderheit vor allem wahr.

Also, in den Tagen in denen ich die drei, nemlich Blasco Rubè und Ferramonti, allmählich überreden konnte mir das Buch zu verkaufen, war ich immer sehr müde, weil das war eine saumäßig harte Arbeit. Also entschließ ich mich eines Tages einen Spatziergang zu machen um mich etwas auszuruhn, und indem dass ich in Rom vorher immer viel gegessen, den Grund werd ich Euch noch sagen, kauf ich mir jetzt bloß ein Stück Brot, lass es mir mit Schweinsbraten füllen und steck's in ein Leinensäckchen um es zu essen während ich herumlaufe.

Ich will einen Gang zu den Orten in der Stadt machen an die ich mich erinnere, welche ich nemlich vor sieben Jahren gesehn wann ich mit Lionardo hier war, also geh ich zur Piazza Navona zum Campo de Fiore und dann zur Kirche Santa Maria de l'Anima, was die Kirche von den Teutschen in Rom ist. Ich bin neugierig, wie weit die Arbeiten für die Erneuerung der Kirche vorangekommen sind, denn damals hatten die Teutschen gerade erst damit begonnen. Die Baumeister sind am Werk, also setz ich mich auf die Treppe von dem Haus direkt davor um ihnen zuzuschaun und leg das Säckchen mit dem Brot und dem Schweinsbraten neben mich, aber dann muss ich pinkeln, was ich auch sogleich hinter der Hausecke erledige, doch hab ich das Säckchen auf der Treppe gelassen und wie ich zurückkomme, Teuffel auch, Signior Notarius, da ist das Brot mit dem Schweinsbraten nicht mehr da. Einer der Arbeiter von Santa Maria de l'Anima sieht mich und fängt mitsamt seinen Kameraden an zu lachen, und sie zeigen mir eine Gasse die von der Straße aus nach links abzweigt. Ich versteh nicht sofort, aber ich seh dass sie mir helfen wollen, also lauf ich in die Gasse und wirklich da sitzt ein Bürschchen von sechs oder sieben Jahren mit schönen blonden Locken auf einer Treppe und isst mein Brot mit Schweinsbraten, also ist klar er hat es mir gemopst.

Ich wollte ihn auf keinen Fall ausschimpfen, Signior Notarius, erstens weil auch ich hab als Kind alles Mögliche geklaut, sogar die Kleider von Lionardo, die hab ich dann verkauft um mir Süßes zu kaufen, zweitens, und das ist fast dasselbe, wann einer Hunger hat gilt kein Gesetz mehr, also hätte ich dem Bürschchen die Hälfte vom Brot sogar geschenkt. Aber wie der Bengel mich sieht springt er sofort auf und nimmt Reißaus, flink wie ein junges Pferd, den Mund voll und den Rest vom Brot mit Schweinsbraten in der Hand. Ich lauf ihm hinterher, denn ich weiß dass ich schneller bin, aber ist viel Volks auf der Straße und das Bürschchen kann zwischen den Beinen der Menschen hindurch flitzen, wogegen ich stoß bei jedem zweiten Schritt gegen jemanden der mich dann verflucht und zur Hölle schickt, und so muss ich sagen, entschuldigt bitte vielmals. Irgendwann läuft das Bürschchen sogar unter einem Karren mit Früchten und Gemüse hindurch, aber ich seh den Karren zu spät, lauf mit voller Wucht dagegen und gleich fallen Unmengen Äpfel und Zwiebeln und Kürbisse und Karotten zu Boden und der Händler wird fuchsteuffelswild, also muss ich mich schnell aus dem Staub machen, während das Bürschchen in eine andre Gasse schlüpft und so verlier ich's aus den Augen.

Was für ein verflixter Bengel, denk ich, ich möchte wohl wissen wer der Idiot von Vater ist der seinen Sohn so erzogen, dass er schon mit fünf sechs Jahren ein kleiner Dieb ist. Freilich, etwas ist kurios daran, dieses Bürschchen kommt mir irgendwie bekannt vor, vielleicht hab ich ihn schon einmal wo gesehn? Der einzige Mensch mit Locken wie die meinen wo ich in Rom kenn ist Blasco, aber das Bürschchen hat ein ganz andres Gesicht und erinnert mich an jemand der mir wohlvertraut ist.

Also kehr ich zurück zur Santa Maria de l'Anima um mir ein neues Brot mit Schweinsbraten zu kaufen, doch was passirt wie ich zu der Kirche komme? Ich seh ein blondes Weib mit blauen Augen und Lippen so blühend und fleischig wie eine Rose und einem Gang so stolz und so voller Grazie und Würde, dass alle Leute auf der Straße sich umdrehn und flüstern. Die kenn ich doch, sag ich mir, denn glaubt mir, Signior Notarius, in aller Bescheidenheit sei's gesagt, Frauenzimmer sind mir nun wirklich massenhaft untergekommen, aber eine wie die findet man beileibe nicht alle Tage, ach was, nicht mal in Jahrhunderten. Es scheint wie wenn sie was sucht, denn sie schaut sich um und fragt Leute die vorbeikommen, drum sieht sie mich nicht. Also ruf ich laut nach ihr Dorothea! und geh ihr entgegen und seh dass auch sie ein erstauntes und überraschtes und freudiges Gesicht macht, aber gleichzeitig sieht sie auch so aus wie wenn ihr viele Fragen alle auf einmal in den Kopf kommen.

Kurzum Signior Notarius, das war die Teutsche aus dem Elsass wo ich vor sieben Jahren in Rom kennengelernt und von der ich schon in meinem ersten Memorandum berichtet. Wie sie mich erblickt fängt Dorothea mitten auf der Straße fast an zu weinen und umarmt mich heftig und sagt, oh Salaì, wenn du wüsstest wie sehr du uns gefehlt hast, und wie sie uns sagt statt mir, denk ich sie macht einen Scherz und antworte, na gut, du hast ein schönes Paar Brüste aber zusammen macht ihr ja noch nicht zwei Weiber! Sie fängt an zu lachen aber weinen tut sie auch, nimmt mich bei der Hand und sagt, ach Salaì, du hast gar nichts verstanden, aber jetzt lass uns von hier fortgehn sonst erregen wir Anstoß denn hier ist alles voller Teutscher und jemand könnte meinem Vater erzählen dass ich dich getroffen hab. Dann sieht sie wie ich gekleidet bin, nemlich über und über mit Bändern Schleifen Spitzen etcetera ausstaffirt und sagt, wie bist du elegant, Salaì, und ich antworte, oh danke, aber das ist nur eine Idee von meinem Ziehvater der hat überlegt wie er sein Geld mal anders zum Fenster rauswerfen kann. Denk dir, ich bin hier in Rom in seinen Diensten, aber wegen verschiedner sehr komplitzirter Gründe sag ich allen dass ich im Dienst der Grimani aus Venedig kam.

Darauf erzählt mir Dorothea was vor sieben Jahren passirt ist nachdem sie mich kennengelernt (und sie und ich haben uns wirklich grüntlich kennengelernt, Signior Notarius, das kann ich Euch sagen), nemlich sie musste plötzlich aus Rom weg ihren Vater begleiten der einige Geschäfte in ganz Italien zu besorgen hatte, aber welche das waren verrät sie mir nicht. Zufällig sind sie grad vor ein paar Wochen zurückgekehrt, und ist wirklich ein Glück dass wir uns wiedergefunden denn bald geht sie nach Straßburg im Elsass zurück. Sie liebkost mein Gesicht und bittet, erzähl mir was von dir, und ich sag, was soll ich dir schon erzählen, ist bloß das übliche Leben mit diesem Trottel Lionardo der nie einen Heller in der Tasche hat oder gibt das Geld nur für seine Hirngespinste aus, aber wenigstens hab ich unterdessen zimlich gut malen gelernt und wer weiß, vielleicht werd ich eines Tags noch berühmt, und dieweil ich so erzähl tröstet sie mich und sagt viele süße Dinge in ihrer lustigen Sprechweise, nemlich mit teutschem Aktzent, und kämmt mir die Haare mit ihren Fingern und ich denke, schau dir diese Teutschen an, das sind wirklich ganz besondre Weiber. Den Italienerinnen kannst du den besten Dienst der Welt besorgen, wenn du sie dann aber bloß fünf oder sechs Jahre aus den Augen verlierst musst du ganz von vorn anfangen mit den passenden Sätzen wie zum Beispiel, Salve liebliches Mädchen, ich heiße Salaì und hab Lust dich wieder mal zu vögeln, erinnerst du dich?

Dann fragt Dorothea, sag mir Salaì, hast du oft an mich gedacht? Und ich antworte, aber klar doch unzählige Male, und das war wirklich keine Lüge, Signior Notarius, weil jedesmal wenn ich's andren Weibern besorgt, hab ich gedacht, ha, das wär nicht schlecht wenn jetzt auch diese Teutsche dabei wär, wie hieß sie noch gleich, ach ja, Dorothea, dann könnt ich sie nemlich so hinlegen und dann so nehmen und so umdrehn dass sie die Beine oben hat derweil ich ihre Arme festhalte und dann von der Seite, dabei heb ich ihren rechten Schenkel hoch etcetera etcetera, ja das hab ich ehrlich fast jedesmal gedacht, nur dann nicht wenn ich dieser Bäuerin, meiner Freundin aus San Godenzo einen Dienst besorgt, weil die hat die größten Brüste in der ganzen Toskana und vielleicht noch weiter, drum beschäftigten die mich immer gänzlich, auch meine Gedanken.

Wo zum Henker bin ich stehngeblieben, ach ja, auf Dorotheas Frage sag ich nur, natürlich hab ich an dich gedacht, und dann verstecken wir uns in einem Hauseingang wo ich ihr ein paar von den Sachen ins Ohr flüstere wie ich sie den Weibern sage um sie zu überreden dass sie Sauereien mit mir machen, und funktioniren meistens fast immer. Wirklich, schon nach fünf sechs Minuten fangen wir an, ein bisschen mit unsren Zungen zu spielen und bin schon fast so weit dass ich meine Hände hier und da bei ihr reinsteck, aber auf einmal sieht sie etwas hinter mir und windet sich aus meinen Armen, reißt die Augen auf wie wenn sie den Teuffel erblickt hätte und ruft Alighiero, Aliiighieeeero, komm her!

Auch ich krieg den Mund vor Staunen nicht zu, denn vor uns steht das Bürschchen mit den Lockenhaaren das mir mein Brot mit Schweinsbraten stibitzt und selbst hat der Bengel auch das überraschteste Gesicht der Welt, sicher hat er nicht erwartet auf diese Weise erwischt zu werden. Wie ich ihn zusammen mit Dorothea am Schlafittchen pack fängt er an zu weinen vor Schreck, schließlich ist er ja immerhin noch ein Kind. Dorothea fragt, Alighiero wo bist du gewesen und was hast du da im Mund? Da spuckt das Bürschchen mit aller Kraft etwas gegen mein Bein und ich erkenne einen Bissen vom Brot mit Schweinsbraten, der war zu groß so hat er ihn nicht runterschlucken können. Dann versetzt mir der Bengel noch einen ordentlichen Tritt gegen den Fußknöchel und fragt, Mama wer ist dieser Mann mit einem Gesicht wie ein Kohlkopf und warum steckt er seine Hand zwischen deine Beine?

Kurzum, Signior Notarius, ich kann's Euch ebenso gut

gleich erklären, bin sowieso sicher dass Ihr schon alles verstanden habt, weil bei dem Gewerbe was Ihr treibt habt Ihr wahrscheinlich große Erfahrung mit den Menschen und all den Dingen wo im Leben passiren können und sind immer verrückte Dinge, insonderheit wenn's um die Weiber geht.

Dorothea nimmt das Kind auf den Arm, sie hat Tränen in den Augen und sagt, ach ich hätte euch gerne auf bessre Weise einander vorgestellt, aber dafür war keine Zeit, dieser kleine Schlingel hier ist nun schon sechs Jahre alt hat aber noch stets allweil Hunger, schon wann ich ihn mit meiner Milch genährt hing er mir den lieben langen Tag an der Brust. Nun, das wundert mich nicht, sag ich, im Gegenteil, ich finde er hat einen guten Geschmack, und Dorothea erwidert, ach Salaì, hör auf mit deinen ewigen dummen Späßen. Und sie erzählt, sie braucht bloß einen Augenblick lang nicht auf Alighiero zu achten schon verschwindet der Schlingel, bleibt den ganzen Tag fort und läuft herum wie ein streunender Hund, andren Leuten zu stehlen was nicht niet- und nagelfest ist, und wenn er endlich nach Haus zurückkommt und man fragt ihn, was zum Teuffel er den ganzen Tag gemacht, tischt er einem haufenweise Lügen auf. Nun ja, er ist entzückend, aber manchmal tötet er mir wirklich den Nerv und ich ertrag's nicht mehr, dies Schätzchen. Hast du verstanden, Salaì, was für ein Kaliber dieses Bürschlein ist und wem er ähnelt?

Wie Alighiero merkt, seine Mutter erklärt mir grad, dass er ein kleiner Teuffel ist, fängt er an auf Teutsch zu protestiren, also schwatzen er und Dorothea eine Weile in ihrer Sprache und ich versteh nicht die Bohne. Derweil zittern mir die Beine, Signior Notarius, denn ich bin drauf gekommen: lockige Haare wie meine, starrköpfig, Hunger der nie aufhört, nicht mal wenn man ein ganzes Wildschwein verspeist, tüchtig im Lügen und Stehlen und außerdem ist er sechs Jahre alt und, ach herrjeh, ich hatte seine Mutter genau vor sieben kennengelernt.

Übrigens, Signior Notarius, was diese Sache mit dem Stehlen und Fressen und Lügen betrifft, so hab ich vergessen Euch zu erklären, dass Lionardo, wann er mich als Ziehsohn angenommen, mich eben deswegen Salaì getauft, denn er sagt ich bin ein Dieb ein Lügner dickköpfig und verfressen, drum schade ich allen Christenmenschen genau so sehr wie der berühmte Sultan Saladin der wo in Fiorenza Salaì genannt wird.

Ich betrachte also dieses Bürschchen wie es sich bewegt und spricht und lacht und Grimassen zieht und denk mir, sieh mal an, Salaì, wer hätte das gedacht, bei all den Weibern, darunter sogar verheiratete, die du dir zur Brust genommen, und bei all der Erfahrung die du gesammelt, hättest du niemals gedacht, dass du irgendwann mal das Große Schlamassel anrichtest, wie zum Beispiel einer meiner Freunde aus der Jugendzeit den alle verarscht haben weil er so ungeschickt war, denn kaum lernte er ein neues Weib kennen brauchte er sie bloß mit dem kleinen Finger anrühren, und zack, schon hatte sie einen Bauch so geschwollen wie das Euter einer Kuh.

Dann aber tropft mir der Schweiß von der Stirn weil ich so überrascht bin, und denke ich gründlich nach und plötzlich hab ich's, ja, verflucht, das muss dies eine Mal gewesen sein wo Dorothea und ich es so lang getrieben bis ich schließlich ganz vergessen hab, ihren Fuß von meiner Schulter zu nehmen und man weiß ja wie das endet, oder vielleicht ist es das andre Mal gewesen wo wir das Spielchen mit dem halben Apfel gespielt, das immer trefflich funktionirt, sonderlich bei denen die es noch nicht kennen.

Alighiero hat alle Eigenschaften von seinem Vater, nemlich mir, Salaì, nicht nur die Haare, auch den Mund die Augen und die Ohren und dünkt mich wirklich, ich hab einen kleinen Salaì vor mir. Ich frag Dorothea, sag mal, lernt das Bürschchen denn auch Lesen und Schreiben und Rechnen? Um Himmelswillen, sagt Dorothea, sobald ich versuche ihm davon zu erzählen, fängt er an zu weinen und stampft mit den Füßen auf den Boden und kommen ihm sogleich diese roten Bläschen überall auf den Beinen und auf dem Bauch, kurzum er will durchaus nichts davon wissen. Signior Notarius, da hab ich gedacht, tja, das ist wirklich mein Sohn, nemlich wann Mastro Lionardo, mein Ziehvater, mir Lectiones gab, ist mir das maximamente auf den Sack gegangen bis Lionardo gottlob ein Einsehen hatte, und ließ mich fortan in Ruhe.

Immer noch steht mir der Schweiß auf der Stirn davon, dass ich Papa geworden bin, und wie ich sie mir trockne denke ich, naja, eigentlich ist es gar nicht so übel der Vater von so einem kleinen Lausejungen zu sein. Dorothea trägt ihn auf dem Arm und flüstert mir ins Ohr dass er uns nicht hört, Salaì, ich bitte dich, sag nicht, dass er dir nicht gefällt, wo er dir doch wie aus dem Gesicht geschnitten ist. Sei unbesorgt, er gefällt mir sehr, sag ich, dieweil Alighiero mir erst einen Finger ins Auge bohrt und mich halb blind macht, dann sagt er, hau ab du Blödmann, und schließlich springt er seiner Mutter aus dem Arm und verschwindet in der Gasse.

Nun sind Dorothea und ich allein, sie lächelt mich an und ich werf ihr einen von diesen Blicken zu, die sagen wollen, was meinst du, wir zwei beiden haben doch ein paar Dingelchen die man recht gut ineinanderstecken kann, stimmt's?

Zum Glück hat Dorothea eine alte teutsche Jungfer die ihr bei der Hausarbeit hilft, zu der sagt sie, sie soll auf den Jungen aufpassen, und dann begleitet sie mich in meine Herberge. Aber wir müssen Acht geben damit man uns nicht sieht, weil's den Teutschen und sonderlich Dorotheas Vater ganz und gar nicht passt wenn sie mit Italienern spricht. Die Elsässer, Signior Notarius, sind nemlich überzeugt dass sie uns Italienern himmelhoch überlegen sind, und zwar so als wie der Mensch der Küchenschabe überlegen, und das ist eine ganz einfache Sache die besteht aus zwei Momenten, erst wird der Fuß über der Schabe gehoben und dann macht's platsch.

Dorothea bedeckt sich den Kopf mit einem Taschentuch, dass sie auf der Straße nicht erkannt wird, aber glücklicherweise sind keine Teutschen unterwegs und dann schlüpfen wir schnell wie der Blitz in die Herberge, so sieht uns niemand in mein Zimmer gehen. Als wir aber drin sind und die Tür mit dem Schlüssel versperrt haben, müssen wir sehr gut aufpassen denn wie ich mich sofort erinnere hat Dorothea ja dieses Laster dass sie zu viel Lärm macht wenn man sie ein bisschen zwischen den Beinen neckt damit sie warm wird, nemlich so sie ihre Lust dabei hat ruft sie, aaaahh, jaaaa, nochmal, nimm mich genau so, aber das sind Sachen die man sehr leise sagen muss zumal wenn Leute in der Nähe sind, und Rom ist, wie ich Euch schon erklärt hab, Signior Notarius, wirklich an allen Ecken und Enden voller Menschen, nicht wie auf dem Land bei San Godenzo wo die Bäuerin, meine Freundin, die mit den Riesenmelonen, so laut schreien kann wie sie Lust hat wenn sie es sich im Stall von mir besorgen lässt, ihr Mann ist sowieso immer weg, hackt auf den Feldern herum und hört niemals nichts.

Da fällt mir ein, Signior Notarius, wenn diese ganze Geschichte vorbei ist und so Ihr einverstanden seid, bring ich Euch mal nach San Godenzo, da können wir uns erst ordentlich den Bauch vollschlagen und dann machen wir einen Spatziergang mit den Bäuerinnen, denn so wie ich die kenne, wenn die ordentlich heiß werden, dann braucht's mehr als ein ganzes Regiment, um sie zufriedenzustellen, aber nichts für ungut, ja?

Dorothea und ich haben uns seit langer Zeit nicht gesehn, also muss ich mich gehörig ins Zeug legen damit sie ihren Teil kriegt, denn sie ist eine von den Weibern wo sich von anständigen Sauereien fast niemals aus der Puste bringen lassen, und wirklich muss ich ihr erst einen Dienst auf dem Bett besorgen, dann einen auf dem Stuhl und sogar einen auf dem Tisch, nur auf dem Boden nicht, da ist's zu kalt.

Zuletzt hält sie meinen Kopf in ihren Armen und sagt, oh Salaì, wenn du wüsstest wie sehr du mir gefehlt hast, und erzählt mir viele Sachen von sich, zum Beispiel wie sie Alighiero geboren hat und wie er herangewachsen ist und wie stinksauer ihr Vater war, denn der ist ja nicht blöde und hat er genau kapirt dass der Vater von dem Kleinen gewiss kein Teutscher sein kann, weil Alighiero klaut und lügt und für zehn frisst und Dummheiten anstellt und starrköpfig ist wie ein Maulesel, drum ist klar dass er italienisches Blut hat.

Wie ich schon gesagt, Signior Notarius, bin ich wenige Tage in Rom geblieben, aber Dorothea und ich wir haben uns trotzdem sehr oft gesehen, nemlich jeden Tag wo sie Alighiero bei der teutschen Jungfer, ihrer Freundin, lassen konnte, und jedes Mal hat sie verlangt dass ich ihr einen Dienst nach dem andren besorg, denn sie sagt, Alighiero ist mein Sohn, also bin ich praktisch ihr Mann und außerdem muss man die Gelegenheit nutzen, denn früher oder später geh ich aus Rom fort und wer weiß wann ich sie dann wiedersehe? Und darum, Ihr könnt Euch nicht vorstellen, Signior Notarius, was das für eine Plackerei war, einen Tag wollte sie dies, am andren Tag das, und immer auf viele verschiedene Weisen und immer endlos lang, und wenn Dorothea endlich nach Haus ging musste ich erstmal zwischen meinen Beinen nachschauen, ob da noch irgendwas hing oder ob sie ihn ganz aufgebraucht hatte. Wenn es nicht möglich war, Alighiero bei der Freundin abzugeben, meinte Dorothea dass wir ihn eben mitnehmen müssten, und dann gingen wir einen Spatziergang an sicheren und einsamen Orten machen dass wir nicht von den andren Teutschen gesehen wurden. Aber ich glaube Dorothea machte das mit Absicht, denn sie wollte rauskriegen ob ich und Alighiero uns verstehen. Mir war der Bengel sehr simpatisch, wogegen er sehr misstrauisch gegen mich war und hat Dorothea oft gefragt, sag mal Mama, warum kommt dieser Mann da heute auch wieder mit? Dorothea sagte, nun ja, weißt du, das ist ein guter alter Freund von mir, und Alighiero betrachtete uns, aber zuletzt lachte er und machte ein Gesicht wie wenn er sagen wollte, passt auf ich hab genau verstanden, ich bin ja nicht so blöd wie ihr.

Unterdessen war die Verhandlung mit Blasco Rubè und Ferramonti beendet, es war lang und schwierig und sehr ermüdend gewesen, aber zuletzt hatten wir uns geeinigt und einen Abend verabredet, da sollten sie mir das Buch aushändigen und ich ihnen das Geld.

Der Tag vorher war besonders schön gewesen, denn

ich hatte mit Dorothea und Alighiero einen feinen Spaziergang gemacht und war sehr glücklich, weil inzwischen konnt ich sicher sein dass Blasco Rubè und Ferramonti mir das Buch verkaufen würden, und mein Auftrag in Rom war damit erledigt. Es fiel mir schwer mich von Dorothea zu trennen, aber sie sagte, na komm schon sei nicht traurig, du wirst sehen, früher oder später begegnen wir uns wieder. Und außerdem, mal ehrlich, Signior Notarius, bei diesen teutschen Weibern wie Dorothea tut es ganz gut von Zeit zu Zeit mal eine Pause zu machen, die haben nemlich so eine Neigung pingelig zu sein und das kann ich gar nicht gut leiden. Zum Beispiel sagt sie immer nachdem wir Sauereien gemacht, los, stopf dir das Hemd richtig in die Hosen, du siehst ja aus wie ein Landstreicher, und wenn wir zusammen essen sagt sie immer, pass auf, gieß keinen Wein neben das Glas, und wenn ich mit Alighiero spiele, ermahnt sie mich, sag keine unanständigen Worte, sonst wird der Kleine ein noch schlimmerer Barbar als du, und hat nur noch gefehlt dass sie mir die Haare im Arsch kontrolliert, um zu prüfen ob sie ordentlich gekämmt sind, kurzum Signior Notarius, sie benahm sich genauso wie vor sieben Jahren als ich sie kennengelernt und mich schon damals gefragt hab, Himmelherrgott, ob wohl alle Teutschen solche Korinthenkacker sind?

Manchmal hab ich Dorothea auch was erzählt von den wunderlichen Gedanken von Rubè Blasco und Ferramonti über die Entdeckung von Amerika und das ganze Komplott was angeblich dahinter steckt, denn ich wollte ihr zeigen wie klug ich bin. Um Eindruck auf Dorothea zu machen hab ich ihr aber alles so erzählt wie wenn es meine eignen Teorien wären die ich mir zurechtgelegt, wann ich hier und da Berichte von Reisenden gehört. Am Anfang schien sie interessirt aber zuletzt hat sie gar nichts mehr dazu gesagt und fast war mir wie wenn ich ins Leere rede, drum hab ich aufgehört und gedacht, ach rutsch mir doch den Buckel runter.

Einmal hat Dorothea in meinen Hosen ein Papier gefunden und mich gefragt, sag mal Liebster, was ist das denn?

Es war die Kopie von dem Sonett über Columbus und Papst Innozenz das Rubè Blasco und Ferramonti an die Statue vom Pasquino gehängt und das ich mir in die Tasche gesteckt bevor ich sie verfolgt hab. Um Eindruck zu schinden sage ich dass ich dies Sonett ganz allein verfasst hätte, und wenn sie es behalten möchte schenk ich's ihr gern zum Beweis wie tüchtig ich auch als Dichter bin, aber sie antwortet, nein ich will's nicht, und sagt nichts weiter, nicht mal danke oder sehr gut gemacht. Da denk ich, pfui Teuffel, wie ekelhaft diese Teutschen manchmal sein können. Obendrein war diese Kopie vom Sonett ein paar Tage später verschwunden, ich fand sie nicht mehr, also wär's besser gewesen, wenn sie mein Geschenk angenommen hätte.

Ein andres Mal treffen wir auf der Straße zufällig Blasco und ich stell die beiden einander vor, siehst du Dorothea, das ist Blasco mit dem ich ein großes Ding in der Hand hab, Blasco, das hier ist Dorothea, die mein Ding in der Hand hat, wenn es groß wird. Der Scherz ist mir nemlich so leicht von den Lippen gekommen, Signior Notarius, dass ich nicht widerstehen konnte. Aber Gütiger Himmel, Ihr könnt Euch nicht vorstellen, wie Dorothea mir auf den Sack gegangen ist, kaum dass Blasco fort war. Dass du dir ja nie wieder erlaubst mich so zu behandeln, sagt sie, pass auf, ich bin schließlich nicht deine Hure etcetera etcetera, kurzum all diese verdrießlichen Sachen wo die Weiber immer dann sagen wenn sie den Schwengel grad mal nicht brauchen.

Das Schlimmste ist eines Tages passirt wie Dorothea und ich und Alighiero spatzirengehen, da ist nemlich, stellt Euch vor, Signior Notarius, das Mädgelein mit der Haut so weiß wie Sahne und Lippen wie Blut so rot und Brüsten wie zwei Äpfel so rund, das ich vom Fenster meiner Herberge aus gesehn, an uns vorbeigegangen, und erst bin ich wie versteinert wegen so einem unglaublichen Zufall, aber dann ergreif ich die Gelegenheit beim Schopf und sag schnell zu Alighiero, schau her, wenn du einmal für lange Zeit nur ein einziges Weib haben darfst, dann musst du dir genau so eine nehmen wie diese da, und den Satz hört nicht nur Dorothea sondern auch das Mägdelein das im Weggehen so tut als wär nichts geschehen, aber ich seh genau dass sie lacht, und bevor sie verschwindet wirft sie mir einen fröhlichen Blick zu der scheint zu sagen, wenn du jetzt allein wärst könnten wir beide uns kennenlernen, stimmt's?

Danach macht Dorothea mir zum hundertsten Mal die Hölle heiß und sagt, hör mal, wenn andre schöne Weiber über die Straße gehen, dann zeig sie nicht immer Alighiero, guck mal die da, oder die da, sonst wird er am Ende so ein Schwein wie du. Diese ewige Krittelei hatte mir die Eier sowieso schon weichgekocht, Signior Notarius, und außerdem schien es mir gar nicht dumm, Alighiero, der übrigens mein eigner Sohn ist, beizubringen wie man die scharfen von den potthässlichen Weibern unterscheidet und wie sie beobachtet und behandelt werden müssen, nemlich das ist eine richtige Wissenschafft, wenn man die nicht gut beherrscht hat man hinterher Riesenprobleme so wie Lionardo, mein Ziehvater, der in seinem Alter noch niemals keine einzige richtige Frau nicht gehabt hat, und abends muss er sich einen runterholen um einzuschlafen, was an sich natürlich keine schlechte Sache ist, wenn dabei die Hand, die das tut, von einer andren Person wäre, nemlich von einem Weib.

Jedenfalls bin ich nach einer Weile immer mit einer üblen, schwartzgalligen Laune in meine Herberge zurückgekehrt und hab gedacht, gottseidank hab ich bald das Buch für Lionardo in der Hand, dann reise ich ab und eine Zeitlang geht mir niemand mehr auf den Sack weil er alle drei Minuten sagt, mach dies nicht mach das nicht.

Außerdem hat Dorothea genauso wie ihre elsässischen Freunde immer diese fixe Idee dass alles was in Straßburg geschieht viel besser und interessanter ist und schneller geht als wie in Rom. Zum Beispiel hab ich sie und Alighiero einmal zur Basilika von Sankt Pietro geführt, die hat der Papst nemlich grade angefangen ganz neu wieder aufzubauen, und hab ihr voller Stolz die Kirche gezeigt, guck mal Dorothea, wie herrlich diese Basilika Sankt Pietro, jetzt wird sie sogar neu gemacht und wird die größte Kirche auf der Welt sein. Aber sie antwortet kalt, ha, unsre Kathedrale in Straßburg ist schon immer die höchste der Welt gewesen und die Straßburger haben sie viel schneller, nemlich in nur dreizehn Jahren gebaut.* Dann gehen wir zum Tiber und ich sag, sieh dir das an, meine Teure, wie schön die römischen Brücken sind, aber sie sagt ge-

* Der Dom von Straßburg, von 1015 bis 1028 erbaut, wurde im Laufe des 12. bis 15. Jahrhunderts durch die heutige Kirche im gotischen Stil ersetzt, die bis zur zweiten Hälfte des 19. Jahrhunderts das höchste Bauwerk der Welt blieb.

langweilt, pah, über dem Fluss in Straßburg gibt's Dutzende Brücken und sind alle in ein paar Monaten erbaut. Da werd ich wütend und bring sie zum Kolosseum und wie wir davor stehn, sag ich nichts. Da zeigt Alighiero auf das Kolosseum und fragt, Salaì, was ist das? Und ich sag, oh das weiß ich nicht, als ich gestern hier vorbeikam war es noch nicht da.

Schließlich ist der letzte Nachmittag mit Dorothea gekommen und wann ich in mein Zimmer in der Herberge zurückgeh find ich die Tür offen, was mich schon sehr erstaunt, aber kaum bin ich eingetreten, Signior Notarius, da bietet sich mir das grässlichste Schauspiel was man sich vorstellen kann, und hier lass ich erstmal wieder eine Zeile frei, da kann ich mich besser vorbereiten, nemlich was nun kommt das ist wahrlich nicht besonders schön wenn man's aufschreibt, aber auch wenn man's liest nicht.

Auf meinem Bett liegt jemand und ich seh sofort dass er meine Kleider trägt, nemlich welche von denen die Lionardo mir gegeben dass ich in Rom einen guten Eindruck mach. Und schon das ist nicht so gut, denn ich hab ja niemandem erlaubt auf meinem Bett zu schlafen.

Zum zweiten ist auch nicht besonders gut dass dieser Mensch auf meinem Bett durchaus nicht schläft, nemlich wann ich näherkomm seh ich dass er eine große Wunde unterm Kinn hat, wie wenn man ihm ein gewaltiges Messer in den Hals gestochen, aus welchem tatsächlich auch ein Strom von Blut fließt, und hat schon das ganze Bett versaut und außerdem noch viele andre Wunden im Bauch und in den Seiten.

Moment, Signior Notarius, wartet nur einen Augenblick dass ich dem Wärter das Geld gebe, soo, da nimm.

Aber ich bitte Euch, Signior Notarius, sagt das niemandem weiter, ich möchte keinen hier drin verpfeifen und womöglich dem Wärter schaden der mich bewacht, Gott bewahre, aber in diesem sehr behaglichen und netten Kerker darin Ihr mich habt einschließen lassen, da gibt's zimlich große heimliche Geschäfte, es genügt dass man bezahlt, schon bringen sie einem des Nachts alles was man haben will, sogar was eigentlich verboten ist, nemlich Bücher Papier Feder Möbel Laternen Essen Wein und Dolche, oder sie lassen heimlich Besucher für die Gefangenen rein, nemlich Freunde Ehefrauen Kinder und sogar Huren damit man's mit ihnen treiben kann. Ich hab aber fast kein Geld in der Tasche, drum lass ich mir nur einen kleinen Reibekuchen bringen, weil ich halt das nicht mehr aus hier, immer nur Brot und Wasser, das ist meiner Meinung nach nichts für normale Menschen, und hoffentlich lasst Ihr mich bald hier raus, Signior Notarius, denn wenn mein Geld alle ist muss ich jeden Tag ohne Reibekuchen auskommen. Aber bevor ich jetzt anfange zu essen, muss ich Euch noch kurz was sagen, danach hör ich erstmal auf und mach ich für die Pause dann wie üblich den schönen Schnörkel.

Drittens seh ich, dass es in meinem Zimmer keine Spuren von einem Kampf gibt und ist ganz so wie wenn der Tote überrascht worden wär von dem der ihn abgestochen hat und konnte darum nicht viel tun, um sich zu verteidigen. Sonst hätt ich ja Unordnung vorgefunden, kaputte Sachen, verschobene Möbel etcetera.

Die vierte Sache, das ist die welche mir am allerwenigsten gefällt und ist auch die Wichtigste. Der Mensch in meinem Bett, den kenn ich und hab ihn mir auch gut angeschaut, und trotz all dem Blut auf seinem Bauch Händen

Armen etcetera und dem vom Tod bleichen Gesicht und der Grimasse von einem der sehr gelitten bevor er krepirt ist, erkenn ich genau dass es Blasco ist.

❦

Ihr mögt mir vergeben, Signior Notarius, wenn Ihr jetzt auf dem Papier was Ihr lest ein paar Ölflecken findet, aber ich hab noch fettige Hände vom Reibekuchen, meine Fresse, war der gut! Wo waren wir stehngeblieben, ach ja, wie ich also diese arme Leiche vor Augen hab, gehn mir verflucht viele Fragen durch den Kopf, nemlich diese: Wer zum Teuffel hat den armen Blasco umgebracht? Hat das was mit dem Komplott wegen der Entdeckung Amerikas zu tun, mit dem Blasco Rubè und Ferramonti sich seit langer Zeit schon beschäftigen? Mir schien dieses Komplott ja von vorn bis hinten ein gewaltiger Kohl den die drei sich in ihren wurmstichigen Köpfen ausgedacht, aber am Ende war's vielleicht doch gar kein so harmloser Stuss?

Und gleich darauf denk ich, das Wieso und Warum man Blasco umgelegt hat, tut mir leid, dass ich sowas sagen muss, Signior Notarius, da pfeif ich im Moment wirklich drauf, denn jetzt muss ich sofort an meine eignen Probleme denken, nemlich wenn ich die Sbirren rufe werden sie zuallererst vermuten dass ich Blasco, dieses arme Schwein, umgebracht hab, wo doch seine Leiche in meinem Zimmer auf meinem Bett liegt, und obendrein kannte ich ihn und kam seit vielen Tagen mit ihm zusammen, und in dem Punkt gibt's eine Menge Leute die mich reinlegen könnten indem dass sie sagen, na klar, Salaì und Blasco die kannten sich sehr gut. Und vielleicht wird niemand was zu meinen Gunsten sagen, nicht mal Dorothea, denn ich hab zwar die letzten Stunden mit ihr verbracht, aber wenn ich sie rufe dass sie Zeugnis ablegt, wer weiß ob sie überhaupt kommt, denn sie kann ja nicht der halben Welt gestehen dass sie hinterm Rücken ihres Vaters mit mir in Rom rumläuft und Sauereien macht, oder?

Darum würde ich riskiren dass ich anstelle vom wirklichen Täter ins Loch gesteckt werd, zumal es in dieser Lage obendrein eine zimlich ungemütliche Sache gibt, nemlich, wie ich schon gesagt, die Kleider wo Blasco trägt sind meine.

Das mag Euch vielleicht verwundern, Signior Notarius, aber der arme Blasco hat in den letzten Tagen immer so gefroren und ich hatte Mitleid mit ihm und außerdem war er immer so schlecht gekleidet wie ein Bettler, denn er hatte nicht mal eine halbe Lira um sich neue Sachen zu kaufen, also hab ich ihm welche von den meinen gegeben, und machte er darin übrigens eine prächtige Figur.

Wo ich mir all die Anzeichen überleg die mich verdächtig machen so dass ich könnte zu Unrecht wegen Mord angeklagt werden und geradewegs vor dem Henker landen, entschließ ich mich sofort aus Rom abzuhauen und nach Fiorenza zurückzukehren, und den Blödian möchte ich wirklich sehn der das nicht so gemacht hätte wie ich, meint Ihr nicht auch, Signior Notarius?

Darum schließt mein Bericht bald, denn inzwischen habt Ihr Euch ja sowieso schon alles ausgemalt was nach dem Tod von Blasco noch passirt ist, immerhin seid Ihr ein Kriminalnotarius und habt gewisslich einen viel besseren Kopf als ich, nemlich voll mit trefflichen und sehr schlauen Ideen.

Also raff ich nachdem ich die Leiche von Blasco gefunden, all meine Sachen zusammen und stopf sie in die Reisetasche, die Kleider aber wo Blasco trägt, die lass ich ihm, die sind ja voller Blut und wenn jemand mich erwischt wie ich aus der Herberge komm, wo in meinem Zimmer die Leiche von Blasco liegt, und trag eine Tasche voll blutiger Kleidung bei mir, dann ist das wahrhaftig keine so gute Sache.

Zum Glück kann ich verschwinden ohne dass mich jemand sieht, und das ist sehr wichtig, denn sonst hätten die von der Herberge mich gefragt, sag mal Salaì, warum gehst du denn so eilig fort und ohne zu bezahlen? Aber ich will dass sie meine Flucht erst viel später entdecken, so hab ich genug Zeit ordentlich weit von Rom wegzukommen, ciao ciao und viele Grüße.

Freilich muss ich zuerst das Buch über Kosmografie abholen, denn das ist ja der wahre Grund warum ich nach Rom gekommen bin. Also geh ich zu Ferramonti, der nicht erwartet hat mich so ohne Ankündigung zu sehn, und sagt, A-aa-ber Salaì, wir wa-waren uns doch ei-ei-einig dass wir dir das Buch mo-mo-morgen geben und dann wol-wollten wir unser Ge-ge-geschä-ä-ft feiern und erst da-danach wolltest du ab-ab-abreisen, wieso kommst du denn jetzt schon? Entschuldige vielmals, sag ich zu Ferramonti, aber ich hab einen Brief von meinem Padrone bekommen, der verlangt dass ich augenblicklich in seinen Diensten nach Frankreich gehe, und weil ich sofort aufbrechen will bin ich gekommen, zu bezahlen, hier ist das Geld, und jetzt gib mir bitte sofort dieses verdammte Buch sonst verspäte ich mich, hast du verstanden?

Ferramonti ist höchlichst erstaunt wegen dieser Eile und schaut mich ein wenig misstrauisch an, aber wichtiger als alles andre ist ihm dass er das Buch verkaufen kann, also geht er es holen, dieweil ich aus dem Fenster von seiner

Wohnung blick, die ist wie auch die von Blasco nicht weit von meiner Herberge entfernt, und da seh ich Leute wo in kleinen Gruppen zusammenstehn und reden sehr aufgeregt miteinander oder gehen auch ein wenig schneller als gewöhnlich, wie wenn sie jemandem sofort was berichten müssen, zum Beispiel den Sbirren. Und sofort denk ich, schon ist's passirt, sie haben Blascos Leiche auf meinem Bett gefunden und jetzt suchen sie mich, und gleich seh ich mich in den päpstlichen Kerkern wie ich gefoltert werde damit ich den Mord an Blasco gesteh, wo ich doch wirklich niemanden umgebracht hab, das schwör ich Signior Notarius, und hab auch keinen blassen Schimmer wer es war.

Nach ein paar Minuten die mir scheinen als wie drei oder vier Stunden, nemlich wie wenn mir jemand ganz langsam die Eier mit einem Nussknacker zerquetscht, kommt Ferramonti zurück, ganz bleich im Gesicht und sagt, Sa-Sa-Salaì, das Bu-buch i-i-ist ni-ni-nicht me-mehr da-a-a!

Sowieso bin ich schon zimlich aufgeregt, weil ich hab immer das Bild von Blasco mit durchschnittener Kehle auf meinem Bett vor Augen und auch das andre Bild von den Sbirren des Papstes die mich packen und in den Käfig werfen, also schrei ich: Wiiiie? Was soll ich denn jetzt meinem Padrone bringen? Ferramonti kann vor Angst fast nicht sprechen und stottert und schluckt so schrecklich dass jedes Wort so lang wird als wie ein Paternoster, und er sagte, er hat das Buch in den letzten Tagen in der üblichen Schublade gelassen, die war gut versteckt in einem niedrigen Möbelstück wo niemand hingeht und nachschaut, denn das war fast ganz von einem Tisch und einem großen Vorhang verdeckt.

Du bist ein Riesenarschloch und ein elendes Stück Scheiße, sag ich zu Ferramonti, weil deine beiden Freunde und ich haben wochenlang über dieses Buch geredet und jetzt wo ich herkomm um dir das Geld zu geben, erzählst du mir dass man dir das Buch gestohlen hat, und das bedeutet dass du entweder ein Lügner bist und hast das Buch jemand andrem gegeben oder du bist völlig verblödet weil du es dir hast klauen lassen. Auf jeden Fall verdienst du dass man kurzen Prozess mit dir macht und danke Gott wenn mein Padrone nicht jemand zu dir schickt der dir die Nase und die Ohren abschneidet und sie seinem Papagei zu fressen gibt, denn das verdienst du wirklich, hast du verstanden du Trottel?

Doch was mich am meisten geärgert dieweil ich Ferramonti zur Sau mache, das war gewiss nicht das verschwundene Buch, Signior Notarius, denn nichts konnte mir mehr am Arsch vorbeigehn als Lionardo diesen Dienst zu erweisen, das wirklich Ärgerliche war dass ich kostbare Zeit verloren hatte um nach Fiorenza zu entwischen, denn jetzt hätte ich wahrscheinlich schon auf einem Pferd weit draußen vor den Toren Roms sein können. Also hab ich die Antwort von Ferramonti nicht mal abgewartet und bin ich die Treppen hinunter gerast wie wenn mir ein Stück glühende Kohle im Hintern steckt.

Wann ich auf der Straße bin herrscht da ein Durcheinander, das glaubt Ihr nicht, Signior Notarius, die Leute schreien, man hat einen Toten in der Herberge gefunden! Ruft die Sbirren! Oh, welch ein grässlicher Anblick war das! Und von weitem seh ich sogar eine der alten Vetteln von der Herberge, die wird von zwei Mägden gestützt, und ich denk mir die hat wahrscheinlich den toten Blasco gefunden, und hätt ich mich nicht sofort umgedreht und in einem Hauseingang versteckt hätte sie mich bestimmt gesehen. Ich klebe an der Mauer wie eine Eidechse damit die Dienstmägde von der Herberge mich nicht entdecken, da spür ich plötzlich eine Hand die meinen rechten Arm berührt, und das war die Enkelin von einer der beiden Vetteln, die erkennt mich und ruft, Großmutter, Großmutter der Signiore aus Fiorenza ist hier bei mir! und das ganze Volk auf der Straße dreht sich zu uns um, denn bei dem Schrei von dem Kind kann man fast denken ich würd ihr was Böses antun, und hinten am Ende der Straße ruft die Großmutter, Hilfe! Rettet mein Enkelkind! und da erkenn ich, wenn ich mich hier nicht schleunigst vom Acker mach, geht die Sache übel aus.

Ein Mann ruft, der Junge aus Fiorenza hat in seinem Zimmer einen umgebracht, schnappt ihn euch! und ich seh wie jemand auf mich zeigt und dann schreit er, ergreift ihn schnappt ihn euch und reißt ihm den Arsch auf!

Sogleich renn ich los wie ein Verrückter und lauf aus der Stadtmitte heraus an die Stadttore, und such ich bei allen Pferdestazionen jemand der bald nach Fiorenza aufbricht. Ich kann Euch nicht sagen wie ich mich abgerackert hab, Signior Notarius, denn es gab doch ums Verrecken niemand der sofort losfuhr, und musst ich durch halb Rom rennen um eine Poststazion zu finden wo ich dann, inzwischen war's schon Abend, meinen Freund treffe, nemlich diesen erzverblödeten Verräter Del Carretto, der leiht mir sein Pferd gegen das Versprechen dass ich's ihm zurückgeb und später bezahl etcetera etcetera und was dann folgt das wisst Ihr schon, nemlich die falschen Anschuldigungen von Del Carretto, diesem Neidhammel, der wirklich ein Lügner und Verleumder ist und ein Hahnrei noch dazu.

In die Herberge kann ich nicht zurück, also hab ich

auf der Straße geschlafen und am nächsten Tag hab ich mich auf die Reise nach Fiorenza gemacht, die war sehr lang, weil ich musste das Pferd bei jedem Halt ausruhen lassen, und Ihr wollt ja unbedingt wissen welche das waren, also bitte sehr, ich bin durch La Storta gekommen dann durch Baccano, Monterosio, das Kastell von Ronciglione, die Stadt Viterbo, die Stadt Montefiascone, Capraccia, die Stadt Orvieto wo man feine Lautensaiten macht, Ponte Carnaiolo, Castel de la Pieve, Castiglion del Lago, l'Ossaia, Castiglion Fiorentino, Bastardo, Ponte de le Vane, Treghi und schließlich bin ich in Fiorenza angekommen, und das sind insgesamt achtzehn Poststazionen.

Die ganze Reise über bin ich bei sehr übler Laune gewesen, denn ich hab einen Haufen Geld in Rom ausgegeben und komm ohne das Buch über Kosmografie nach Fiorenza zurück, und drum denk ich hm, wenn Lionardo sieht wie das alles ausgegangen ist verprügelt er mich mindestens ein paar Wochen lang.

Seht Ihr, Signior Notarius, das ist der Grund warum ich wann ich in Fiorenza angekommen dem Händler aus Pistoia das Pferd von Del Carretto verkauft, denn so hatte ich ein bisschen mehr Geld was ich Lionardo zurückgeben konnte. Aber dann haben Eure Häscher mich festgenommen und mir gesagt dass der Guvernör von Rom mich sucht, und haben fast alles Geld beschlagnahmt. Drum weiß ich immer noch nicht ob Lionardo stinksauer werden wird, denn Ihr habt mich ja arretiren lassen bevor ich meinem Ziehvater alles erzählen konnte. Aber wenn Ihr wollt, Signior Notarius, berichte ich Euch was Lionardo sagen wird, wenn ich nach Hause komme.

Und hier endet mein Memorandum welches Euch jetzt hoffentlich genügt, denn darin stehn nur wahre und echte und aufrichtige Dinge geschrieben an denen Ihr die ganze Wahrheit erkennen könnt über das was Salaì in Rom gemacht, weil er nicht gern ein Lügner und Gauner ist. Also bitt ich Euch mich nun aus diesem Kerker zu entlassen, denn ich muss unbedingt nach Haus um mein Ei zu begießen, also macht bitte schnell, ja?

Untertänigster Diener unsrer Vaterstadt Fiorenza
Salaì

Nachdem das neue Memorandum des Angeklagten verlesen worden ist, setzt der Kriminalnotar die Inquisition fort. Es werden zwei Amtspersonen des Gerichts in den Zeugenstand gerufen, welche im Auftrag des Notars das Konto auf der Bank Santa Maria Novella überprüft haben, das dortselbst für den Ziehvater des Angeklagten, den bereits erwähnten Leonardo da Vinci, geführt wird.

ERSTE AMTSPERSON: Wir haben Einsicht in das Konto beim Banco di Santa Maria genommen*, das auf Ser Leonardo da Vinci eingetragen ist, und konnten jene Überprüfungen vornehmen, welche Ihr, Signor Kriminalnotar, angeordnet hattet.

ZWEITE AMTSPERSON: Kurz gesagt, wir haben festgestellt, dass Ser Leonardo seinem Ziehsohn Salaì über die Bank Santa Maria und einem Geldverleiher aus dem Ghetto in Rom beträchtliche Geldsummen geschickt und dass Salaì diese Summen gewiss erhalten hat.

Sodann fragt der Notar, ob das Ergebnis der Überprüfungen mit dem vereinbar sei, was Salaì erzählt hat, nämlich dass er sich nur wenige Tage in Rom aufgehalten habe.

ERSTE AMTSPERSON: Die von Ser Leonardo vorgenommenen Überweisungen erstrecken sich über mindestens vierzehn Tage, Signor Kriminalnotar, woraus, bedenkt

* Es ist bekannt, dass Leonardo da Vinci ein Konto bei der Bank Santa Maria Nuova besaß, von dem er die notwendigen Summen für persönliche Ausgaben abhob.

man die erforderliche Reisezeit einer Depesche von Florenz nach Rom, schließlich mindestens zwanzig oder fünfundzwanzig Tage geworden sein mögen.

ZWEITE AMTSPERSON: Man darf füglich daraus folgern, Signor Kriminalnotar, dass jener Salaì über die Dauer seines Aufenthaltes in Rom nicht die Wahrheit gesagt haben kann.

ERSTE AMTSPERSON: Im Übrigen hat Salaì selbst behauptet, er habe mit dem deutschen Frauenzimmer namens Dorothea viele Tage lang Umgang gehabt, und er hat außerdem zugegeben, dass die Verhandlung mit Blasco, Rubè und Ferramonti ebenfalls viele Tage in Anspruch genommen hat, mit welchen Äußerungen er sich folglich selbst widerspricht.

Der Kriminalnotar wendet sich an den Angeklagten, indem er ihm einige der zahlreichen widersprüchlichen und unwahrscheinlichen Umstände in seinem Memorandum vor Augen hält:

1. Von seiner Ankunft in Rom berichtend, behauptet Salaì, mit Ausnahme des ersten Abends sei das Wetter in der Stadt stets heiter und warm gewesen. Zur Rechtfertigung der Tatsache, dass der Leichnam Blascos seine Kleider trug, führt er dagegen an, Blasco habe in den vergangenen Tagen immer gefroren.
2. Der Angeklagte behauptet, er sei überrascht gewesen, als er den Leichnam Blascos im Zimmer seiner Herberge fand. Zuvor hat er jedoch berichtet, er habe alle notwendigen Vorsichtsmaßnahmen getroffen, um das Eindringen Fremder in sein Zimmer zu verhindern. Da er nicht berichtet hat, dass die Tür zu seinem Zimmer aufgebrochen wurde, folgt aus diesem Widerspruch, dass er selbst es war, welcher Blasco eintreten ließ.

3. Überdies hat der Angeklagte freiwillig zugegeben, folgende Verbrechen begangen zu haben:
   - Diebstahl des Buches im Geschäft des Buchhändlers Silber
   - Zusammenrottung mit einer Gruppe politischer Verschwörer (die obengenannten Rubè, Blasco und Ferramonti), welche anonyme Schriften gegen das Papsttum verbreiten. Ferner hat der Angeklagte mit seinen Reden dazu beigetragen, sie in ihren aufrührerischen Zusammenkünften zu bestärken.
   - Unrechtmäßige Aneignung des Pferdes seines Freundes, das er sodann ohne Erlaubnis verkaufte.

In Anbetracht des verstockten, unbußfertigen und unmoralischen Benehmens des Angeklagten Salaì erscheint es darob vernünftig, ihn auch des Mordes an Blasco anzuklagen.

Tatsächlich gibt es zahlreiche Indizien zu Lasten Salaìs:

- Er kannte das Opfer
- Selbiges kannte wiederum seinen Mörder, da dieser ihm die Tür öffnete
- Das Opfer wurde im Bett des Salaì gefunden und sogar angetan mit dessen Kleidern
- Zwischen dem Opfer und Salaì gab es eine Geschäftsbeziehung (der Erwerb eines Buches gegen eine beträchtliche Geldsumme)
- Wie bereits dargelegt, hat der Angeklagte aller Wahrscheinlichkeit nach das Opfer in sein Zimmer eintreten lassen
- Nach dem Mord ist der Angeklagte von Rom nach Florenz geflohen, hat sich also verborgen und damit

gezeigt, dass er in keiner Weise mit den polizeilichen Behörden zusammenarbeiten will.

An dieser Stelle unterbricht Salaì den Kriminalnotar, ohne dazu berechtigt zu sein, und schwört, dass er Blasco nicht getötet habe, im Gegenteil, er habe nie einer Fliege etwas zuleide getan. Das Wort wird ihm vom Verhandlungsskribenten entzogen, und die Häscher erhalten den Befehl, Salaì in die Marterkammer zu bringen, während der Angeklagte sich mit Ausdrücken wehrt, welche ins Protokoll aufzunehmen nicht angebracht erscheint. Salaì schwört, er habe die ganze Wahrheit gesagt und nur die Wahrheit, und so ihm die Gelegenheit gegeben würde, wäre er imstande, alles aufzuklären, und außerdem verwehre ihm die Fortdauer der Verhaftung, nach Hause zurückzukehren und sich um sein Ei zu kümmern.

Der Skribent lässt ins Protokoll aufnehmen, dass der Angeklagte in seinen irren Reden weiterhin auf einem angeblich zu begießenden Ei beharrt.

Der Notar verfügt, Salaì seien weitere dreißig Peitschenhiebe zu verabreichen, damit sich herausstellt, ob er beabsichtigt, den Mord und alles andere, was er dem Gericht noch immer verschweigt, zu gestehen. Wie üblich wird ihm geglaubt werden, wenn er der Tortur widersteht, andernfalls muss die Inquisition bis zu einem vollständigen und aufrichtigen Geständnis fortgesetzt werden. Hernach soll eine gebührende Strafe über ihn verhängt sein.

Die Sitzung wird um 10 Uhr aufgehoben.

Um 11 Uhr wird Salaì dem Kriminalnotar abermals vorgeführt, welcher nach dem Ergebnis der Tortur fragt. Der Anführer der Häscher berichtet, nach den ersten zehn Peitschenhieben habe der Angeklagte nicht mehr vor Schmerz geschrien, jedoch habe er weiterhin bestritten, des Mordes an Blasco schuldig zu sein und wiederholt, dass er bei den Fehlern, welche er möglicherweise begangen, stets in gutem Glauben gehandelt habe und auf jeden Fall, ohne jemandem Böses tun zu wollen.

Unterdessen wird ein Wundarzt gerufen, dass er einige der Verletzungen am Rücken verarztet, aus welchen Blut strömt, daher sie sich zu entzünden drohen.

Der Notar fragt Salaì, ob er gestehen will. Der Angeklagte bittet darum, die Ereignisse, welche in Rom geschehen, erneut klären zu dürfen, und fleht, man möge ihm erlauben, einen Zusatz zum vorherigen Memorandum zu verfassen, darin er jene Punkte erhellen werde, welche zu Missverständnissen geführt haben.

Nachdem er sich mit dem Verhandlungsskribenten beraten hat, gewährt der Notar Salaì eine Nacht, um besagten Zusatz zu verfassen, und ermahnt ihn abermals, dass sein neues Memorandum nur die Wahrheit enthalten darf und nichts als diese, und es müssen außerdem sämtliche Orte aufgeführt sein, in die er sich auf seiner Reise begeben hat. Alsdann werde nach den Regeln der Rechtsprechung zu verfahren sein.

Die Sitzung wird um 11 Uhr und 20 Minuten aufgehoben.

ZUSATZ ZUM VORHERGEHENDEN MEMORANDUM UM DEM SIGNIOR NOTARIUS RECHT BEGREIFLICH ZU MACHEN WIE DIE SACHE MIT DEM BUCH UND MIT DEM MORD AN DEM ARMEN SCHWEIN BLASCO UND AUCH MIT DER ENTDECKUNG VON AMERIKA SICH WIRKLICH ABGESPIELT HAT.

Sonst sieht's womöglich noch so aus wie wenn Salaì
eine Menge Übeltaten begangen
was nemlich ganz und gar
und überhaupt nicht wahr ist,
verflixt nochmal.

Also zuvörderst dank ich Euch ergebenst, Signior Notarius, dass Ihr mir die Gelegenheit gewährt, meine Sache noch einmal und klarer vorzutragen, denn mir scheint, wir zwei beiden haben uns gründlich missverstanden, aber das war bloß ein Versehen, das ich jetzt mit diesem meinem letzten Memorandum gänzlich aus der Welt schaffen werde und schnell allemal, weil wie Ihr wisst, auch ich hab zuhause meine Angelegenheiten, die ich erledigen muss, nemlich vor allem eine, aber das erzähl ich Euch jetzt nicht nochmal, Ihr wisst ja sowieso wovon ich spreche, ja ganz recht, von dem Ei.

Um gleich damit anzufangen, ich muss unbedingt ein Missverständnis aus dem Weg räumen, denn ich wollte eigentlich gar nicht sagen, dass ich wenige Tage in Rom geblieben bin, sondern dass ich mich in Rom recht wohl befunden hab und drum ist mir die Zeit so schnell vergangen, Ihr wisst ja wie das ist, oder? und auf jeden Fall wird der Bericht den ich Euch jetzt schreib, alles klar machen und ~~ewdi~~ ~~evvide~~ ~~ewide~~ eben so dass Ihr es verstehn könnt.

Also gut, die ganze Sache hat angefangen wann Benci und Vespucci, die zwei Freunde von meinem Ziehvater, Lionardo besucht, und haben endlos lang geredet über Amerigo Vespucci, wie tüchtig der war, dass er Amerika entdeckt, und da ist Lionardo dieses Zwacken im Gedärm gekommen und hat er beschlossen, die erste Karte der Welt zu machen wo auch die Neuen Länder enthält, die Amerigo Vespucci entdeckt, nemlich Amerika. Aber Pustekuchen, so ein Buch gibt's schon, also hat Lionardo der sehr gut darin ist zu kopirn was andre schon vor ihm gemacht haben, und das ist meiner Meinung nach die größte Kunst der Welt, Signior Notarius, mich erstmal mit vielen schönen Gewändern behängt, dass ich eine gute Figur mach, und dann hat er mir befohlen nach Rom zu reisen und ihm dieses Buch zu kaufen, was heißt Universalis Cosmographia secundum Ptholomaei etcetera etcetera, dann kann er's nemlich kopiren und hofft dass seine Freunde vor Staunen ausrufen Aaah oooh und ihm sagen, Mastro Lionardo, Hochachtung, Ihr seid wahrlich ein großer Geist!

Also bin ich aus unsrem Fiorenza abgereist, Gott schütze es und den großen Gonfaloniere Pier Soderini der es so weise regiret, Amen, und wo Ihr mich ja drum gefragt, bin ich also gekommen durch Treghi, Ponte de le Vane, Bastardo, Castiglion Fiorentino, l'Ossaia, Castiglion del Lago, Castel de la Pieve, Ponte Carnaiolo, die Stadt Orvieto wo man feine Lautensaiten macht, Capraccia, die Stadt Montefiascone, die Stadt Viterbo, das Kastell von Ronciglione, Monterosio, Baccano, dann La Storta und schließlich in die Stadt Rom, und das sind insgesamt achtzehn Poststazionen.

Und bis hierhin, mein ich, ist auch Euch alles klar, Signior Notarius. In Rom hab ich dann eine Herberge nach meinem Geschmack gefunden und wann ich da aus dem Fenster blick seh ich ein Mägdelein mit einer Haut so weiß wie Sahne und Lippen wie Blut so rot und Brüsten als wie zwei Äpfel so rund. Dann bin ich ins Haus von einer kleinen Hure geraten die aber beileibe nicht aussah wie eine solche, und obgleich Patroclo, ihr Pappone, mir den rechten Arm abreißen wollte ist alles gut ausgegangen, Gott sei's gelobet, Amen.

Dann hab ich diesen Kanonikus getroffen der Dati heißt

und dann den Buchhändler mit Namen Silber, welche mir beide aber nur Mist erzählt, und haben mir kein bisschen geholfen. An dem Abend hab ich in einer Osteria gegessen wo zwei Kerle mich beobachtet, und dann hab ich auf meinem Tisch einen Zettel mit der Zahl 10 gefunden, dann hat's zu regnen angefangen und stand ich plötzlich vor der Statue von Pasquino wo man mir einen Schlag auf die Birne verpasst, und so hab ich Blasco Rubè und Ferramonti kennengelernt welche dank des Mordsglücks und der Bravur, die Salaì immer in solchen Situazionen hat, ausgerechnet das Buch besitzen was ich suche, nemlich die Cosmographia universalis etcetera. Blasco Rubè und Ferramonti sind große Eksperten in dem gewaltigen Komplott was hinter der Entdeckung von Amerika steckt, nemlich praktisch war es nicht Vespucci der Amerika ausfindig gemacht, sondern Columbus, bloß dass Columbus ein heimlicher Sohn vom Papst war und hat Amerika nur darum entdeckt weil er hintenrum das Geld seines Vaters dafür genommen, wogegen alle Menschen überall auf der Welt wie eine riesige blöde Hammelherde glauben, Spanien hätte das Geld gegeben für die Entdeckung Amerikas. Aber das alles war nur ein schlauer Kniff von diesem Papst, der hieß Innozenz VIII. Cybo, und ist dann aber grad in dem Moment gestorben wann Columbus Amerika entdeckt, drum man ihn gewiss wegen dieser dreisten Schliche kaltgemacht hat, wollen wir wetten?

Erst wollten Blasco Rubè und Ferramonti mir das Buch für Lionardo nicht verkaufen aber ich hab ihr Vertrauen gewonnen, indem dass die drei ganz verrückt sind nach Verschwörungen Ränken Machenschafften und dergleichen Zeugs, alles Sachen wo ihnen schon beim Gedanken dran der Schwengel scharf wird und aufrecht steht als wie ein Schwert, also hab ich ihnen von dem Komplott erzählt von dem ich weiß, nemlich das von den Elsässern die ausgerechnet hier in Rom und in Teutschland die neue teutsche Kirche vorbereiten, indem dass sie die Päpste und die Italiener und die Römer säckeweise mit Lügen und erfundnen Geschichten verleumden. Und sieh mal einer an, zufällig sind die Elsässer gut Freund mit den Gelehrten aus Lothringen welche das Buch geschrieben das ich für Lionardo kaufen soll, das ist doch alles sehr sonderbar, oder, Signior Notarius?

Na, jedenfalls haben die drei mir schließlich vertraut und konnt ich sie auch überreden mir das Buch zu verkaufen, aber das war erst ganz am Schluss, und wenn ich Euch nicht genau erklär wie das passirt ist, Signior Notarius, meint Ihr vielleicht ich hätt Euch belogen oder Euch was verschwiegen, drum erzähl ich jetzt sogleich auch noch diesen Teil von der Geschichte.

Nachdem ich die drei kennengelernt, hab ich nemlich angefangen mich mit Ferramonti zu treffen, und mein Vorwand war dass er mir helfen sollte ein Exemplar von dem Buch für Lionardo zu finden, aber eigentlich hab ich gehofft wenigstens er lässt sich überreden mir das Exemplar zu verkaufen das er und seine Freunde besitzen.

Erstmal hab ich ihn zum Essen eingeladen, weil zusammen essen, so die Speisen gut sind, das hält die Leute bei Laune und wenn du sie dann um einen Gefallen fragst, ist's leichter dass sie Ja sagen.

Ferramonti ist Römer, drum hab ich gesagt er soll entscheiden wo wir speisen gehn, und da fangen seine Augen an zu strahlen und er sagt hocherfreut, se-se-sehr gut, ich weiß wo wir hi-hin-ge-gehen können, da b-bin ich oft.

An diesem Tag, Signior Notarius, hab ich mit eignen Augen gesehn dass Ferramonti einer der wenigen Menschen ist wo mit noch größerem Appetit essen als wie ich. Nemlich hat er mich in eine Taverne gebracht die heißt Osteria del Cavalletto, da hab ich ein halbes Brathuhn mit gekochtem Gemüse gegessen das schien mir vorzüglich und die Porzion auch reichlich und war trefflich gesotten, so dass mir beim Essen die Soße vom Hühnerbein auf den Arm getropft ist.

Ferramonti aber hat sich in der kurzen Zeit wie ich mein Hühnchen esse eine Kohlsuppe, eine Bohnensuppe mit geröstetem Brot einen gebratnen Fisch mit Rüben einen Teller mit geschmortem Kaninchen ein großes Kalbskotelett und dazu verschiedne gekochte Gemüse nebst einem ganzen Korb Brot in den Schlund gestopft, und zum Abschluss noch drei Äpfel zwei Birnen ein Stück Maronenkuchen und eine große Schüssel mit Nüssen und Rosinen, dazu hat er vier Gläser Wein und fünf Gläser Wasser getrunken und hat nicht einmal gerülpst, was ein sichres Zeichen ist dass er am Ende nicht mal einen vollen Bauch hatte.

Dieweil er isst, hat er wohl gemerkt dass ich ihn erstaunt anschaue, denn hab ich immer geglaubt, ich bin einer der beim Essen alle überrundet, sogar die ärgsten nimmersatten Vielfraße und Leckermäuler. Aber Ferramonti, spindeldürr und ellenlang wie er ist, hat alles vom Tisch gefegt wie ein Wirbelsturm, zuletzt liegt kein einziger Krümel mehr auf dem Teller, und ist so schnell beim Kauen und Schlucken dass man fast denkt es ist Hexerei, drum hab ich mich am Schluss aus Vorsicht heimlich bekreuzigt.

Der Wirt von der Osteria del Cavalletto heißt Giovanni*

* Die Osteria del Cavalletto befand sich auf der Piazza Pollarola und wurde nach 1482 tatsächlich von einem gewissen Giovanni Antonio di Domenico geführt; vgl. A. Modigliani, *Mercati* … op. cit., S. 254 f.

und kennt Ferramonti gut und hat mich mit einem Grinsen angeschaut, wie wenn er sagen will, dann wusstest du also nicht wie viel dein Freund verdrücken kann, was?

Wie das Essen beendet ist sagt Ferramonti, den Mund noch voller Nüsse und Rosinen, das Kinn mit Kaninchensoße verschmiert und ein paar Fischgräten hängen ihm auch noch im Bart, tschul-di-di-gung Salaì dass ich's dir nicht vo-vo-vorher gesagt hab, aber ich hab immer ei-einen Wa-waaa-wahnsinnsap-pe-petit, stell dir vor, fa-fast all mein Geld ge-ge-geht für Essen drauf, go-gottsei-da-dank hab ich kei-keine Frau und Ki-kinder, denn meine A-a-arbeit ist Pu-pu-putzen und Kochen bei den No-non-nen von San Be-benedetto und da verdien ich nicht viel und kö-könnte ich keine ga-ganze Fa-a-amilie ernähren.

Das hab ich ihm sofort geglaubt, Signior Notarius, denn wann Signior Giovanni mir einen Zettel mit der Summe bringt, die ich bezahlen soll, ist diese so hoch dass mir fast übel wird, und ich denk, Mamma Mia, wenn Lionardo das wüsste er würde mir den Hals umdrehn wie einem Truthahn. Aber ist auch was Gutes dran gewesen an diesem Essen, nemlich mir ist dabei eine Idee gekommen die erzähl ich Euch später, Signior Notarius, sonst verwickeln sich mir die Gedanken in der Birne und wird alles Kraut und Rüben.

Danach frag ich Ferramonti ob er für die Verdauung einen Spatziergang am Tiber mit mir machen will, aber in Wirklichkeit will ich mit ihm über das Buch sprechen und ihn überreden dass er's mir verkauft. Ferramonti sagt, Ja gut ma-machen wir einen Spa-zie-ziergang aber nicht so schnell sonst hab ich nach ei-einer ha-a-alben S-stu-stunde wieder Hunger.

Wir gehn am Tiber entlang um den Booten zuzuschauen

wo Holz Wein und Kohle am Hafen der Ripetta abladen, und ich hol mit meiner Rede erstmal weit aus. Sag mal, Ferramonti, glaubst du wirklich dass diese Geschichte die du Blasco und Rubè mir erzählt über die Entdeckung Amerikas und über Columbus und Vespucci und Papst Innozenz VIII. Cybo wirklich wahr ist bis in alle Einzelheiten?

Und da ist die große Überraschung gekommen, Signior Notarius, denn Ferramonti hat geantwortet, naja e-ehrlich ge-gesagt ni-nicht so recht.

Wie bitte? frag ich. Und er sagt, lieber S-Salaì, es gibt Dinge die ka-kann man nicht alle auf ei-ei-einmal erzählen, du musst wissen dass das Ge-ge-geheimnis von der Ent-entde-deckung A-A-Amerikas so groß und so ge-ge-geheim ist, dass ni-nicht mal meine Freunde wi-wis-sen dass hinter der Ge-ge-geschichte von Co-o-olumbus und dem Pa-pa-papst noch viel mehr steckt.

Ferramonti erzählt weiter, diese andren Geheimnisse um Columbus und Amerika, die hat er ganz allein entdeckt, und wann er sie Blasco und Rubè erzählt, waren sogar die zwei, wiewohl sie schon sehr viele Geheimnisse in dieser Geschichte kennen, so erstaunt und verwirrt dass ihr Hirn eine solch unglaubliche Wahrheit nicht aktzeptirt hat, und haben sie ihm gesagt, was redest du da Ferramonti, ach komm das ist nicht möglich du übertreibst etcetera etcetera.

Da frag ich, ist das wirklich wahr? Mir scheinen Blasco und Rubè sehr aufgeweckt und kluge Köpfe!

Mit einem traurigen Lächeln sagt Ferramonti, ach mein lie-lieber Sa-alaì, du weißt ja gar nicht wie die Leu-leute wi-wi-wirklich sind! Der arme Blasco, sagt er, hätt einen Haufen Probleme wegen seinem Vater wo ein Schurke und Geizkragen ist, und Rubè führt ein elendes Leben weil in seinem Alter sollte er ein schönes Weib heiraten, stattdessen ist er einsam wie der räudige Hund auf der Straße. Ach ja? Erzähl mir mehr davon bitte, sag ich.

So berichtet mir Ferramonti dass Blasco einen stinkreichen Vater hat, der ist Stoffhändler und lebt in einem wunderschönen und riesigen Haus das er von Blascos Großvater geerbt, aber wann Blasco noch ein kleiner Junge war hat sein Vater ihn fortgejagt und gesagt, los hau ab raus hier, es wird Zeit dass du dir eine Arbeit suchst, ich hab keine Lust mehr dich durchzufüttern, verstanden?

Seitdem lebt Blasco in einem winzigen dunklen Dreckloch, das gehört seinem Vater, und schlägt sich durchs Leben indem er auch Stoffe verkauft, aber sein Vater kümmert sich kein bisschen um ihn und hilft ihm auch nicht, drum muss Blasco schuften als wie ein Ackergaul damit er grad mal das Nötigste zum Überleben verdient, und hat außerdem noch ein andres Problem. In den letzten Jahren hat sein Vater sich nemlich dem Laster des Spiels ergeben und spielt alle Abende Karten mit den übelsten Gaunern und Dieben, denn nur in Gesellschaft von Bösewichtern fühlt er sich wohl, die findet er nemlich lustig und interessant, aber wenn er dann verlirt und Schulden macht ruft er seinen Sohn und jammert, rette mich mein Sohn, ich bitte dich, gestern hab ich beim Spiel mit einem mordsgefehrlichen Schurken verloren und muss ihm bis morgen einen Batzen Geld geben, sonst hängt er mich mit einer Kette um die Eier an sein Pferd und schleift mich durch ganz Rom bis sie mir abreißen, und aus dem Loch holt er dann alles Gedärm raus was ich im Leib hab, bis nur meine Haut übrigbleibt, daraus macht er alsdann einen Sack für die Scheiße von seinem Pferd, ich bitte dich, mein Sohn hilf mir!

Der arme Blasco steht seinem Vater jedesmal bei und

leiht ihm Geld dass er seine Spielschulden bezahlen kann, aber Blasco weiß haargenau dass er den Schotter niemals nicht mehr wiedersieht. Drum sagt er, Papa ich bitte dich hör auf mit dem Scheiß, spiel nicht immer mit diesen Schurken Karten, sonst helf ich dir nicht mehr, verstanden? Der Vater jammert, ja mein Sohn, du hast ja so Recht und ich versprech dir ich tu's nicht mehr. Aber nach ein paar Wochen passirt doch wieder genau dasselbe und geht alles immer so weiter.

Ich frag, aber wieso leiht Blasco seinem Vater Geld wenn der immer wieder denselben Mist macht? Ganz ei-einfach, sagt Ferramonti, erstens ist Blasco ein s-se-sehr gu-guter Mensch und geduldig und pf-pf-pflichtbe-bewusst und will seinen Va-va-vater ehren wie die zehn Ge-gebo-bote von Moses be-befehlen. Und der zweite Grund, fährt er fort, dieses Arschloch von Vater wird ja irgendwann sterben und selbst wenn der Alte all sein Geld verjubelt wird Blasco wenigstens sein großes wunderschönes Haus erben, dann kriegt er mindestens das Geld wieder was er dem Vater geliehen.

Ach die sind beide arm dran, Blasco und sein Vater, sag ich mit einem betrübten und mitleidigen Gesicht, aber heimlich ist mir wieder eine treffliche schlaue Idee gekommen, die erzähl ich Euch auch erst später, Signior Notarius, sonst verwickelt sich mein Bericht zu sehr und verlier ich den Durchblick.

Und ganz zu schw-schweigen von dem P-pr-problem was der a-a-arme Rubè hat, erzählt Ferramonti weiter, das ist noch viel schwe-schwerer zu lösen.

Rubè hat in der Tat das schlimmste Problem wo einem Mann passiren kann, nemlich das mit den Weibern. Schon als kleiner Junge war er ein höchst kluger Kopf voll glänzender Ideen mit dem er alles im Nu versteht, und darüber war seine Mutter so froh und stolz dass er den lieben langen Tag lernen musste, und nach dem Lernen durfte er niemals nicht mit andren Jungen spielen, nein, er musste immer bei ihr bleiben, und sonderlich ließ sie ihn nicht in die Nähe von Mädchen in seinem Alter kommen, denn sie wollte dass ihr Sohn nur ans Lernen denkt damit die andren Mütter vor Neid platzen wenn sie sehen dass er viel klüger ist als wie ihre Kinder. Denn wie auch Ihr wisst, Signior Notarius, sind die Weiber ganz verrückt danach ihre Freundinnen neidisch zu machen.

So musste Rubè sich schon als kleiner Junge immerfort mit seiner Mutter rumschlagen und ertragen wie sie zu ihren Freundinnen sagte, seht doch mein kleiner Rubè, wie gut er schreibt, wie toll er liest, welch schöne Gedichte er aufsagt, wie gut er in Latein und Mattematik ist. Aaah, oooh, das ist ja unglaublich, sagten die anderen Mütter, dieweil ihre eignen Jungs fröhlich auf den Wiesen mit den Mädchen spielten. Rubè aber hatte noch immer den Zeigefinger auf den Seiten eines Buches, wie seine Freunde schon anfingen ihn in die Unterhosen ihrer Freundinnen zu stecken, was meiner Meinung nach eine sehr wichtige Sache ist, Signior Notarius, weil wenn einer erstmal verstanden hat wie so ein Finger funktionirt, kann er später umso besser mit was anderem weitermachen, hab ich Recht?

Mit der Zeit war aus Rubè ein schöner Junge geworden bis auf ein paar Pusteln im Gesicht, denn er hatte noch nicht angefangen, mal eine ordentliche Nummer mit den Weibern zu schieben. Obendrein war er eine gute Partie weil seine Mutter hatte ein hübsches Sümmchen beiseitegelegt das sie ihm früher oder später vererben würde. Er zählte inzwischen achtzehn Jahre, also ein Alter wo man nur eine einzige Sache im Kopf hat, nemlich sich Weiber suchen die man gehörig flachlegen oder wenigstens für ein paar Sauereien gebrauchen kann. Aber nein, Rubè kannte nur die alten Freundinnen seiner Mutter und von denen war die eine Witwe, die andre eine verdorrte alte Jungfer, eine setzte ihrem Mann Hörner auf, eine war versaut und wollte es immer mit allen treiben, und die letzte mochte nur jüngere Männer.

Kurzum, es kam wie's kommen musste, am Ende fiel der arme Rubè mit seinem Schwengel der ihm vor lauter Begierde nach allen Seiten abstand, und da halfen auch die vierzigtausendmal Wichsen am Tag nichts, auf eins dieser alten Weiber rein, die hat ihn dann an ihre Freundinnen weitergereicht, und so ist es gekommen dass der arme Rubè nurmehr mit alten Weibern vögeln kann.

Und wo seine Mutter ihm eingeredet hatte dass er besser war als wie alle andren Männer, nahm Rubè dann auch noch die üble Gewohnheit an sich überlegen zu dünken, obwohl er doch nur bei den alten Weibsen Mut genug hatte. Jeden Tag kriegte er Lust es mit jungen Mädchen zu treiben, dann suchte er sich welche und redete sogar stundenlang mit ihnen, nahm den Mund voll und tat sich dicke, aber kaum war der günstige Moment gekommen da schlotterten ihm die Knie vor Bammel weil er's mit den jungen Weibern noch nie probirt hatte und fürchtete dass der Schwengel ihm plötzlich einschrumpelt und winzig wird wie eine Ameise, und drum bracht er auch nach langem Gerede bei den jungen Frauen nichts zustande.

Um die Wahrheit zu sagen, hoffte Rubè heimlich, irgendwann mal könnt ein Mägdlein von seinem Sermon so beeindruckt sein dass es von selbst loslegt und ihn verführt, aber auch Ihr versteht, Signior Notarius, warum sowas noch nie passirt ist, nemlich die Weiber wollen immer so tun wie wenn es der Mann wär der sie überredet und sie sind bloß arme Opfer die von nichts was wissen und verstehn. Keiner hat je rausgefunden wieso das so ist, aber es ist eben so und basta.

Also hat Rubè im Lauf der Zeit eine Stinkwut auf die jungen Weiber angesammelt, und hat sich selbst eingeredet dass die Mädchen von Rom allesamt Huren und Lügnerinnen sind, was eigentlich nicht ganz so stimmte. Die Mädchen von Rom dagegen waren überzeugt dass Rubè nicht ganz richtig im Kopf ist, und das stimmte ganz genau.

Und sein Wesen ist zuletzt immer verklemmter geworden, er hat aufgehört mit den jungen Weibern zu reden, hatte keine Freunde mehr, und spukten ihm lauter Ängste ohne Sinn und Verstand im Kopf herum, nemlich er sah überall Bedrohungen und Gefahr. So ist's kein Zufall nicht dass er angefangen sich über alle Komplotte und obskure geheime politische Intrigen zu informiren, und fragt jeden Tag überall herum ob in Sankt Pietro was Neues passirt ist. Und wenn er erfährt dass ein Kardinal was Böses gemacht, zum Beispiel dass er sich heimlich eine Geliebte hält, setzt Rubè sich, statt einem Weib einen schönen Dienst zu besorgen, was er nach den Gesetzen der Natur tun müsste, noch in der gleichen Nacht hin und schreibt eine geharnischte politische Rede in der er besagten Popen verhöhnt, und dann geht er sie an die Statue von Pasquino hängen. Am nächsten Tag stellt er sich dahinter um zu hören was die Leute zu seiner Schrift sagen, und hat seine Freude dran wenn alle sich aufregen und sagen, oooh unglaublich habt ihr das hier gelesen was für ein Schwein dieser Kardinal ist?

Ka-a-apierst du jetzt, Salaì, warum mei-meine Freunde die Wa-a-ahrheit nicht ve-ve-verstehn können die ich über A-a-amerika ra-rausgefunden? Man hat den Ä-är-ärmsten das Ge-gehirn rausge-geblasen! sagt Ferramonti mit einem todtraurigen Gesicht.

Dann erzählt er weiter, auch wenn seine Kameraden es nicht glauben, er ist jedenfalls ganz sicher dass es die Wahrheit ist was er erfahren, und geht es dabei um so geheime und gefehrliche Angelegenheiten, wenn er die herumerzählt wird man ihm gewiss früher oder später die Kehle durchschneiden.

Diese hochgeheimen politischen Angelegenheiten, die erzähl ich Euch gern weiter, Signior Notarius, denn sie könnten ja nützlich sein für unsre Stadt Fiorenza und den großen Gonfaloniere Pier Soderini, Gott schütze sie alle beide, Amen. Aber wenn Euch dann deswegen ein Leid geschieht will ich keine Klagen hören, weil ich hab Euch ja vorher gewarnt, klar?

Also um zur Sache zu kommen, Ferramonti hat mir erzählt dass Amerika in Wirklichkeit nicht von Vespucci aber auch nicht von Columbus entdeckt wurde. Die ersten wo in Amerika angekommen sind, das waren nemlich die Einwohner von Schottland, und wo das liegt hab ich nicht genau verstanden, Signior Notarius, weil ich versteh mich auf Geografie nicht gut, aber ich erinnre mich noch leidlich an die Zeichnung von der Welt die Lionardo gemacht, und da scheint mir Schottland an England dranzuhängen, nemlich an dieser Insel in Form von einem Kaninchen wo es, wie Lionardo sagt, immerfort regnet.

Vor ewig langer Zeit hatten die Menschen in Schottland die wo Schotten heißen, einen König der hieß Roberto Brus oder Bruce, und der hatte die Engländer wo über

Schottland regierten in der Schlacht besiegt, drum sagte er, so jetzt bin ich der König von Schottland und fing an zu befehlen und schmiss alle Engländer mit Arschtritten aus seinem Land. Aber die Kirche von Rom war auf Seiten der Engländer, und drum ~~ekskomuni~~ ~~eckskomuni~~ ~~exkmonu~~ schmiss der Papst von damals Roberto Bruce und all seine Untertanen aus der Kirche raus und die Ärmsten kriegten ab der Zeit Arschtritte von allen andren Christen.

Es hatten sich aber kriegerische Mönche nach Schottland geflüchtet die gehörten zu einem geheimen und uralten Ritterorden und wurden vom Papst verfolgt, und eben deshalb waren sie nach Schottland gegangen, was den Vorteil hatte dass die Leute ihnen dort nicht auf den Sack gingen. Sonderlich aber hatte der Papst nicht die geringste Lust sie bis dort oben hin zu verfolgen, denn auch in Schottland regnet es immer und herrscht eine Saukälte, und weil der Papst kein Dummkopf ist, wohnt er ja auch in Rom, wo es immer schön warm ist. Diese kriegerischen Mönche kamen ursprünglich aus den Ländern des Nordens, wo Leute wohnen die Wikinger heißen, und diese Wikinger können sogar im Winter sehr gut übers Meer segeln, dafür haben sie besondre Schiffe die nur sie zu bauen verstehn und Kälte und stürmische See, das macht ihnen alles gar nichts aus, und der Regen schon gar nicht.

Diese Wikinger hatten eines schönen Tages ihre Schiffe genommen und waren durch die halbe Welt gesegelt, nemlich nach Frankreich Italien Spanien und sogar in ein Land das Rus heißt und ich glaub, auf der Karte die Lionardo gemacht, fängt das auf der rechten Seite an und zieht sich dann ordentlich in die Länge, und Lionardo sagt, da herrscht immer eine Eiseskälte mit reichlich Schnee und alle sind in Bärenfelle gekleidet, und um sich aufzuwärmen und lustig zu sein trinken sie einen Fusel der sieht zwar aus wie Wasser, aber wenn man ihn trinkt brennt er in den Eingeweiden wie Feuer, und nachdem sie den runtergekippt, schmeißen sie die Gläser hinter sich in den Kamin wo das Glas dann krack macht, denkt bloß, Signior Notarius, was für wunderliche Dinge die Völker der kalten Länder machen, im Grunde hat der Papst wirklich Recht dass er immer in Rom bleibt.

Ferramonti sagt, vor etwa hundert Jahren haben diese Kriegermönche, diese Wikinger, sich mit einer Gruppe von adeligen Schotten verbündet, die heißen Sincler und sind eine uralte und hochadelige Familie, und eines Tages sind sie mit ein paar gut gebauten Schiffen unter dem Kommando von einem gewissen Heinrich Sincler alle zusammen losgefahren über das ganze Meer bis nach Amerika (wo das liegt hab ich eigentlich immer noch nicht genau kapirt, weil in den Zeichnungen von Lionardo ist das noch nicht drauf, aber ich glaub es liegt ganz weit links).

Wann diese Schotten und Wikinger Kriegermönche in Amerika angekommen sind, erzählt Ferramonti, haben sie überall Kolonien gegründet wo sie dann endlich mal in Freiheit leben konnten, nemlich ohne den Papst mit seinen ewigen Nörgeleien, und konnten sogar ihre eigne Religion ganz für sich allein machen ohne dass sie deswegen gleich aus der Kirche rausgeschmissen wurden, denn der Papst war ja weit weg und hatte keinen blassen Dunst von alledem. Unter uns gesagt, Signior Notarius, ich glaub ja dass das Ganze dem Papst sowieso völlig schnuppe war, nemlich jedem Mann geht es bestimmt mehr am Arsch vorbei wenn seine Frau ihm an einem Ort Hörner aufsetzt, der drei Monate zu Pferd plus zwei zu Schiff weit weg ist, wogegen er stinkwütend wird wenn's bei ihm zuhause im

Bett passirt wo er vielleicht sogar noch die Sackhaare von dem andren Kerl auf seinem Kopfkissen findet, meint Ihr nicht auch?

Wo zum Henker war ich stehngeblieben, ach ja, nach einiger Zeit hatten die Schotten und die Mönche keine Lust mehr in Amerika zu sein, wo sie jeden Tag Krieg führen mussten gegen die Wilden die da lebten, aber auch der Frieden ging ihnen mächtig auf den Sack, weil dann mussten sie den lieben langen Tag schuften und Bäume fällen um Häuser draus zu bauen und sich die Hände aufreißen um die Felder zu bestellen. Schließlich sind einige von diesen Sincler und den Kriegermönchen weiter nach Westen gezogen, also noch weiter nach links, andre dagegen haben sich angeschaut und gesagt, so liebe Freunde, diesen Ort haben wir jetzt gründlich dicke, lasst uns also alle zusammen nach Schottland zurückkehren. Und wirklich, sie sind nach Haus in ihr Schottland, und wenn man auf die Weltkarte guckt sind sie nach rechts gefahren, wo das Meer ist und dann noch ein bisschen weiter nach rechts.

Und von dieser letzteren Tatsache, sagt Ferramonti, nemlich dass einige aus der Neuen Welt nach Schottland zurückgekehrt sind, dafür gibt es einen hieb- und stichfesten Beweis, denn in Schottland steht eine Kapelle der Familie Sincler wo man Zeichnungen von Pflanzen sieht die es nur in Amerika gibt, und wurden aber vor über sechzig Jahren gemacht, also lange vor der Reise von Columbus.

Wie tüchtig diese Wikinger waren und dass sie weder Tod noch Teuffel fürchteten, sagt Ferramonti, das kann man verstehen wenn man bedenkt dass es Anno Domini 1099 den ersten heiligen Kreuzzug gab, wo man in Jerusalem das Heilige Grab von Jesus zurückerobert hat. Und angeführt wurd er von Gottfried von Bulljon, das war ein

Normanne, also auch eine Art Wikinger, und der stand mit den adeligen Normannen in ganz enger Verbindung, welche ihrerseits wieder mit den Sincler verwandt waren. Und dieser Orden der Kriegermönche, die wo dann nach Schottland geflüchtet sind, der ist in Jerusalem gegründet worden, erzähl mir keiner, das sei Zufall. Und ist gewiss auch kein Zufall, dass die Sincler mit den Königen vom Frankenreich und den Adelsgeschlechtern von halb Europa verwandt waren, denn das bedeutet, wenn einer damals irgendwo Anführer war dann war er mit Sicherheit ein entfernter Vetter oder Onkel oder Großvater von einem dieser Sincler.

Ein Enkel von diesem Heinrich Sincler zum Beispiel, sagt Ferramonti, der war ungefehr drei Jahrhunderte später ein Erforscher der Meere und kam auf seinen Reisen nach Madeira, das ist eine Insel irgendwo zwischen Affrika und Portugal, die war von den Rittern Christi entdeckt worden die in Portugal sowas wie die Fortsetzung von den Kriegermönchen darstellten, weil die hatte man nämlich aus allen christlichen Ländern verjagt, außer aus Portugal. In Madeira herrschten zu jener Zeit die Italiener, darunter eine Familie Perestrello die war auch mit den Sincler verwandt. Und sieh mal an welch ein Zufall, Columbus hat eine Frau aus dieser Familie Perestrello geheiratet. Dank seiner Frau hat er dann massenweise geheime Dinge erfahren, zum Beispiel wie man nach Amerika gelangt, das wurde in der Familie nemlich seit der Zeit von Heinrich Sincler weitergegeben. Aber Columbus hat noch eine andre große Hilfe gehabt, nemlich den Kapitän von einem der drei Schiffe mit denen er bis nach Amerika gesegelt ist. Der hieß Pinzon und hatte einst im Dienst eines französischen Admirals namens Cousin gestanden. Vier Jahre vor Columbus Reise war eines der Schiffe von Cousin in einem Sturm tagelang vom Kurs abgekommen und schließlich ausversehen in Amerika gelandet, drum hatte Pinzon gesehn dass man wirklich auf dem Seeweg nach Amerika gelangen kann und hat dieses Geheimnis und sein Wissen an Columbus verkauft. Der wusste jedenfalls genau dass er für dieselben Ziele arbeitete wie die alten Kriegermönche und die Ritter Christi, drum war ja auch ihr Wahrzeichen, ein großes rotes Kreuz, in schönster Deutlichkeit auf die Segel seiner drei Karavellen gestickt mit denen er bis nach Amerika gekommen ist, und das kann ja wohl kein Zufall sein, oder?

Dieweil er all diese Dinge erzählt, späht Ferramonti andauernd aufgeregt nach rechts und links wie wenn plötzlich jemand ankommen müsste der ihm ein Messer in den Rücken sticht, und er sagt, ich w-wa-warne dich Salaì, erzähl ja nie-niemandem was ich dir jetzt ge-gesagt, sonst bin ich so-so-sofort tot, und ich antworte, aber klar doch, Ferramonti, mach dir keine Sorgen auf Salaì kannst du dich verlassen. In Wirklichkeit will mir aber nicht in den Kopf, wen das überhaupt interessieren könnte was Ferramonti mir da für einen Blödsinn erzählt, aber ich sag mir, tja, vielleicht hat er ja Recht, man kann nie wissen was das Leben so bringt, nehmen wir zum Beispiel Lionardo der eine faule Sau ist und ganze Tage damit vergeudet, Zeichnungen mit Blei in seine Hefte zu kritzeln, und wenn ich ihm das sage wird er sogar stinkig, denn obendrein hat er auch noch einen miesen Karakter, und dann sagt er immer, du wirst schon sehen, Salaì, du wirst schon sehen, eines Tages wird sich die ganze Welt einschließlich Amerika vor meiner Kunst verbeugen, und dann fang ich an zu lachen, aber im Grunde kann keiner wissen was kommt, Signior Notarius, die Menschen sind meiner Meinung nach allesamt zimlich beschränkt, drum hat Lionardo vielleicht Recht und eines Tages bewundert man ihn in aller Welt, sogar in Amerika.

Zuletzt erzählt Ferramonti noch, dass Columbus außerdem ein gerissener Kerl war, denn als junger Mann hatte er ein Geschäft mit nautischen Karten, wo Kapitäne Matrosen und andre Seeleute hinkamen, und von denen hörte Columbus den ganzen Tag lang Geschichten über ihre Abenteuer, drum hat er die Idee, übers Meer nach Amerika zu gelangen, gewiss von einem seiner Kunden geklaut. Und zur Hochzeit mit der Perestrello hat ihm die Mutter seiner Braut all die uralten geheimen Seekarten der Familie geschenkt. Deshalb war's nun wirklich nicht so dass Columbus eines Tages mit einer genialen Idee aufgewacht ist, und hat sich gesagt, ich glaub, jetzt geh ich mal Amerika entdecken, nein, die Idee haben ihm ganz gewiss andre eingegeben, und ein paar von denen wollten wahrscheinlich unbedingt dass er ein Schiff besteigt und diese Mission durchführt.

Nachdem ich dieses ganze wirre Zeugs von Ferramonti angehört hab, Signior Notarius, tat mir der Kopf weh wie wenn ein Pferd mir Huftritte versetzt hätte, denn mir wird ja schon die Grütze im Schädel sauer wenn man mir mehr als drei oder vier neue Namen hintereinander sagt, wie soll's mir da erst bei diesem Klumpatsch aus Schotten Wikingern Rittern Christi Pinzon und Perestrello etcetera etcetera ergehen?

Also frag ich Ferramonti von wem er all diese Geschichten erfahren, und er sagt, lieber Salaì, da-dass du die-diese Frage stellst b-be-bedeutet du hast keine Le-lebenserf-f-fahrung, sonst wü-wüsstest du dass es hau-haufenweise Leute gibt die was von der Sache wi-wi-wissen. Nach Rom, erzählt er, kommen scharenweise Pilger Reisende und Gelehrte aus aller Welt die bei sich zuhause von diesen Geschichten gehört haben. Die werden zwar nicht in Büchern aufgeschrieben weil sie zu gefehrlich sind, aber alle reden drüber und geben sie von Mund zu Mund und von Ohr zu Ohr weiter, und seine beiden Kameraden und er haben bloß gesammelt was die Leute sagen und denken und erzählen, und jedesmal wenn sie mit einem sprechen der viel weiß, wird ihr eignes Wissen größer. Und sieh an, die Nachrichten wo die drei sammeln, die verbinden sich und passen alle zueinander, und so wird die Geschichte vom Komplott um Amerika zu einem großen Mosaik wo jedes Stückchen seinen richtigen Platz kriegt und das Bild wird immer größer und vollständiger.

Hör mal Ferramonti, sag ich ärgerlich, wenn die wahre Geschichte von der Entdeckung Amerikas die ist die du mir grade erzählt, dann ist doch alles was ich von Rubè gehört, als ihr mich geschlagen und entführt und wie einen Rollmops verschnürt habt, reine Zeitverschwendung gewesen! Dann ist also auch das Buch das mein Padrone haben will und das ihr drei für einen Haufen Geld gekauft, keinen Pfifferling wert, wo es doch nicht das Geringste mit deiner Geschichte zu tun hat!

O nein, sagt Ferramonti, ga-ganz im Ge-gent-t-teil. Dieses Buch, erklärt er, wurde von zwei Lothringern mit Namen Ringmann und Waldseemüller geschrieben. Aber von wem wurden sie bezahlt und unterstützt und ermutigt? Vom Herzog René von Lothringen, und wie der Zufall so will hat Columbus in seiner Jugend als Seeräuber im Dienst des Grafen René von Anjou gestanden, was der Großvater von René von Lothringen war. Also ist doch sonnenklar dass alle die bei der Entdeckung Amerikas von Anfang an eine Rolle spielten miteinander verbandelt sind, und gehören alle zu ein und demselben Komplott, oder?

Was sagst du da Ferramonti, Columbus war auch Seeräuber? Klar, antwortet er, w-wu-wusstest du das etwa nicht?

Und er erklärt mir dass Columbus sich zimlich lang als Korsar rumgetrieben hat, nicht nur im Dienst von René von Anjou, auch für andre Herrschaften, und jetzt überlege man mal ob man so einem wohl trauen kann, einem der erst Schiffe überfällt und raubt mordet und brandschatzt wie ein gemeiner Verbrecher und dann eines schönen Tages sagt, seht mich an, ich bin ein Genie und hab Amerika ganz allein entdeckt! So einen Quark können doch nur die dümmsten Tölpel glauben, also ist völlig klar, Columbus wurde wie eine Marionette von einem gelenkt der viel mächtiger war und mehr wusste als er, und dieser Mann hat ihn nach und nach mit Seekarten Männern Schiffen Geld Informazionen etcetera versorgt.

Ich kapir aber immer noch nicht worauf Ferramonti eigentlich hinaus will, nemlich was der Sinn und sonderlich der Nutzen seiner Geschichte sein soll, aber wie ich ihn danach frag, ruft er aus, Mensch Salaì, wieso ka-ka-kapirst du d-d-denn immer noch nicht?

Der geheime Orden der Kriegermönche und all die Verwandten und Freunde und Nachkommen der Sincler, sagt er, die sind noch immer unter uns, denn sie herrschen in allen Reichen und Ländern und sind wie eine furchtbar mächtige geheime Sekte wo nicht entdeckt werden will, und so einer sich gegen sie stellt und auspackt und von all den wichtigen Unternehmungen erzählt hinter denen sie stecken, zum Beispiel der Entdeckung Amerikas, dann säbeln sie dem mindestens den Schwanz ab, machen ihn einen Kopf kürzer und stopfen den Schwengel in den Halsstumpf.

In dem Moment, Signior Notarius, musst ich wieder an das denken was Ferramonti grade erzählt hatte, nemlich dass Columbus als junger Mann im Dienst von René von Anjou stand, also dem Großvater des Grafen, der Waldseemüller und Ringmann geholfen, den beiden wo das Buch geschrieben haben auf das Lionardo so scharf ist. Und ich sag mir, dann steckten also nicht nur Waldseemüller und Ringmann, sondern auch Columbus mit Wimpfeling und den Elsässern unter einer Decke! Folglich hatten die Elsässer auch bei der Entdeckung von Amerika ihre Hände im Spiel, und gerissen wie die sind könnte das Ganze sogar ihr Plan gewesen sein. Ja, Signior Notarius, wenn Ihr es recht bedenkt, wär das doch eine geniale Idee gewesen, erst ein Riesendurcheinander in Europa anzurichten indem man eine neue Kirche gründet die mit der römischen nichts zu tun haben will, und dann Amerika zu entdecken, so dass alle die keine Lust mehr haben in diesem Tollhaus von Europa zu leben, nach Amerika gehen. Und keiner weiß, dass das Ganze ein ausgefuchster Plan von Wimpfeling und seinen Kumpanen ist.

Wenn man's recht bedenkt, sind es immer Spanier Italiener und Portugiesen gewesen die ihre Schiffe nach Amerika geschickt haben, also Seefahrervölker, die ganz bestimmt auch einen Haufen Karten von ihren Entdeckungsreisen gemacht haben. Aber wer hat zum ersten Mal den Namen Amerika auf eine Landkarte geschrieben? Die Lothringer und die Elsässer, also Teutsche, was ein Bergvolk ist, und ich glaub wenn die nur einen Fuß ins Wasser setzen sind sie wie die Katzen und kreischen sofort, zu Hilfe, bloß nicht, Gnade!

Diese Gedanken vertrau ich Ferramonti an, und da hat er mich erstaunt, Signior Notarius, denn anstatt zu sagen, naja, ich weiß nicht ich muss drüber nachdenken, lächelt er bloß wie einer der schon längst Bescheid weiß.

Dann sagt er, ent-tschuldi-dige bitte Salaì, aber wir hö-hören jetzt b-b-besser auf mit dem Spa-spatzi-tzirengehen, sonst krieg ich über der Be-be-bewegung und wo ich beim R-re-den immer den Mund of-offen hab wieder Hunger.

Und so ist Ferramonti endlich seiner Wege gegangen, und sein Gefasel über Columbus schien mir so schwer verständlich und so verworren wie etwas was nach allen Seiten wegrutscht, etwa wie wenn man ein dickes Weib vögelt das von Kopf bis Fuß eingeseift in einem Bottich steckt der auf einem wankenden Schiff steht. Andererseits ist mir angst und bange geworden wann ich mir die Sache mit den Elsässern noch dazu gedacht, ich weiß auch nicht warum, Signior Notarius, aber ich war zimlich aufgeregt.

Die Aufregung ist noch schlimmer geworden wie ich weitergegangen bin, denn plötzlich tauchen zwei Kerle auf, die gehen nebeneinander her, kommen immer näher und schneiden mir den Weg ab, und da stößt einer mit der Schulter gegen mich wie wenn er mich nicht gesehen hätt, also sag ich, heda, wo zum Teuffel hast du deine Augen beim Gehen? Aber die zwei halten nicht an, ja sie drehn sich nicht mal um, grad wie wenn ich gar nicht da wäre und nicht gesprochen hätte, was sehr merkwürdig ist, denn auch als sie mich angerempelt hatten sie den Kopf zur andren Seite gewandt, so konnte ich ihnen nicht ins Gesicht schauen. Aber solche Sachen kapirt man meist nicht richtig, denn sie passiren zu plötzlich, und erst wenn sie vorbei sind, wird alles klar, und so war es auch bei mir, Signior Notarius. Denn am Anfang hab ich gedacht, oh, meine Hände sind ja noch immer fettig vom Essen mit Ferramonti, als ich gemerkt hatte dass mir ein Tröpfchen vom rechten Handgelenk floss. Aber dann wollte ich's abwischen und seh dass es rot ist. Da bleib ich stehn um mir die Sache genau anzuschauen, und entdecke noch mehr rote Tropfen auf der Hand und an der rechten Seite meines Rocks, vor allem um die Tasche herum, und die hat eine Beule die vorher nicht da war, meine ich. Also steck ich die Hand hinein und fühl was Weiches und Kaltes und Feuchtes, und da wird mir klar dass jemand mir das in die Tasche gesteckt, denn in einen schönen neuen Rock wie den wo mir Lionardo geschenkt, hätte ich niemals was Weiches und Kaltes und Feuchtes gesteckt das noch dazu von Blut trieft, nemlich wann ich die Hand rauszieh, Signior Notarius, sind meine Finger rot und stinken nach Blut. Also sag ich mir, nimm deinen Mut zusammen, Salaì, steck wieder die Hand hinein und zieh das Weiche Kalte und Feuchte raus, und seh es ist der Kopf eines Huhns, der erst vor kurzem abgeschnitten wurde, denn aus dem Hals tropft noch gehörig viel Blut. Und weil ich vielleicht igniorant bin, Signior Notarius, aber blöd bin ich nicht, geht mir sofort auf, dass es die zwei waren wo mich soeben angerempelt, die haben mir den Kopf in die Tasche gesteckt, und wahrscheinlich hat ihnen jemand gesagt sie sollen's tun. Und sicherlich ist das jemand der mir Angst einjagen will und mich verfolgen lässt, denn im Schnabel vom Huhn steckt ein weißes Röllchen, das ist ein Stück Papier, und wann ich's aufroll seh ich dass dort nur eine Zahl geschrieben steht, nemlich die 10.

Die Überraschung war groß, Signior Notarius, wo ich doch schon am ersten Abend in Rom wann ich nach dem vergeblichen Besuch bei Pater Dati allein in einer Osteria gegessen, so einen Zettel mit der Zahl 10 auf meinem Tisch fand, und auch damals hatte ich am Nachbartisch zwei Kerle bemerkt die zimlich verdächtig aussahen.

Ich bin ein friedlicher Mensch, Signior Notarius, und hab keine Lust mit irgendwem zu streiten, auch red ich über keinen schlecht, drum hab ich mich gefragt wer mir denn Angst machen will mit solchen Drohungen, zumal ich gar nicht recht verstand was die überhaupt bedeuten. Was also musste ich tun und lassen, um diesen geheimnisvollen Menschen zufriedenzustellen der mit der Zahl 10 unterschreibt? Eine Weibergeschichte konnte es nicht sein, auch nicht Ärger mit gehörnten Ehemännern, denn die verheirateten Weiber mit denen ich zuletzt Sauereien getrieben, die waren alle in Fiorenza und selbst wenn einem ihrer Männer die hirnrissige Idee gekommen wär mir den Kopf von einem toten Huhn in die Tasche zu stecken, dann hätte er das sicher in Fiorenza getan, nicht in Rom. Auch das Komplott von dem mir Rubè Blasco und Ferramonti erzählt, konnte nichts damit zu tun haben, weil wann ich die Zahl 10 auf dem Tisch von der Osteria gefunden kannte ich sie ja noch gar nicht und hätt mir niemals nicht träumen lassen, dass Columbus ein Sohn vom Papst war.

Also hab ich nach ein paar Minuten Nachdenken und Zweifeln innerlich ein kräftiges Leck mich doch! gegen den ausgerufen wo mir diesen feinen Streich gespielt, und hab beschlossen meinen Weg weiterzugehn, denn wenn ich eine Sache mache, Signior Notarius, in aller Bescheidenheit sei's gesagt, dann mach ich die gerne vom Anfang bis Ende ordentlich.

Inzwischen war mir nemlich klar geworden was ich tun musste, wenn ich Ferramonti Blasco und Rubè überreden wollte mir dieses Scheißbuch zu verkaufen, das Lionardo unbedingt haben wollte. Darum hatte ich mich ja auch grad eben mit Ferramonti zum nächsten schönen Abendessen ein paar Tage später verabredet, und natürlich hat er nicht Nein gesagt. Aber diesmal werde ich den Ort aussuchen, und hab ich ihm gesagt dass ich ihm später Bescheid gebe wo und wann wir uns sehen.

Darauf hab ich ein paar Dinge vorbereitet die Blasco und Rubè betreffen und später bin ich einen von ihnen besuchen gegangen, nemlich Rubè.

Ich finde ihn in seinem Laden für Wein und Öl wo er mich sehr herzlich empfängt. Oh welch eine schöne Überraschung, da ist ja unser Freund Salaì, wie geht es dir alter Junge? Ach, schlecht sehr schlecht, mein lieber Rubè, denn nachdem wir uns gesehen ist mir ein großes Unglück widerfahren.

Er wird sofort kreidebleich weil er glaubt, es ist etwas im Zusammenhang mit dem Komplott Columbus Vespucci Amerika etcetera, aber ich erklär ihm dass es um ein Problem mit einer Frau geht und ich mich ihm anvertrauen möchte, weil es ist eine sehr komplizirte und traurige Angelegenheit.

Dann erzähl ich ihm dass ich in Rom zufällig ein Mädchen getroffen und mich wahnsinnig in sie verliebt hätt, ja, ich hab sogar versprochen sie zu heiraten und mit nach Venedig zu nehmen. Aber mein Padrone für den ich arbeite, hat mir einen Brief geschickt, darin er mir die Zustimmung zur Hochzeit verweigert, darum musst ich mein Versprechen zurücknehmen und jetzt ist die ganze Familie des Mädchens stinksauer auf mich. Also brauche ich einen vertrauenswürdigen und klugen Freund der mir hilft dem Mädchen begreiflich zu machen, dass ich sie wirklich und wahrhaftig nicht verarschen wollte, im Gegenteil, ich hab's ganz ehrlich gemeint. Und ich frag Rubè ob er mir helfen kann. Aber wie denn, Salaì? Ganz einfach, du musst mein Botschafter sein und ihr erklären dass ich sie nur deshalb nicht heiraten kann weil mein Padrone es nicht duldet, und du musst ihr sagen dass es viele andre ehrliche junge Männer gibt die sie glücklich machen können, ach, weißt du was, Rubè? Ich erlaube dir mit ihr zu machen was du willst, denn es ist sogar besser für mich wenn du sie gehörig vögelst, dann vergisst sie mich und hört auf wegen der geplatzten Hochzeit zu weinen. Und ich bin raus aus der Schusslinie und muss nicht mehr fürchten dass mir jemand von ihrer Familie zwei oder drei Arme bricht.

Ich erzähl weiter dass das Mädchen sehr sanftmütig ist und von reinem und aufrichtigem Wesen, außerdem ist sie blutjung und hat ein Gesicht wie ein Engel und Haare so schwartz wie Kohle und Augen wie die Nacht so tief und Hände, so schmal und zart wie Weizenähren und eine Haut so rein und weich wie Seide und ein Paar Brüste, wenn man die von allen Seiten sehen will, muss man mindestens eine Viertelstunde lang drum herum spatziren. Und sie kann es kaum erwarten endlich zu heiraten und einen Mann zu kriegen der einen schönen kräftigen Schwengel hat, denn sie ist grad in dem zarten Alter wo die Weiber mindestens fünfzehn oder sechzehn Mal am Tag einen ordentlichen Dienst von vorn und von hinten haben wollen, du verstehst mich, Rubè oder? Darauf geb ich ihm die Adresse von dem Mädchen und sag, er kann hingehen wann immer er will, weil er trifft sie gewiss an.

Ich hab noch nicht zu Ende geredet, da tropft Rubè schon der Sabber aus dem Mund und er schwitzt vor Erregung und Schiss denn natürlich ist das Weib, das ich ihm beschrieben, aufs Haar genau das, welches er sich bei seinen letzten zweitausendvierhundertmal Wichsen erträumt, aber gleichzeitig ist er viel zu ängstlich um sich an sie ranzumachen, denn wie ich aus dem Bericht von Ferramonti weiß, haben die Freundinnen seiner Mutter, diese bösen alten Vetteln, ihm ja eingeredet, alle jungen und scharfen Weiber sind zickig und treulos. Also ist sonnenklar dass Rubè sich niemals an so eine rantrauen wird, so ihm nicht ein Freund hilft, nemlich in diesem Fall ich, Salaì, drum ist dies eine recht gute Gelegenheit für ihn, eigentlich sogar die einzige.

Danach hab ich einen Spatzirgang im Viertel Pozzo Bianco gemacht, das ist eine Gegend in Rom die Ihr vielleicht nicht kennt, Signior Notarius, denn da wohnen sehr ungebildete Leute, nemlich Schurken und Diebe und Mörder, was keine so gute Sache ist. Aber ich wusste dass ich dort den Menschen finden würde den ich brauchte, das ist einer den ich vor sieben Jahren kennengelernt wie ich das erste Mal mit Lionardo in Rom war. Er war Lionardo damals von einem Freund empfohlen worden, einem Baumeister wo Bramante heißt und ein Mordsschwein hat, weil er kriegt säckeweise Aufträge und alle schmeißen ihm Geld hinterher, wogegen Lionardo immer am Hungertuch nagt. Jedenfalls macht der Mensch den ich meine, immer ein so düsteres und böses Gesicht dass man sofort denkt, oh, völlig klar, dem hat man sicherlich gehörig in die Eier getreten. Er verdingt sich als Spion und kennt alle Gauner und Diebe und das ganze verderbte Gesindel hier im Pozzo Bianco, das der abscheulichste Abschaum von ganz Rom ist. Ich erinnerte mich so ungefehr wo man ihn finden konnte, nemlich zwischen dem Palazzo de la Cancelleria und dem Campo de Fiore, also hab ich ein paar Stunden lang sehr gründlich und geduldig nach ihm gesucht, indem ich mal diesen mal jenen gefragt, und das war eine elend mühsame Angelegenheit, aber zuletzt hab ich ihn gefunden.

Wann er mich sieht macht er ein Gesicht wie wenn man ihm abermals kräftig in die Eier getreten hätte, und sagt, was zum Henker willst du von mir Salaì und was machst du Sackgesicht schon wieder in Rom? Ich erklär ihm welche Art Gefälligkeit ich von ihm brauche, aber anfangs will er mir nicht mal zuhören und schickt mich drei viermal zur Hölle. Wie ich ihm dann sag ich würd ihn gut bezahlen und geb ihm sogar einen Vorschuss, da wird er ein bisschen umgänglicher und sagt, na gut, Salaì, du bist zwar zum Knochenkotzen aber ich werd dir helfen. Doch pass auf, die Leute wo dir nützlich sein können die lassen sich nicht so leicht herumkommandiren wie du denkst, die sind imstande dass sie irgendwann völlig durchdrehn und dann hast du keine Kontrolle mehr über sie, klar? Aber ich weiß immer genau was ich tu, Signior Notarius, und wann wir uns verabschieden sag ich zu ihm, sei unbesorgt, mein Plan ist perfekt und alles wird gutgehn, glaub mir.

Danach ist eine außergewöhnliche Sache passirt, Signior Notarius, die will ich Euch sogleich erzählen, nemlich sie passt ganz vortrefflich an diese Stelle von meinem Bericht, und war die folgende. Immer wenn ich in Rom von einer Ecke zur andren gelaufen bin, um einen passenden Ort für das nächste Essen mit Ferramonti zu suchen, hab ich Dorothea und Alighiero mitgenommen, so hatte ich wenigstens Begleitung, und hab ich außerdem die Gelegenheit genutzt Alighiero beizubringen wie man die Weiber richtig einschätzt, nemlich wie man kapirt ob eine hinter ihrer schönen Gestalt in Wirklichkeit eine blöde Ziege ist oder nicht oder ob sie als alte Frau einen fetten Hintern kriegen wird. Mit der Zeit lernt man dabei die Weiber recht genau zu durchschauen, und kann man sogar auf den ersten Blick erkennen ob eine Jungfer es lieber von vorn oder von hinten besorgt kriegt etcetera, kurzum, alles Sachen die wirklich nützen im Leben und die nur ein Vater seinem Sohn richtig beibringen kann.

Dorothea kann die Lectiones die ich Alighiero erteile überhaupt nicht leiden, das hab ich vielleicht schon erzählt, und sie sagt immer, hör doch auf Salaì sonst wird das Kind so ein Schwein wie du. Aber Alighiero ergötzt sich über die Maßen daran und jedesmal wenn ein scharfes Weib vorbeikommt oder eine wo das Anschauen lohnt, sag ich, schau hin Alighiero pass gut auf, siehst du diese Hinterbacken? Das hier ist eine die wird mit vierzig platt wie eine Flunder, und kann man nichts mehr mit ihr anstellen. Alighiero fragt, was meinst du mit anstellen, Salaì? doch wie Dorothea mir einen Blick zuwirft der mich fast zu Asche zerfallen lässt, antworte ich schnell, nichts Alighiero, lass uns das Thema wechseln sonst wird deine Mutter stinkig.

Alighiero hat aber immer einen Mordsspaß grad dann wenn Dorothea und ich streiten, und sagt, wir sehen sehr lustig aus und machen beide ein Gesicht wie Idioten. An diesem Tag ist er so guter Dinge dass er mir eine Puppe schenkt, die hat er selbst zusammen mit Dorothea aus ein paar Hölzern und einer Schnur gemacht, und ich freu mich sehr darüber und steck sie mir in die Tasche.

Dann geh ich in eine Osteria um nach den Preisen für das Essen mit Ferramonti zu fragen, dieweil Dorothea und Alighiero draußen auf mich warten. Doch nachdem ich mir meine Informazionen geholt nehm ich ausversehen einen Nebenausgang und lande in einem andren Sträßchen hinter der Osteria. Grad will ich wieder hineingehn, da hör ich einen grellen Schrei und spür einen Schlag gegen den Kopf der mich fast zu Boden stürzen lässt. Dann einen Stoß gegen das Bein und etwas Flinkes das mir über die Füße läuft, und seh ich eine Gruppe winzig kleiner Wesen die an mir vorbeiläuft und hinter einer Ecke verschwindet. Zuletzt ist das Erstaunliche passirt das ich am allerwenigsten erwartet hätte, Signior Notarius, nemlich eine sanfte Weiberstimme sagt, wie ist das möglich du bist zu mir zurückgekehrt! Ich dreh mich nach rechts und links um, aber ich seh nichts, dieweil dieselbe liebliche Stimme sagt, haha, du weißt nicht wo ich bin, was?

Da schau ich in die Höhe und erblick ein Mägdelein auf einem Balkon, das hat ein Gesicht das ich zu kennen meine, und wirklich, nach ein paar Sekunden sagt sie, Salaì schau nach oben ich bin hier ich bin Gioseppina!

Kurzum, Signior Notarius, diese Gioseppina (gottseidank hat sie mir ihren Namen gesagt, an den hätte ich mich ums Verrecken nicht erinnert), das ist eine liebe nette Jungfer mit einem hübschen Gesicht, rosig und rund, und einem Paar großer Kugeln vorn, köstlich wie zwei feine frische Büffelmozarelle, und hatte ich sie vor sieben Jahren als ich mit Lionardo zum ersten Mal in Rom war zufällig auf der Straße kennengelernt, wo sie einen Korb schmutziger Wäsche trug, ich erinnere mich. Ich hab sie wahrhaftig gut kennengelernt, Signior Notarius, denn kaum eine halbe Stunde später hab ich sie in meine Herberge gebracht und ihr dort einige der besten Dienste meines Lebens besorgt, auf eine nicht besonders kommode aber sehr sinnreiche Weise, nemlich so dass ich ihr linkes Bein über meine Schulter hebe und ihren Rücken dann recht gut festhalte und zu mir herzieh damit sie meinen Ritmus mitkriegt, was eine Sache ist die den lüsternen Weibern, also praktisch allen, sehr gut gefällt, und das Ganze ist ein bisschen schwierig zu beschreiben, aber ich versichre Euch, Signior Notarius, es funktionirt ausgezeichnet, ja wenn Ihr wollt und habt einen Augenblick Zeit erklär ich's Euch genauer.

Was zum Henker wollt ich sagen, ach ja, nach nicht mal einer halben Minute kommt Gioseppina auf die Straße runter und lächelt übers ganze Gesicht, und ich denk mir nun sieh mal an wie sich dieses Mägdelein freut mich zu sehen. Denn manchmal scheinen die Weiber recht dumm, aber sie erinnern sich immer genau an alles, sonderlich an die Dienste die wir Männer ihnen besorgen, wogegen wir Mannsleute uns niemals an nichts erinnern, drum bauen wir am Ende auch immer großen Mist.

Kaum stehn wir voreinander, umarmen und küssen wir uns wie Bruder und Schwester und sie sagt, wie schön du bist Salaì, bist wie ein Prinz gekleidet, denn ich trag eins von den Kleidern die mir Lionardo gegeben.

Pssst um Himmelswillen flüstere ich, sprechen wir nicht davon, dieser Dummkopf Lionardo hat mich so herausgeputzt aber das darf niemand nicht wissen, weil aus verschiedenerlei Gründen die ich dir jetzt nicht erklären kann sag ich hier allen dass ich im Dienst der Grimani aus Venedig steh, verrat mich nicht ich bitte dich.

Dann hab ich ihre Hände in meine genommen und gesagt, ach du bist immer noch schön Gioseppina, du bist immer noch sanft Gioseppina, du bist immer noch freundlich und aufrichtig Gioseppina, und bei jedem Satz drück ich ihre Hände fester zwischen meinen und spür wie das Mägdelein immer mehr aufblüht vor Rührung, und zum Abschluss sag ich, jetzt musst du mich entschuldigen dort hinten warten zwei auf mich, darf ich dich in den nächsten Tagen in aller Ruhe besuchen kommen?

Unterdessen ist die Schar kleiner Tiere die mir zuvor über die Füße gelaufen ist hinter der Ecke hervorgekommen, und seh ich dass es keine Tierchen sind sondern völlig verdreckte und halbnackte Kinder die flink hinter einem Ball aus Abfall und Lumpen herlaufen und ihn mit aller Kraft hierhin und dorthin schießen, und sind allesamt so dreckig dass sie in der schmutzigen staubigen Gasse kaum zu erkennen sind weil ihre Farbe unterscheidet sich fast nicht vom Grau der Pflastersteine. Da wird mir klar dass der Schlag den ich auf den Kopf gekriegt, wie ich die Nase in die Gasse gesteckt, von diesem Ball aus Abfall kam mit dem eins der Kinder auf mich geschossen hat.

Gioseppina sagt, ach Salaì, wenn du wüsstest wie oft ich geträumt hab dich wiederzusehn, wir sind doch nur so kurze Zeit zusammen gewesen, du und ich. Ich schau sie an, sie trägt ärmliche aber saubere und anständige Kleider, und da wird mir klar dass ihr Leben nicht leicht ist. Und ich hab Recht denn erzählt sie mir, als wir uns kennenlernten war sie einem jungen Römer versprochen, aber dann ist sie einem andren schönen jungen Mann begegnet und unabsichtlich von ihm schwanger geworden. Wie sie dann mit dem dicken Bauch vor ihren Verlobten tritt, sagt der tut mir leid Gioseppina, aber ich kann dich nicht mehr heiraten, denn du hast mir gesagt du wärst ein anständiges Mädchen und Jungfrau, aber jetzt muss ich erkennen dass du eine dreckige Hure bist, also liefere dieses Kind, das nicht meins ist, bei dem Kerl ab mit dem du gevögelt und dann könnt ihr beide mich mal kreuzweise, verstanden?

Dieweil Gioseppina erzählt, denk ich, Rom ist wirklich eine unglaubliche Stadt, hier sind die Weiber nicht nur scharf und haben große Lust auf allerlei Dienste, sie sind auch wie die Glocken wo du nur einmal anfassen musst schon machen sie Donnnng, ich meine du besorgst ihnen zwei oder drei Dienste und gleich wächst ihnen der Bauch mit einem Kindchen darin.

Sag mal, Gioseppina, frag ich, hat der Kerl der dir versehentlich das Kindchen im Bauch verpasst dich denn nicht heiraten wollen?

Gioseppina aber erzählt schon weiter dass auch ihre Familie sich von ihr abgewandt hat, also musste sie sich durchschlagen mit niedrigen und erbärmlichen Arbeiten und lebte in Armut, und weil sie ein Weib ohne Ehre, eine schamlose Sünderin war und niemand sie heiraten wollte, hat sie obendrein lange Zeit niemanden gefunden der ihr ein bisschen Arbeit geben wollte und musste sie Hunger leiden.

Aber sie sei stolz auf sich sagt sie schließlich mit Tränen in den Augen, denn sie habe es trotzdem geschafft ganz allein durchzukommen und auch ihre Tochter zu ernähren. Und da war ich ganz gerührt, Signior Notarius, und hätt ich fast auch angefangen zu weinen und wollte sie umarmen, aber wieder hat Gioseppina weitergeredet, diesmal mit Schluchzern und sagt, ich hab so auf dich gewartet Salaì, zwar waren wir nur kurz zusammen aber ich hab mir immerfort so sehr gewünscht dich wiederzusehn. Doch jetzt wo ich dich endlich hab was kann ich da schon groß mit dir machen? In ein paar Tagen gehst du gewiss zurück nach Fiorenza und wer sieht dich je wieder?

Darauf fällt mir nun wirklich nichts mehr ein, also grins ich wie ein Trottel, und das soll bedeuten, tja tatsächlich geh ich in ein paar Tagen wieder nach Fiorenza und wenn ich ehrlich sein darf, ich glaub so bald komm ich nicht nach Rom zurück.

Da erscheinen die Kindchen wieder wo in der Straße spielen und Gioseppina ruft laut: Deledda Deledda wo bist du? Ah da steckst du ja! Sie nimmt ein kleines Mädchen an die Hand, zieht es aus der Kinderschar heraus und sagt: Schau mal, Signior Salaì, was für ein hübsches Kind ich dir vorstelle, und wie sie das sagt zeigt sie mir ein Mädchen von sechs oder sieben Jahren von Kopf bis Fuß verdreckt, aber recht niedlich mit schwarzen Locken gewitzten Äuglein und einem Paar Bäckchen so rosig und rund als wie zwei Pfirsiche.

Und es stimmt ja, Signior Notarius, dass ich Euch diese Geschichte von Gioseppina und Deledda in meinem vorigen Memorandum nicht richtig erzählt hab, ich glaub sogar eher gar nicht, aber ich hab gedacht das interessirt Euch vielleicht nicht weil es sind ja bloß Weibergeschichten.

Fast will ich schon der Versuchung nachgeben die arme Gioseppina zu trösten und will sie wieder in den Arm nehmen und denk dabei, verflucht, so gut gebaut erinnere ich diese Gioseppina gar nicht, dabei hat sie einen schönen Vorbau und ein feines Paar Schenkel und schöne Schultern und sehr fleischige Lippen die könnten fast aus Schinken gemacht sein, und eignen sich gewiss trefflich für fette Schmatzer, aber mitten in diesen Gedanken hör ich plötzlich eine zimlich wütende Stimme die mich ruft, Salaì wo steckst du? Wir warten seit einer halben Stunde auf dich!

Zum Henker, Signior Notarius, wusst ich's doch dass ich nicht zu lang mit Gioseppina reden durfte, weil grad in diesem Augenblick kommen Dorothea und Alighiero aus dem Hinterausgang der Osteria auf die Gasse.

Sofort werfen Gioseppina und Dorothea sich Blicke zu wie's zwei Weiber immer vor einem Mann machen der beiden gefällt, nemlich ihre Augen sagen, he wer zum Teuffel bist du denn? Na, erlaube mal, und du was willst du hier? Aber sprechen tun sie nicht, denn in dem Moment hört man ein Kindchen sehr laut weinen und jemand schreit, gib her gib das her blöde Kuh.

Das ist Alighiero der hinter Deledda herläuft und versucht ihr was aus der Hand zu reißen, und wie die beiden Kindchen um mich herumlaufen seh ich das worum sie streiten, nemlich die Puppe die mir Alighiero geschenkt. Ich greif in meine leere Tasche und denke verflixt, die Tochter von Gioseppina hat mir die Puppe stibitzt, wie zum Teuffel hat sie das bloß angestellt?

Sofort packt Gioseppina Deledda am Arm nimmt ihr die Puppe weg und gibt sie Alighiero zurück, derweil sie sich entschuldigt, ach herrjeh, wisst ihr, praktisch seit ihrer Geburt klaut dies Mädchen andren Leuten die Sachen und ist so geschickt dass sie sich nie erwischen lässt, woher mag sie dieses Laster nur haben?

Wer weiß warum aber ich werd ein bisschen unruhig und versuch das Gespräch auf andre Dinge zu lenken, indem dass ich zu Gioseppina sag, mach dir keine Sorgen das ist normal viele Kindchen haben diese Angewohnheit es ist ja doch nur ein Spiel für sie, jedenfalls muss ich jetzt gehen, liebe Gioseppina, es hat mich sehr gefreut dir wieder einmal zu begegnen und wir sehn uns bald, ja? Und ich nehm Alighiero an die Hand um fortzugehen.

Aber Dorothea ist neugierig geworden wegen dem was Gioseppina gesagt und erkundigt sich, entschuldigt bitte wenn ich frage aber hat Eure Tochter zufällig auch immerfort einen gewaltigen Appetit? Und ob, kriegt sie zur Antwort, egal was ich ihr gebe es ist nie genug.

Aha, sagt Dorothea, und lügt sie womöglich auch nach Strich und Faden? Oh ja, antwortet Gioseppina, das ist sogar ihre Lieblingsbeschäftigung, sie schwindelt so dreist und ihre Geschichten sind so gut dass alle ihr glauben, manchmal sogar ich selbst.

Und nun hebt zwischen Dorothea und Gioseppina eines dieser Palaver an das die Weiber machen wenn sie über ihre Kinder reden. Wenn Ihr wüsstet, liebe Freundin, was für ein Schlingel mein Sohn ist. Ach erzählt mir nichts denn auch meine Tochter ist ein gerissenes Luder. Und ich kann Euch nicht sagen was für ein Dickschädel mein Alighiero ist. Ha, meine Deledda doch auch, wenn die sich was in den Kopf setzt dann kann nicht mal der Herr Jesus sie umstimmen. Was für schönes lockiges Haar Euer Sohn hat. Danke, aber auch Eure Tochter hat grad so schöne Locken als wie Alighiero.

Bei welchselbigem Gerede, ich weiß nicht ob Ihr es schon bemerkt, Signior Notarius, am Ende herauskam, dass beide Kindchen lockiges Haar haben frech und schlau sind gern stehlen viel essen und lügen und starrköpfig sind als wie die Maulesel. Derweil die beiden Mütter reden schauen sie erst ihr eignes Kind an, dann das der andren und schließlich mich, dann wieder die beiden Kindchen dann mich, und irgendwann sagen sie bei jedem Blick, nun seht doch mal meine Liebe, wie seltsam diese beiden Kindlein haben wirklich massenhaft Ähnlichkeiten. Oh ja, Ihr habt Recht das ist in der Tat merkwürdig. Ich für meinen Teil sage, ach was mir scheint solche Sachen sind bei allen Kindern gleich, und noch weiß ich nicht genau warum aber die ganze Situazion macht mich irgendwie verlegen. Zum Glück fragt keins der beiden Weiber die andre, hör mal, wer ist denn der Vater und wie sieht der aus? Denn beide schämen sich dass sie keinen Ehemann haben, drum reden sie um den heißen Brei herum. Wer der Vater von Alighiero ist das weiß ich genau, nemlich ich, Salaì, und wenn man nicht völlig blöde ist kann man sich an zehn Fingern abzählen wer wohl der von Deledda sein mag, meint Ihr nicht auch, Signior Notarius?

Ihr könnt Euch also gut vorstellen, Signior Notarius, wie miserabel ich mich gefühlt als mir ein Licht aufgeht und ich kapire dass ich vor sieben Jahren hier in Rom noch ein zweites Großes Schlamassel angerichtet, nemlich ein weiteres Kindchen. Denn in vielen Jahren ehrbaren Dienstes an den Weibern von Fiorenza und andren Teilen Italiens hab ich nicht einmal danebengeschossen, ja ich hab mich nicht mal von den Ehemännern all der verheirateten Weiber erwischen lassen die ich mir auf den Spieß gesteckt, und das waren eine ganze Menge, nicht bloß zwanzig oder dreißig.

Die folgenden Tage sind daher mörderisch anstrengend gewesen, mein lieber Signior Notarius, denn außer dienstags und freitags wenn Dorothea nemlich die ganze Nacht Dienst bei den Kranken von der Bruderschaft der Anima tat, wo alle Teutschen in Rom Mitglied sind, musst ich mich alle Tage mit ihr treffen und ihr eine ordentliche Behandlung verabreichen, eine mit allen Spielchen die sie mag, nemlich dem wo sie einen Zwieback zwischen den Beinen hat, dem Spiel mit dem Apfel, dann dem wo man sich umgedreht hinlegt und einer den Kopf auf den Füßen des andren hat, und danach die Sache mit dem Bumbumbum, das ist ein Dienst der dauert länger als eine Viertelstunde, da schreit Dorothea immer aaah oooh Salaì, wie gut du bist, wie groß du gebaut bist, und zuletzt dann schnarch schnarch ein Schläfchen. Dazu kam das Spatzirengehn mit Alighiero, und auf diesen Spatzirgängen das muss ich in aller Bescheidenheit sagen hab ich dem Kerlchen in wenigen Tagen beigebracht wie man schlichtweg alles an einem Weib kapirt, auch wenn man's bloß auf der Straße gehen sieht. Guck mal, Alighiero, wie schön aufrecht die sich hält, das ist gewiss eine die ihn gut zu nehmen weiß; schau dir die da an, Alighiero, was die für ein langweiliges Gesicht hat und wie dick der Hintern ist, das ist mit Sicherheit eine die dir schon nach drei Monaten Ehe auf den Sack geht. Und siehst du die da wie eingebildet die dreinschaut, aber man merkt genau dass sie insgeheim eine viehische Lust auf den Schwengel hat. Und vergiss niemals lieber Alighiero dass man's bei den Weibern immer und immer wieder probiren muss, denn sie zieren sich zwar alle sehr sind aber im Grunde alle liederlich und lüstern und sagen am Ende auf jeden Fall ja, hast du verstanden? Alighiero antwortet, klar Salaì, das hab ich genau verstanden, und da bin ich immer sehr stolz auf ihn und zur Feier des Tages kauf ich uns zwei schöne Brötchen mit Schweinsbraten, aber wenn ich nicht aufpasse mopst er mir immer mein Brötchen.

Am nächsten Tag treff ich mich dann heimlich mit Gioseppina, und auch mit ihr hier ein Spielchen da ein Spielchen, dann bumbumbum aaah oooh Salaì, wie gut du bist, wie groß du gebaut bist, dann schnarch schnarch und dann ein Spatzirgang mit der kleinen Deledda, während dem ich mich wirklich wie ein guter Papa benehme der seiner Tochter Sitte und Anstand beibringt. Zum Beispiel sag ich zu Gioseppina, nun binde deiner Tochter gefälligst ein Tuch über die Haare du willst doch nicht dass sie herumläuft wie eine kleine Hure, oder?

Dann erkläre ich Deledda, guck mal dieser Kerl hinter dir hüte dich vor dem, wenn du drauf achtest wie der die Weiber anschaut siehst du sofort dass er ein großes Schwein ist. Ich warne dich, wechsel niemals nicht ein einziges Wort mit Leuten wie dem. Und jetzt sieh dir den da mit dem dummen Gesicht an, ich sage dir von so einem darfst du dich nicht mal mit dem kleinen Finger anrühren lassen, denn wenn er dich schwängert kommt dabei bestimmt so ein Idiot raus als wie er. Und jetzt pass auf, siehst du den da vorne, der hat ein so blödes Gesicht dass er gewiss nicht mal richtig küssen kann weil er einen Komplecks hat dass er zu hässlich ist. Auf jeden Fall darfst du niemals vergessen, meine kleine Deledda, dass die Männer allesamt Schweine sind, drum musst du immer Nein sagen wenn sie was von dir wollen verstanden?

Aber Deledda ist wie alle Weibsbilder schon viel aufgeweckter als die Jungen in ihrem Alter, drum fragt sie: Hör mal Salaì, wenn meine Mutter mich von einem Mann gekriegt hat dann musste sie sich aber doch küssen lassen, oder? Ja, natürlich, sag ich, aber das war vielleicht auch ein großes Schwein. Sie fragt weiter, das mag ja ein Schwcin gewesen sein aber ich bin von ihm geboren und drum meine ich nicht, dass er eine so schlimme Dummheit begangen hat, oder? Mm tja äh du hast Recht. Deledda macht beharrlich weiter: Weißt du, Salaì, vielleicht hast du trotzdem Recht, denn dieser Kerl hat meine Mutter dann ja verlassen obwohl sie so schön und lieb ist, also muss er wirklich blöd sein, ein Arschloch und ein Schwein, denn wenn er ein bisschen klüger gewesen wär dann wär er bei ihr geblieben und ich hätte jetzt einen Papa. Nach diesen Disskusionen war ich immer fix und fertig, Signior Notarius, denn meine beiden Kindchen sind zwar noch klein aber dumm erscheinen sie mir wahrhaftig nicht, im Gegenteil, ihr Kopf ist blitzschnell und muss man immer eine Antwort bereit haben, drum hab ich oft gedacht, bravo Salaì, diesen beiden hast du das Beste von dir mitgegeben, und Alighiero vielleicht sogar das andre Beste das weiter unten sitzt.

Leider haben Alighiero und Deledda von meinen Lectiones in gutem Benehmen nicht viel gelernt und sind immer noch kleine Satansbraten, zum Beispiel wenn ich abends in meine Herberge zurückgeh fehlen mir meist ein paar Münzen, und frag ich am nächsten Tag Dorothea muss ich immer entdecken dass Alighiero sie mir stibitzt, doch dann hat der Racker sie schon für Brot mit Schweinsbraten ausgegeben. Und wenn ich ihn auffordere zu gestehen, entgegnet der freche kleine Lügner mir, was für einen Mist redest du da Salaì, ich hab dir nichts geklaut, und übrigens hör auf meine Mutter jedesmal zu küssen wenn du sie siehst, das kann ich nemlich überhaupt nicht ausstehn.

Wenn ich mit Deledda in einer Osteria esse zeigt sie manchmal auf etwas hinter meinem Rücken und sagt, guck mal Salaì, der komische Mann hinter dir, aber blick ich mich dann um ist da niemand, und schau ich wieder zu Deledda sind ihre Bäckchen so rund als wie zwei Fässchen, denn wie ich mich umgedreht, hat sie sie sich alles in den Mund gestopft was auf meinem Teller liegt und gleichzeitig lacht sie weil ich ihr auf den Leim gegangen bin.

Aber ich bin einer wo gerne schwer arbeitet und sich abplagt, Signior Notarius, drum hab ich mich trotz der Mühe mit den Lectiones in gutem Benehmen die ich den Kindchen gegeben und den Diensten die ich ihren Müttern besorgt, auch mit Fleiß um die Sache mit dem Buch gekümmert das mein Ziehvater Lionardo haben will.

Ein paar Tage später hab ich Ferramonti wieder zum Essen eingeladen, nemlich hatte ich endlich den richtigen Ort gefunden, eine Osteria mit einem sehr guten und meisterlichen Koch wo das Essen darum auch ein Heidengeld kostet.

Wie ich ihn einlade sagt Ferramonti, n-nein danke Salaì das mu-musst d-du nicht, du ha-hast mich sch-schon einmal einge-geladen, du bist sehr gr-großzü-zügig aber ich will nicht dass du wieder dein G-ge-geld für mich ausgigibst. Keine Sorge, Ferramonti, sage ich, diesmal wirst du nicht von mir eingeladen sondern von meinen Padroni, der Familie Grimani, welche hohe Herrschaften sind, drum musst du die Einladung annehmen und basta denn eine solche Ehre darf man nicht ablehnen. Wichtig ist nur eins, wenn wir in die Osteria kommen musst auch du laut und deutlich sagen dass die Grimani uns dieses Mahl offeriren, dann können wir sicher sein dass man uns gut behandelt, und um alles andre kümmere ich mich in Ordnung? W-was für ein g-gu-guter Freund du bist Salaì, ich be-bewundre dich w-wi-wirklich sehr, schadc dass cs nicht mehr vi-viele Eh-ehrenmä-männer wie dich gibt.

Das Essen ist prima verlaufen, Signior Notarius, denn Ferramonti war gut in Form, er war nemlich so gierig als wie ein Mönch wo damit bestraft wird dass er ein Jahr lang mit einem nackten Weib im selben Bett schlafen muss und darf sie nicht mal mit dem kleinen Zehn berühren. Der Tisch war sehr prächtig gedeckt mit Silberbesteck und rundum bemalten Tellern und Kristallkelchen und das Tischtuch war aus einem flämischen Stoff, sehr schön anzusehen, und darauf stand sogar eine große tönerne Vase mit frischen Blumen. Wir fangen mit einer Suppe an von der Ferramonti sagt sie ist sehr gut, drum hat er noch ein zweites Mal davon genommen und auch ein drittes. Um uns herum stehn drei Diener ganz für uns allein, die überschütten uns mit Freundlichkeiten, bitte sehr Signior Salaì bitte sehr Signior Ferramonti, wollt Ihr noch ein wenig Wein wollt Ihr einen gepolsterten Stuhl wollt Ihr dies wollt Ihr das etcetera etcetera. Der Wirt hat seinen besten Weißwein bringen lassen und gesagt, meine teuren Signiori, berichtet dem ehrwürdigsten Hause Grimani dass ich den Herrschaften eine Korbflasche dieses Weines zum Geschenk mache, welches der beste ist den ich je hatte, doch er hat den Satz noch nicht zu Ende gesprochen da hat Ferramonti schon das erste Glas Wein getrunken, hat gesagt, köstlich, Donnerwetter, und sich ein zweites eingeschenkt das ihm auch schon durch die Kehle rinnt, gluckgluck.

Gleich darauf servirt man uns einen schönen gebratenen Fisch mit Röstbrot Karotten und gekochten Rüben, doch derweil ich noch die Gräte aus dem Fisch nehme hat Ferramonti seinen Teller schon leer gegessen, sauber ausgewischt und gemischtes Bratfleisch vom Schwein bestellt, welches wiederum so schnell in seinem Bauch verschwindet wie ich ein Glas Wasser trinken würde nachdem ich ein Jahr durch die Wüste gewandert bin. Und noch bevor ich meinen Fisch fertiggegessen bestellt er ein Dutzend Scheiben Brot mit Butter und Honig und eine Tasse warme Milch, und wie er sich dies etwas seltsame Zeug in den Schlund stopft sagt er, lie-lieber Salaì, ent-tschuldi-dige aber wenn ich zu A-a-abend ess muss ich ma-manchmal eine k-kleine Ve-vesper wie diese dazwi-zwischenschieb-b-en sonst v-ve-verdau ich nicht gut. Ach lieber Ferramonti kein Problem, ich verstehe dich sehr gut, trink doch auch ein wenig Wein dazu dann kannst du nach der Vesper mit dem Abendessen weitermachen. Also geht's mit dem Wein weiter, gluckgluck, drei Gläser und dann folgt ein warmer Brotfladen mit Öl und Zwiebeln ein Pfannengemüse, dann zwei Gläser von dem neuen Wein den man uns gebracht, der ist rot, dann gekochte Vogeleier mit geschmorten Zwiebeln und reifem mit Asche bestäubtem Schafskäse, dann wieder zwei Gläser, dann Brot mit zwei Pfund Schinken und einem halben Pfund Salami mit Oliven und Salat und dann eine Torte aus Rosinen Äpfeln Nüssen und Pinienkernen. Ferramonti isst so schnell dass er die Soße von seinen Tellern in alle Himmelsrichtungen verspritzt, drum sind die Diener die uns das Essen bringen und Ferramonti selbst auf Brust und Bauch schon ganz eingesaut.

Inzwischen hab ich seit einer halben Stunde aufgehört zu essen, in der Osteria herrscht eine große Stille und die wenigen andren Gäste und alle Diener mitsamt dem Wirt stehn um uns herum und sehen Ferramonti schweigend zu, und wann er das fünfte Stück Torte verschlingt staunen wir alle so sehr dass einer der Diener sich nicht mehr zurückhalten kann und mit dem Ausruf Bravo! das Schweigen bricht. Da hebt auch bei allen andren ein lauter Applaus an und sie rufen ebenfalls Bravo, Braaavo!

Ferramonti ist verlegen und weiß nicht was er dazu sagen soll, also steht er auf und macht eine Verbeugung, dann bestellt er vier Schweinswürste die sind mit gebratenen Speckscheiben umwickelt, und isst alles in bloß vier Happen auf, nemlich fast ohne zu kauen, und bei jeder Wurst die er sich in die Kehle stopft rufen alle in der Osteria Bravo! und klatschen im Takt mit den Händen wie man es bei den Gauklern tut wo auf den öffentlichen Piazze ihre Vorführungen machen.

Unterdessen hat sich in den Straßen ringsumher die Kunde davon verbreitet was hier in der Osteria geschieht und kommen immer mehr neugierige Leute herein. Die Diener der Osteria versuchen die Leute wegzuschicken, aber sind sie selbst abgelenkt von dem Schauspiel was Ferramonti bietet wie er grad einen Kapaun verschlingt, dann einen großen Teller gekochtes Getreide mit zwei Rühreiern obendrauf und danach eine Schüssel gekochte Radieschen in einer Soße aus Öl mit Knoblauch. Jetzt ist auch der Koch von der Osteria mit seinen Gehilfen aus der Küche gekommen, denn bei diesem ergötzlichen Schauspiel bestellt niemand mehr was zu essen. Auch sie rufen bei jedem Bissen Bravo! und lachen und applaudiren, und alle miteinander drängen sie sich um unseren Tisch, einige stehn sogar auf den Nachbartischen um besser zu sehen, dieweil andre sich neben Ferramonti gesetzt, oder sie stehn dicht hinter ihm und recken den Hals kurzum es ist ein Riesendurcheinander.

Ferramonti schwitzt wie ein Schwein und hat überall Fettspritzer in Gesicht Haaren Stirn, und der Wein den er zu schnell getrunken fließt ihm aus dem Mund und über Brust, Hände und Arme bis zum Ellenbogen und tropft auch auf den Boden, aber er stopft sich immer weiter voll und immer schneller und jetzt schluckt er schon ganze Bissen runter mit allem Fett Haut Knochen Gräten Nerven Sehnen und Knorpeln, lacht die Leute an und hört überhaupt nicht mehr auf zu kauen und zu schlucken, vielleicht weil es ihm leid tät, die Zuschauer zu enttäuschen. Den größten Applaus bekommt er wie er sich ein ganzes Hühnerbein mitsamt dem Knochen in den Mund steckt den er beim Kauen in drei Teile bricht, und dann schluckt er alles auf einmal runter. Da brechen all die Menschen die sich in der Osteria drängen in ein ohrenbetäubend Geschrei aus: Bravo! Braaaavo! Er lebe hoch!

Nun steht Ferramonti auf und hustet, beugt sich vor und kotzt die Torte, die Vogeleier und die geschmorten

Zwiebeln auf den Tisch. Wie er sich wieder aufrichtet sagt er, Tschu-tschuldi-digung, aber von S-s-salat krieg ich m-ma-manchmal ein b-b-bisschen Magengri-grimmen. Der Wirt kommt sofort, wischt den Tisch mit einem Lappen ab und sagt, macht Euch keine Gedanken mein Freund, sagt mir ob Ihr etwas für den Magen möchtet, zum Beispiel einen warmen Theriak, eine Latwerge oder eine Quintessenz. Ferramonti sagt, nein d-danke m-mir geht's p-pri-prima, ich möchte nur was zu e-e-essen. Und er lässt sich einen Kaninchenbraten mit Honig und Oliven bringen, dann in Speck geröstetes Brot mit einem Topf voller gekochter Äpfel wo mit Karamellzucker und Zimt bedeckt sind. Und kaum hat er wieder angefangen zu essen hebt auch die ganze Osteria wieder zu applaudiren an, bravo braaaavo er lebe hoch, so dass der Wirt die wegschicken muss die am meisten Lärm machen. Und so ist es eine geschlagene Stunde weitergegangen, Ferramonti kotzt, dann fängt er wieder an zu essen, verneigt sich vor dem Publikum, kotzt wieder und mit dem geleerten Magen fängt er abermals zu essen an. Neue Leute kommen, sich dies unglaubliche Spektakel anschauen, aber da muss ein kleiner Junge der zuguckt, auch kotzen, denn Ihr wisst ja, Signior Notarius, das Kotzen ist mitunter wie das Lachen nemlich ansteckend. Dann hat sich auch ein alter Mann übergeben dann ein andrer Mensch und wieder ein andrer, aber die Leute lachen und sagen, bravo was für ein feines Konzert, Ferramonti lebe hoch, es lebe das Kotzen! und weiter geht's mit noch mehr Gelächter und Geschrei, alles geht drunter und drüber Gekotze hier Gekotze da, mit Spritzern nach allen Seiten, und der Wirt und sein Koch mit den Gehilfen sind verzweifelt weil sie schaffen es nicht mehr die Kotze vom Boden zu wischen, immerfort kommt neue dazu, und sie schreien die Leute an, raus hier alle miteinander macht dass ihr rauskommt, hier drin erstickt man ja. Erst da versuchen ein paar Menschen rauszugehen, aber sind alle so dicht aneinandergedrängt dass die ganze Menge schwankt und auf dem schwartzen und stinkigen Brei ausrutscht der den Boden überall bedeckt. Schließlich fallen alle um und besudeln sich wie die Schweine fluchen und schreien, und das Ganze ist ein infernalisches Chaos welches ich Euch gar nicht richtig beschreiben kann denn sowas hab ich noch nie gesehn, Signior Notarius, nicht mal bei den wildesten Banketten die Mastro Lionardo für die Herren von Mailand oder Fiorenza organisirt. Die lassen meinen Ziehvater nemlich den Zeremonienmeister und andre Albernheiten machen, statt dass sie bei ihm mal ein schönes Gemälde bestellen, weil alle wissen dass er stinkfaul ist und bevor er eine bestellte Arbeit abliefert, wächst ihm eher der Schimmel in den Achselhöhlen.*

Zuletzt war die ganze Osteria vom Küchengeruch und vom Gestank der Kotze erfüllt, überall lagen Reste der Speisen herum die von unsrem Tisch gefallen waren, die Luft war entsetzlich und konnt man nicht atmen und all das war wie im allerärgsten Höllenkreis.

Bevor sie uns die Rechnung bringen geht Ferramonti betrunken und von mir und einem der Diener gestützt zum Wirt von der Osteria und sagt dass die Familie Grimani die Rechnung für uns bezahlen wird, wie ich schon am Tag zuvor angekündigt. Der Wirt zittert am ganzen

* In Zeiten, in denen er keine Aufträge für künstlerische Arbeiten erhielt, verdingte Leonardo sich bekanntlich in Mailand als Organisator von Bällen und Festen, wo er vor allem Kostüme und szenische Arrangements entwarf.

Leib vor Ekel und Wut und ist auch erschöpft von all dem Durcheinander, aber hinter ihm steht der Koch der flüstert ihm ins Ohr, ruhig Blut, Padrone, behaltet die Nerven und behandelt ihn gut, denn die Grimani zahlen für ihn, die werden uns einen Batzen Geld geben. Also reißt sich der Wirt zusammen und sagt, sehr gut, wunderbar, es war uns eine große Ehre eine so angesehne Person zu bedienen. Und man sieht dass er erschrocken und angewidert ist wegen dem was Ferramonti getan, aber auch hocherfreut über die Rechnung wo er am nächsten Tag den Grimani vorlegen wird. Zuletzt sagt er, hoffentlich waren die hohen Herrschaften mit unserer bescheidenen Osteria zufrieden und beehren uns recht bald wieder. Ferramonti bejaht, aber es klingt halb wie ein Wort halb wie ein Rülpser. Ich meinerseits sage, und ob wir zufrieden waren, wir sind kolossal zufrieden, aber in Wirklichkeit hab ich einen ganz persönlichen Grund mit diesem Essen zufrieden zu sein, den werdet auch Ihr später erkennen, Signior Notarius.

Dieweil ich ihn nach Haus bring kotzt Ferramonti noch fünf oder sechsmal, was seinem Magen enorme Erleichterung verschafft, ja zuletzt ist der sogar gänzlich geleert aber trotzdem hat Ferramonti keinen Hunger mehr, was ihm, wie er sagt, in seinem ganzen Leben noch nicht passirt ist. Wie wir in seiner Wohnung ankommen fällt er aufs Bett und schläft so rasch ein wie wenn ihm ein Baum direkt auf den Kopf gefallen wär.

Obwohl ich von dem Essen mit Ferramonti zimlich marode war, Signior Notarius, hab ich keine Zeit verloren und bin sofort zu Rubè gegangen, wo ich feststelle dass die Dinge genau so gelaufen sind als wie ich's vorhergesehn. Die Tür zu seinem Laden war verriegelt, aber wann ich klopfe hört man drinnen ein Geräusch wie von einem der sich versteckt. Also klopf ich noch viele Male und ruf Rubè Rubè warum lässt du mich nicht rein? Endlich öffnet sich ein Spalt, hinter dem steht Rubè mit einem kaputten Arm, der wird von einem dicken Verband zusammengehalten, und hat ein Auge so blau wie wenn man ihn mit der Hacke traktirt hätte.

Sogleich tu ich furchtbar besorgt und betrübt, oh armer Rubè was ist denn mit dir passirt? Erst will er mich nicht mal reinlassen und schimpft, geh zum Teuffel Salaì, bevor ich dich kennengelernt ging's mir prächtig, und jetzt sieh dir an was mir widerfahren ist. Die Worte kommen ihm seltsam undeutlich aus dem Mund, nemlich wie wenn er spuckt, pffs tsspf sstpft, und mit den Fingerspitzen klaubt er sich fortwährend was Unsichtbares von der Zunge. Zuletzt lässt er mich gottseidank reinkommen und ich seh dass er wirklich übel zugerichtet ist, er stützt sich auf einen Stock, alle Pusteln die er im Gesicht hat sind aufgeplatzt, und fasst er sich an den Schwengel wie wenn's ihn dort brennen würde. Nachdem er einen Blick nach rechts und links die Straße hinunter geworfen, wie wenn er Angst hätte dass jemand kommt, schließt er blitzschnell die Tür und dreht den Schlüssel dreimal um, dann hängt er eine Kette davor, schiebt einen Riegel vor, dann noch eine Kette und ein Vorhängeschloss, und zuletzt schiebt er mit großer Mühe, denn er kann ja nur noch ein Bein und einen Arm bewegen, einen Schrank vor die Tür, der ist so schwer als wie ein ganzer Karren voller Steine.

Ich frag, verflucht nochmal, willst du mir nicht erklären was dir passirt ist Rubè? Ha, du willst pffs tsspf sstpft auch noch dass ich's dir erkläre, was? Seine Stimme klingt mordsmäßig wütend und beim Reden spuckt er andauernd und kratzt sich irgendwelches Zeugs von der Zunge.

Jetzt muss ich aber einen Schritt zurück machen, Signior Notarius, um Euch eine wichtige Sache zu erklären, sonst kapirt Ihr nicht was danach kommt, wiewohl Ihr natürlich einer der besten löblichsten Köpfe von ganz Fiorenza, ja der ganzen Toskana seid, und sagt mir nicht dass ich Unrecht hab!

Gewiss entsinnt Ihr Euch der kleinen Hure der ich am Anfang meines Aufenthalts in Rom begegnet bin, die mit dem Pappone der Patroclo hieß und Salaìs rechten Arm als Geschenk dabehalten wollte.

Nun, wann Ferramonti mir von Rubès Problemen mit den Weibern erzählt, ist mir sofort eine gute Idee gekommen, nemlich hab ich mich erinnert dass ich dieser Hure versprochen hatte mit einem reichen Freund zurückzukehren, zum Dank dass sie mich von Patroclo befreit hat, und obendrein mit beiden Armen.

Also bin ich nach dem Gespräch mit Ferramonti zu diesem Hürchen gegangen und hab ihr gesagt, salve meine Liebe siehst du, ich bin zurückgekehrt um mein Versprechen zu halten, und hab ihr erklärt dass ich ihr einen sehr lieben und schwerreichen Freund bringen möchte, dem junge Weiber gefallen die grad so sind als wie sie, nemlich mit schwartzen Haaren dunklen Augen und sehr liebenswürdig und anmutig und voll edler Tugenden etcetera, und mein Freund ist einer der wahrlich nicht aufs Geld achtet weil davon hat er scheffelweise. Dann erklär ich ihr mit todernstem Gesicht dass er aber keinesfalls über Geld sprechen will, sonst wird ihm der Schwengel schlaff. Denn wenn er mit einem Weib zusammen ist möchte er sich vorstellen dass er die Frau seines Lebens gefunden hat, drum hat er mich beauftragt die Verhandlungen für ihn zu führen und den Preis für die Dienste festzulegen. Von Geld darf also niemals nicht die Rede sein, sag ich, denn sonst scheint die Sache bloß wie ein Geschäft, aber mein Freund ist ganz anders, nemlich ein Mann voller Güte und Gefühl und Fantasie, drum kommt er auch mit einer erfundnen Geschichte zu dir, meine Liebe, das heißt er wird so tun wie wenn er eine wichtige Botschaft von einem Freund überbringt der in dich verliebt ist, aber in Wirklichkeit ist das bloß ein Spiel, und du musst mitmachen indem dass du ihn von seiner Geschichte ablenkst und dich so benimmst wie wenn du dich augenblicklich in ihn verliebt hättest.

Das Hürchen kriegt sofort leuchtende Augen und sagt hocherfreut, oh ja klar natürlich, ich verstehe den Mann sehr gut denn ich hab einen Haufen Kunden äh hm nun, entschuldige ich wollte sagen Bewunderer von dieser Art, die kommen alle zu mir um zu träumen, dass sie ihre Herzensdame fürs ganze Leben gefunden und behandeln sie mich fast wie eine Ehefrau. Die finanzielle Seite können wir beide sehr gut allein aushandeln, aber gib acht was dein Freund da will, das ist eine spezielle Behandlung, drum hat sie auch einen speziellen Preis.

Darauf kommt mir sie mit einem Preis, Signior Notarius, der ist so irrwitzig dass man mit der Summe glaub ich mindestens ein paar römische Palazzi kaufen könnt. Aber ohne mit der Wimper zu zucken sag ich, natürlich, versteht sich, das ist völlig in Ordnung, mein Freund wird überglücklich sein, aber vergiss nicht liebe Freundin: wenn er zu dir kommt, sprich niemals nicht von Geld, wichtig ist dass alles wie eine echte leidenschaftliche Liebesnacht aussieht. Erst am Schluss redet ihr beide über Finantzen, verstanden? Das Hürchen sagt, klar, ich bin ja nicht blöd, sei unbesorgt mein Junge.

Ihr könnt Euch also vorstellen, Signior Notarius, was

passirt ist, nemlich Rubè kommt zu der kleinen Hure um eine Botschaft von mir zu überbringen, doch sein Schwengel zuckt schon gewaltig, wo ich ihm doch erlaubt hab mit der Jungfer zu machen was er will. Er ist so geil dass ihm sogar die Pusteln anschwellen, die er im Gesicht hat weil er zu wenig vögelt. Die Jungfer mit ihrem frischen festen Fleisch an den richtigen Stellen steht auf dem Balkon und erwartet ihn, lässt ihn reinkommen und nach fünf Minuten Konversazion bei der sie ein bisschen die Schüchterne spielt sagt sie plötzlich, sie findet ihn sehr stattlich und vielleicht könnte sie bei ihm sogar schwach werden. Dann fängt sie an sich auszuziehen und Rubè sieht zum ersten Mal in seinem Leben ein junges Weib mit schöner glatter Haut wo nicht schon verfault ist, und wie das Weib seinen Schwengel in die Hand nimmt kapirt er praktisch überhaupt nichts mehr vor lauter Glück. Dann zwei oder drei Stunden eine Menge feine Sauereien, bumbumbum, und die Kleine präsentirt die Rechnung und will einen Batzen Geld womit man mindestens ein paar Palazzi kaufen kann. Rubè ist bitter enttäuscht und sagt er hat kein Geld, das Hürchen ruft Patroclo, Paaatrocloooo! und Patroclo, also ihr Pappone, dieser Berserker mit dem sehr miesen Karakter der kommt und zerschlägt Rubè gut die Hälfte von seinem Leib, nemlich einen Arm ein Bein und das halbe Gesicht. Dann reißt er etwas Stroh aus dem Polster von einem Sessel, das reibt er kräftig über die Pusteln von Rubè dass sie alle aufplatzen, dann steckt er eine Hand in Rubès Hosen, reißt ihm büschelweise die Haare vom Sack und stopft sie ihm mit seinem riesigen Mittelfinger tief in die Kehle bis zum Magen, und wirklich hat Rubè am nächsten Tag noch immer nicht alle Haare ausgespuckt, da kann er lange pffs tsspf sstpft machen. Und jetzt hat er ungeheure

Schulden bei der Hure und wenn die nicht bezahlt werden, kommt Patroclo früher oder später an, um die andre Hälfte von Rubè zu demoliren die noch heil ist.

Nachdem er das alles erzählt, packt Rubè mich mit dem Arm der noch ganz ist am Kragen und drückt sein Gesicht voll aufgeplatzter Pusteln fest an meins. Elender Drecksack pffs tsspf sstpft, du hast's gewusst, oder? Aber nein, Rubè, ich schwöre dir, ich hatte nicht den leisesten Schimmer dass sie eine Hure war, im Gegenteil sie schien mir wirklich anständig zu sein, kaum zu glauben wie anders die Leute manchmal sind als man denkt. Oh ja, sagt er dieweil er versucht die Haare loszuwerden die er auf der Zunge hat, jedenfalls hast du mich pffs tsspf sstpft zu dieser Hure geschickt!

Dann spuckt der arme Rubè mir ins Gesicht und brüllt, Arschloch Hurensohn ich bring dich um pffs tsspf. Du hast mich ruinirt, dieser Pappone sstpft will jetzt so viel Geld von mir dass es nicht mal reichen würde wenn ich mein ganzes Leben lang Tag und Nacht arbeite um es zu verdienen pffs tsspf sstpft, und jetzt hat er mir ausrichten lassen, wenn ich nicht innerhalb von drei Tagen bezahle dann reißt er mir den Kopf ab, schneidet ihn in vier Teile und stopft sie mir in den Hintern, hast du verstanden, du Bastard?

Dabei gibt Rubè mir einen Stoß dass ich umfalle, und wie ich auf dem Boden lieg tritt er mich mit dem einzigen Bein das noch heil ist und schreit, du mieses Stück Scheiße, ich mach dich kalt, und zuletzt versucht er sogar mir einen Schlag mit dem Stock zu versetzen auf den er sich stützt, aber wie er das tut, stürzt er auch, der Arme, fällt auf mich und zerkwetscht mich als wie einen faulen Apfel, was hundsgemein weh tut. Ich helf ihm aufstehen und denk, das ist jetzt der richtige Moment um ihm zu sagen was ich mir überlegt: Weißt du Rubè, eigentlich wollt ich's dir nicht sagen, weil wenn ich etwas nicht ganz sicher weiß dann halt ich lieber die Klappe, aber ich hab einen Verdacht, denn diese kleine Hure hat mir ein gewisser Toscanelli vorgestellt von dem weiß ich gar nichts, weil ich hab ihn nur einmal zufällig gesehn, aber ich weiß dass er hier in Rom wohnt und sagt, er ist der Neffe von einem gewissen Paolo del Pozzo Toscanelli.

Wie Rubè das hört reißt er die Augen vor Staunen auf und ruft, waaaas? Der Neffe von weeem?

Natürlich war das nur irgendein Mumpitz den ich erfunden, Signior Notarius, aber ich hab darin den Namen von einem dieser Eksperten für Geografie untergebracht von denen ich Lionardo und seine Freunde Benci und Vespucci hab reden hören bevor ich nach Rom abgereist bin, und damals haben sie gesagt das wär ein Freund von Columbus.

Und wo Rubè und seinen Freunden ja immer irgendwelche Teorien über das Komplott um die Entdeckung von Amerika im Kopf rumspuken, hat Rubè, wie er den Namen von einem Freund von Columbus hört, also diesen Toscanelli, sofort gewaltiges Muffensausen gekriegt und sagt, oh ich hab's ja gewusst! Dieser Toscanelli pffs tsspf sstpft hat sich gewiss im Auftrag von jemand der mich kaltstellen will an dich rangemacht. Dabei geht's natürlich um das was ich mit Ferramonti und Blasco entdeckt und was wir an die Statue von Pasquino gehängt haben. Jetzt sollen wir teuer dafür bezahlen pffs sstpft.

Die Sache ist völlig klar, redet er weiter, wir sind kurz davor dass die Wahrheit aller Welt kundgetan wird tsspf sstpft, nemlich dass Columbus für seinen heimlichen Vater Papst Innozenz VIII. Amerika entdeckt hat, aber jemand will nicht dass die Menschheit das erfährt!

Beim Sprechen steht Rubè der Schweiß auf der Stirn, denn seine eignen Worte jagen ihm einen Mordsschreck ein, aber dann fügt er hinzu, ha niemals! ihr verfluchten Hunde, ich werde nicht weichen, ich weiß schon was ich tu, oh ja, Teuffel auch!

Da frag ich ihn, aber sag mal Rubè was willst du denn machen? Erst schweigt er eine Weile und starrt mich mit seinen schiefen Augen an, dann sagt er, wie blöd bist du eigentlich, Salaì? Gar nichts werd ich machen, hast du denn immer noch nicht kapirt dass die Leute die mich abmurksen wollen über die Maßen mächtig sind und halten die Wahrheit seit vielen Jahrzehnten verborgen, weshalb man nicht mehr tun kann als warten und aufpassen dass man nicht einen Kopf kürzer gemacht wird. Und schlagartig verschwindet aus seinen Augen das zornige und rachlustige Blitzen von vorhin und kehrt der Blick zurück von einem der sich gleich in die Hose macht vor viehischer Angst.

Ich antworte, hm, ja natürlich lieber Rubè, du hast Recht genau so ist es, und in dem Moment, Signior Notarius, hab ich gemerkt jetzt kann ich gehn, denn ich hab alles gesehen und gehört was ich brauche. Also umarm ich Rubè recht fest als wie einen Bruder und sag, bitte glaub mir, Rubè, ich bin nur ein Opfer und ein Werkzeug in diesem Komplott, genauso wie du, aber ich versprech dir wenn du Hilfe brauchst werd ich tun was ich vermag, einverstanden? Und so schnell wie ich kann schieb ich den Schrank beiseite, öffne alle Schlösser und Riegel, schlüpf auf die Straße hinaus und bin schon weg bevor Rubè antworten kann, weil ich weiß ja sowieso schon was er früher oder später brauchen wird.

Am selben Abend noch bin ich zu Blasco gegangen und

hab gesehn dass auch bei ihm alles bestens nach Plan läuft, und jetzt erklär ich Euch wieso, Signior Notarius. Wann er mir die Tür öffnet hat Blasco nemlich nicht sein gewöhnliches Gesicht sondern schaut drein wie einer der sich gleich umbringen wird indem dass er sich an seinem eignen Sack an der Decke aufhängt.

Er lässt mich sofort herein, Salaì, oh Salaì, wie gut dass du kommst, denn ich bin praktisch aufgeschmissen! Mein Vater, dieser Dreckskerl, hat wieder Karten gespielt, was nichts Neues ist weil das tut er oft und verliert immer, aber diesmal ist ein Unglück passirt. Gestern hat er eine Partie mit drei Kerlen gespielt die ich noch nie gesehn, sie nennen sich der Hässliche der Zauberer und der Krüppel und sind meinem Vater von einem vorgestellt worden den er gar nicht kennt, und der sieht aus wie wenn man ihm gehörig in die Eier getreten hätte. War eine furchtbar lange Partie, die hat gleich nach dem Abendessen angefangen und war erst im Morgengrauen zu Ende. Anfangs lief es zimlich gut, aber dann fing mein Vater an zu verlieren, und der Hässliche der Krüppel und der Zauberer gewannen immer mehr. Mein Vater hat alles versucht um sich zu retten, aber die drei hatten so gute Karten und so günstig wie wenn der Herrgott selbst sie ihnen in die Hand gesteckt hätte. Damit das Spiel weitergeht musste mein Vater ihnen eine Reihe von Gelöbnissen unterschreiben dass er zahlt, was er dann auch tat, aber zuletzt haben sie ihm eine so verflucht enorm hohe Summe abgeknöpft, die würd ausreichen um ein zwei Palazzi in Rom zu kaufen. Weil aber mein Vater das Geld nicht hat um sie zu bezahlen, fingen sie an ihn zu bedrohen, so in der Art: Pass auf wir haben keine Zeit zu verlieren, denk dran, Schulden muss man bezahlen sonst gibt's Ärger, nur damit du's weißt, der Letzte wo uns nicht bezahlt den hat man am nächsten Tag gefunden mit zwei Augen weniger, und seine Kehle war so zerdrückt wie wenn eine Kutsche mit vier Pferden drüber gerollt wär etcetera etcetera.

Das ist übrigens eine Sache die Euch wirklich interessiren könnt, Signior Notarius, wo Ihr ja ein Mann der Gerichtsbarkeit seid: Hier in Rom gibt's einen Haufen Leute die treiben schmutzige Gewerbe wie betrügen, erpressen und falschspielen, und sind höchlichst geschickt darin die Leute in irgendwelche krummen Geschäfte reinzuziehn um ihnen dann zu drohen. So sie nicht zahlen was verlangt ist, wird ihnen der Hals mit einem glühenden Eisen plattgebügelt wie wenn's ein Hemd wär. Ja, wenn man in Rom eine Schuld nicht pünktlich begleicht kriegt man sogar von ehrlichen Leuten den Bauch aufgeschnitten, und danach sagen sie dass man seine Schulden jetzt ums zehnfache vermehrt zurückzahlen muss. Gar nicht auszudenken was dann die Verbrecher tun wo gewerbsmäßige Fachleute für solche Sachen sind. Diese Art Gauner heißen in Rom Halsabschneider, weil wenn du in ihre Spielchen gerätst und nicht zahlst schneiden sie dir den Hals ab und sind wirklich eine Spezialität von Rom, welches ja keine so ehrbare und saubre und gesegnete Stadt ist als wie Fiorenza, unsre Heimat, Gott schütze sie immerdar, Amen.

Nach den ersten Drohungen, erzählt Blasco weiter, haben der Hässliche der Zauberer und der Krüppel ein paar rätselhafte Sachen gesagt, nemlich erst haben sie meinen Vater gefragt, sag mal interessirt dein Sohn sich vielleicht für die Entdeckung von Amerika? Wie mein Vater antwortet, was zum Henker weiß ich davon? da haben die drei gesagt, nun, zu seinem Besten musst du ihm sagen dass er sich in Acht nehmen soll, denn es gibt gefehrliche Dinge wo man besser nicht dran rührt sonst kriegt man Ärger, aber so gewaltig, das lässt sich gar vorstellen etcetera etcetera. Kurzum diese Drohungen waren ein bisschen unklar aber beileibe nicht schwer zu verstehn. Dann musste mein Vater einen Vertag unterschreiben, darin er verspricht die Schulden vom Kartenspiel in wenigen Tagen zu bezahlen, sonst können die andren sich sein Haus nehmen und es verkaufen.

Das Haus, das Haus, verstehst du? schreit Blasco mit Tränen in den Augen. Dieser verblödete Sack hat am Ende sogar das Haus verspielt das ich mal erben sollte, was zum Teuffel soll ich jetzt bloß machen?

Ich sag, na beruhig dich mal, Blasco, vielleicht überlegen die drei sich die Sache ja noch und geben sich mit weniger zufrieden. Was für einen Mist redest du da, Salaì, brüllt er und ist inzwischen verzweifelt und wütend als wie eine Bestie. Die kommen aus dem Pozzo Bianco, das ist das Viertel wo es die meisten Diebe und Gauner von ganz Rom gibt, Leute die überhaupt kein Mitleid mit niemandem nicht haben. Und ich sag dir was, diese Schurkerei haben sie gemacht weil sie von jemand den Auftrag dazu hatten, der wollte mir eine Warnung schicken, denn die Sachen die sie meinem Vater gesagt zeigen klar und deutlich dass wir, Rubè Ferramonti und ich zu weit gegangen sind, und hat jemand erkannt dass wir das waren wo gewisse Botschaften an die Statue von Pasquino gehängt haben. Darum haben sie mich in diese Geschichte von meinem Vater reingezogen damit ich ein Problem krieg und sie mich bedrohen können, kurzum sie wollen mich zum Schweigen bringen.

Jetzt merk ich grad dass ich Euch eine Sache gar nicht erzählt hab, Signior Notarius, wiewohl ich bin sicher dass

Ihr schon von selbst kapirt habt was vorher geschehen war, aber erklär ich's Euch trotzdem.

Wenn Ihr Euch entsinnt hatte ich mich vor dieser Partie Karten mit dem Kerl mit den zerbeulten Eiern getroffen, und der hatte mir versprochen dass er eine bestimmte Sache für mich macht, die hab ich wirklich gut vorbereitet, Ihr werdet sogleich verstehen. Ich hatte ihm den Namen von Blascos Vater genannt und weil Beuleiergesicht Freunde unter den ärgsten Gaunern Dieben und Betrügern hat, war es ihm gelungen eine feine Partie Karten mit dem Hässlichen dem Krüppel und dem Zauberer für Blascos Vater zu veranstalten. Das sind treue Kumpane von Beuleier und waren von ihm trefflich instruirt. Sind nemlich gerissene Kartenspieler, die können falsch spielen und jeden reinlegen den sie wollen, um ihm dann hinterher mit ihren Drohungen einen Riesenbatzen Geld abzupressen. Und wo Blascos Vater sowiso besonders dämlich ist war es kinderleicht ihn zu dem Spiel zu überreden und gründlich über den Tisch zu ziehen. Außerdem hatte ich Beuleier um den Gefallen gebeten (abermals gegen Bezahlung versteht sich) dass seine Freunde vor dem Vater von Blasco ein paar bedroliche Bemerkungen wegen der Entdeckung von Amerika fallen lassen, dann würde Blasco sich in die Hosen scheißen aus Angst vor irgendwelchen Verschwörungen, was ja auch genauso passirt ist. Wichtig war nur dass die drei Falschspieler nicht wussten dass ich, Salaì hinter dem ganzen Auftrag steck, dann konnten sie mich auch nicht verraten.

Ich brauch Geld! brüllt Blasco also, und ich brauch's sofort denn ich muss die Schulden von meinem saublöden Vater begleichen, sonst erb ich sein Haus niemals mehr. Kopf hoch, tröste ich ihn, ich an deiner Stelle würd da nicht so schwartz sehn, es wird sich schon alles einrenken. Red keinen Scheiß, Salaì, hast du nicht kapirt wie die Dinge laufen? wiederholt er. Diese Kerle nehmen meinem Vater das Haus weg und hinter ihnen stehn unbekannte und mächtige Leute, die wollen nicht dass man die Wahrheit über Columbus und Amerika erfährt! Ach was, sag ich, nimm's nicht so tragisch das kommt gewiss wieder in Ordnung, und wenn du derweil was brauchst, sag's mir, denn vielleicht kann ich dir helfen. Damit geh ich fort und lass Blasco in seinem Schlamassel sitzen, denn Hilfe, nemlich Geld, das kann er jetzt wahrhaftig brauchen, und wie, aber ich lass ihm nicht mal die Zeit mich darum zu bitten.

So Signior Notarius, jetzt muss ich mal meine Finger ausruhn, nemlich ich weiß nicht ob es Euch aufgefallen ist, aber in letzter Zeit hab ich mordsmäßig viel geschrieben. Der Kerker ist ja in Ordnung, und ist auch in Ordnung dem hohen Gericht die Wahrheit zu erklären, aber, mal ehrlich, ich kann mir ja nicht die Hand krumm und lahm schreiben, die brauch ich schließlich noch wenn ich hier mal rauskomm, oder etwa nicht?

Aah, gottseidank, jetzt geht's besser, ich hab schon gedacht mir fallen die Finger ab wie reife Birnen, ist wirklich eine unglaubliche Plackerei das Schreiben, sonderlich dann wenn man die Sachen recht gut erklären muss weil der Leser sonst nicht die Bohne versteht, ich weiß nicht ob Euch das auch schon mal so gegangen ist, ich meine dass Ihr Euch so abmühen musstet mit dem Schreiben.

Also wo war ich stehngeblieben, ach ja. Nachdem ich bei Blasco war find ich vor dem Eingang meiner Herberge

Ferramonti der auf mich wartet, und hat ein Gesicht so entsetzt wie wenn man ihm grad gesagt hätte, he guter Freund, vielleicht wusstest du's nicht, aber in deinem Leben ist bisher alles falsch gelaufen weil du auf dem Rücken ein Schild trägst darauf geschrieben steht: Ich bin saublöd.

Salaì, ich b-bb-bitte dich, hilf mir, es ist was F-fu-furchtb-bares passirt. Ach ja, was denn? Der W-wirt von der Osteria wo wir beide ge-ge-gegessen, ist mit ein p-p-paar Fr-freunden zu mir gekommen und hat ge-gesagt dass er zum Pa-palazzo von den Gri-grimani gegangen ist um sich die Rechnung bezahlen zu lassen, und hat mit ihrem Sek-k-kretarius ge-gesprochen der heißt I-Iligi und wu-wusste nichts von diesem Essen und hatte von seinen P-pa-padroni auch k-keinen Auftrag ein Essen zu b-be-bezahlen. Derzeit sind die Gri-grimani nicht in Rom, also lä-lässt sich die Sache grad nicht mit ihnen k-k-klären, sagt er und Schluss aus f-f-fertig.

Daraufhin hatte der Wirt von der Osteria ihn suchen lassen, erzählt Ferramonti weiter, und war ganz leicht ihn zu finden, denn nach dem großen Spektakel was er bei unsrem Mahl geboten ist er jetzt im ganzen Viertel ein berühmter Mann. Der Wirt hat ihm erklärt, wenn irgendjemand nicht in wenigen Tagen die Rechnung vom Essen bezahlt, dann kriegen die Kunden von seiner Osteria in der nächsten Woche das gebratene Hirn von Ferramonti aufgetischt, dazu seine Eier in Scheiben geschnitten und in Essig marinirt, und um den Rest von Ferramonti, nemlich Rumpf Beine Arme etcetera, kümmert sich der Schlachter mit dem Fleischklopfer, tong tong.

Diese Drohung war zimlich ernst, denn die beiden Gestalten wo den Wirt begleitet haben sind beim Volk wohlbekannt, sie helfen nemlich den Geldverleihern die zu Wucherzinsen Kredit geben, und wenn's darum geht die Leute die ihre Zinsen nicht pünktlich zahlen ein bisschen aufzuwecken, sind sie zur Stelle. Und lehnt sich mal einer dagegen auf, was aber selten passirt, verschwindet er ganz plötzlich zack, und am nächsten Tag hört man immer irgendeinen Schlachter, tong, tong, der den ganzen Tag lang mit dem Fleischklopfer fuhrwerkt.

Kopf hoch, Ferramonti, sag ich, mach dir keine Sorgen, du wirst sehn dass die Sache sich wieder einrenkt. Vielleicht kommen meine Padroni in ein paar Tagen nach Rom zurück und alles klärt sich, mir scheint das kein so großes Problem zu sein, etcetera etcetera. Red doch k-kei-keinen Scheiß, Salaì, v-verstehst du denn nicht dass die mich k-ka-kaltmachen wenn ich nicht bezahle? Und a-a-außerdem wieso wusste I-iligi der Sek-k-kreta-ta-rius von den Grimani eigentlich nichts von dieser R-rechnung? Tja, weißt du Ferramonti, das ist ganz einfach, das hab ich nemlich direkt mit meinen Padroni ausgehandelt, Iligi ist ja bloß ein Sekretarius und kann nicht von allem wissen, aber jetzt entschuldige ich muss gehen, lass von dir hören wenn du was brauchst, wir können uns ja bald mal wiedersehn, in Ordnung?

An dieser Stelle muss ich Euch eine Sache in Erinnerung bringen, Signior Notarius, denn wiewohl Ihr den besten Kopf der Welt habt, kann's ja sogar Euch mal passiren dass Ihr was vergesst und ist nemlich dies: Ich hatte Euch gesagt dass ich den Sekretarius der Grimani in Rom kenn, von daher dass ich vor sieben Jahren mit Lionardo zu ihm gegangen bin, weil der wollte die Antikensammlung der Familie besichtigen. Kurz bevor ich Ferramonti zum Essen eingeladen, bin ich zu diesem Sekretarius gegangen, Stefano Iligi heißt er, und wann er mich sieht ist er nicht grad so erfreut als wie ich dachte, im Gegenteil, er versucht sofort mich abzuwimmeln: Fragt mich bloß nicht nach meinen Herrschaften, den Signiori Grimani, die sind derzeit alle beide nicht in Rom. Ich antworte, eigentlich wollte ich nicht mit Euren Padroni sprechen sondern mit Euch. Da beruhigt sich Iligi ein wenig und sagt er erinnert sich recht gut an mich. Das will ich meinen, denn trotz der sieben Jahre die seit meinem Besuch mit Lionardo vergangen sind muss ihm noch frisch im Gedächtnis sein dass ich zwar ungehobelt und igniorant bin, aber meine Gedanken funktioniren besser als wie die von Lionardo, welcher ja zum Beispiel gerne von rechts nach links schreibt woran man sofort sieht dass sein Hirn schon zimlich morsch sein muss.

Ich hab Iligi gesagt dass ich wegen gewisser Geschäfte von Lionardo in Rom bin, und hab ihn gewarnt vor einem Wirt wo herumläuft und sagt, dass die Signiori Grimani ihm eine Summe Gelds zahlen müssen. Der Mann ist aber ein bekannter Betrüger, sag ich, drum soll er ihn gleich zum Teuffel jagen, und sonderlich darf er dem Betrüger nicht glauben auch wenn er sagt dass er mich kennt, weil das ist erstunken und erlogen.

So, das war die Geschichte mit Iligi. Als ich mich von Ferramonti verabschiede fallen ihm schon fast die Augen aus den Höhlen vor Schiss und er versucht mich zurückzuhalten, aber die Worte verknoten sich allesamt in seiner Kehle und kann er nur dreißigmal eine einzige Silbe wiederholen, das gibt ein Geräusch wie von einer Hacke mit der man Löcher in einen Baumstamm haut.

Und damit sind jetzt alle drei Besitzer des Buchs für Lionardo gut versorgt, denn sie brauchen verflucht dringend nötig Geld und der Einzige der ihnen helfen kann bin ich, ist wohl klar, was ich meine, Signior Notarius.

Grad überleg ich was ich jetzt tun soll, aber da, mich laust der Affe, da seh ich doch auf der andren Straßenseite wieder das wunderschöne Mägdelein mit einer Haut so weiß wie Sahne und Lippen wie Blut so rot und Brüsten wie zwei Äpfel so rund vorübergehn und denk mir, das ist doch nicht möglich, also ist's wirklich das Schicksal was sie in unbedingt mein Bett beföhrdern will. Neben ihr geht ein halb kahlköpfiger Alter, Zähne hat er auch nicht mehr und das Gesicht von einem der sich zu Tode langweilt und dem das Leben widerlich ist, sogar wenn man ihm sagt, hör zu, man hat dich soeben zum Kaiser über die ganze Welt ernannt, du kannst alle Reichtümer und alle Weiber haben die du willst und musst im Gasthaus auch nicht mehr die Rechnung bezahlen. Das Mägdelein geht dicht neben ihm und lässt ihn keinen Augenblick lang los, dieweil er unaufhörlich auf sie einredet blablabla. Sie aber nickt immer ganz bescheiden wie wenn er kommandiren dürfte und sie wär bloß eine arme Magd. Wie sie so gehen kommt ein Junge an ihnen vorbei der verkauft Trockenfrüchte, und das Mägdelein nimmt ihm welche ab und beim Bezahlen hebt sie den Blick, da sieht sie mich mit Freude und Staunen zugleich, und ihre Augen sagen, oh schöner Jüngling, endlich find ich dich wieder, ich bitte dich komm her und sprich mich an. Aber wie ich wirklich näherkomm, Signior Notarius, da wirft mir das wunderschöne Mägdelein einen andren Blick zu, der zeigt erst auf den Alten und dann auf mich, was heißen soll nein tut mir leid jetzt nicht, sonst bringst du mich in eine zimlich dumme Situazion.

Da warte ich dass die beiden weitergehn und frag den Händler mit Trockenfrüchten, sag mal Junge, wer ist diese

Jungfer die ich immer auf der Straße treff? Der Junge antwortet, wie, das weißt du nicht? Alle kennen sie, klar, das ist ja eins der schärfsten Weiber von Rom, denn sie hat die schönsten und prallsten Brüste der ganzen Stadt und heißt Lucia und ist die Frau von Mastro Renzo. Ach, und Mastro Renzo, wer ist das? Das ist dieser Alte der immer bei ihr ist und lässt sie fast nie allein, weil Lucia hat die schönsten Brüste von Rom, sind wie zwei köstliche halbe Äpfel und alle wollen sie mal probiren, zumal man ja genau sieht dass sie viel zu jung ist für Mastro Renzo und kann's gar nicht erwarten dass ein schöner Jüngling sie fortbringt. Sie hat ihn nur geheiratet weil ihre Eltern wollten dass das Mädchen einen reichen Mann kriegt. Mastro Renzo ist grässlich eifersüchtig und man erzählt, einer wo ihr mal den Hof gemacht der wurd mit durchschnittener Kehle gefunden und einen andren hat man totgeschlagen.

Entschuldigung, mein Junge, aber du willst mir doch nicht weismachen dass Mastro Renzo die beiden umgelegt hat, der hat ja nicht mal mehr Zähne im Mund. Natürlich nicht, antwortet er, aber Mastro Renzo hat Geld als wie Heu denn er kauft und verkauft Gold und Edelsteine, das ist sein Gewerbe, drum kann er sich kaufen was er will, auch Meuchelmörder.

Diese Kunde ist nicht grad erfreulich, denn jetzt weiß ich dass die Jungfer mit einem Tattergreis verheiratet ist der sie jeden Abend mit seinem grässlichen Mund ohne Zähne küsst. Andrerseits, und das sag ich nicht um zu prahlen, Signior Notarius, hab ich verheiratete Weiber immer gern vor der Flinte gehabt ohne mich jemals von ihren Männern erwischen zu lassen, also könnte es vielleicht auch mit dieser klappen.

Also fang ich an die Sache in meinem Kopf vorzubereiten, nemlich stell ich mir vor dass man es so und so und so anfangen kann, und denk wirklich eine gute Weile drüber nach, weil dass ich diese Lucia wiedergesehn und sie mich obendrein mit ihren edlen und aufrichtigen aber auch sehr lüsternen Augen angeschaut das hat mich am ganzen Leib erzittern lassen, und ist mir ein so wildes Begehren nach ihr gekommen, wenn ich das nicht in ein paar Tagen befriedige dann werd ich sicherlich krank.

Und schon ist mir eine sehr gute Idee gekommen wie das Problem zu lösen sei, da spür ich plötzlich eine kleine Hand die zerrt von hinten an mir, und ich denk, ach verflucht das ist bestimmt Alighiero, aber wann ich mich umdreh, ist es die kleine Enkelin von der alten Jungfer in meiner Herberge. Die hat heimlich alles beobachtet was ich gemacht und jetzt fragt sie neugierig, ciao Fremder, was machst du hier? Warum hast du nach Lucia gefragt? Was hat dir der Junge gesagt wo Trockenfrüchte verkauft? Gefällt dir Lucia? Was willst du mit ihr anstellen? und immer so weiter, also all die dreisten Fragen mit denen Kinder ihre Nase in die Sachen von Erwachsenen stecken. Grad will ich antworten, tut mir leid ich hab jetzt keine Zeit geh weg, da seh ich einen kleinen Jungen neben ihr, der kommt mir irgendwie bekannt vor, wie wenn ich seine Eltern sehr gut kenn. Und dieweil ich ihn genau betrachte entdeck ich in seinem Gesicht etwas von einem andren Weib wieder das ich in Rom gehabt, welche genau das war, kann ich nicht mehr sagen, aber das Bürschchen hat ganz gewiss etwas Weibliches im Gesicht das ich berührt oder geküsst und geleckt hab, wie mir scheint. Da denk ich, oh nein lieber Herr Jesus, ich bitte dich, mach dass das nicht schon wieder ein Kindchen von mir ist, denn sonst bedeutet das dass ich schon vor sieben Jahren vertrottelt war und nicht mal die kleinste Nummer mit einem Weib schieben konnte ohne ihr gleich einen dicken Bauch zu machen. Denn wenn ich in den letzten sieben Jahren mit dieser Häufigkeit Kindchen in die Welt gesetzt hab, dann bedeutet das, dass dutzendweise kleine Alighieros und Deleddas herumlaufen um Brötchen mit Schweinsbraten zu stibitzen. Was wiederum bedeutet dass ich wahrlich ein Depp bin der haufenweise Mist baut, schlimmer noch als Lionardo wann er in Mailand dieses Fresko mit dem Abendessen von Jesus und den Aposteln versaut das schon beim Malen gleich wieder von der Mauer runtergekommen ist, und die Fratres für die er's gemalt haben ihn zu Recht tagelang in den Hintern getreten.*

Also frag ich das Bürschchen, sag mal wer bist du denn? und er antwortet, ich heiße Torquato. Aha sehr gut und wie alt bist du? Sechs, und er zeigt seine Hände und hebt an der einen zwei Fingerchen und an der andren vier. Tja, da hätt ich auch selbst drauf kommen können, sag ich im Gedanken daran dass ich vor sieben Jahren in Rom war. Warum sagst du da hättest du selbst drauf kommen können? Oh äh nichts, das ist bloß so eine Redensart, hör mal Torquato was spielst du denn gern? Ball spiel ich gern, sagt er, aber die Bälle mach ich mir selbst aus Papier, und dann spiel ich dass sie Sonne und Mond Planeten und Sterne sind. Donnerwetter, wie klug du bist, und jetzt erzähl mir mal wo dein Vater ist. Weiß ich nicht, antwortet das Kind-

* Salaì spielt wahrscheinlich auf das bekannte Missgeschick an, das Leonardo bei der Ausführung des «Letzten Abendmahls» unterlief. Leonardo hatte irrtümlich die falsche Technik gewählt, und das Fresko erlitt schon während des Malvorgangs schwere Schäden. Die Fratres, die das Werk in Auftrag gegeben hatten, beklagten sich mehrmals über den Künstler.

chen, den hab ich nie kennengelernt, weil bevor ich geboren bin ist er in seine Heimatstadt zurück und die ist ganz weit weg. Ach ja, natürlich, und deine Mutter? Die ist ganz nah, sagt er, wenn du willst bring ich dich in die Herberge wo sie arbeitet.

Bei den Worten ist mir ein Licht aufgegangen, Signior Notarius, denn nun hab ich genau gewusst wer die Mutter von diesem Torquato ist! Ich schau mir sein Gesichtchen nochmal an und da erkenn ich endlich ein Paar Lippen, zwei Augen und die Wangen einer schönen Magd aus der Herberge wo ich damals mit Mastro Lionardo genächtigt, und dieser Magd hatte ich ein paar treffliche und sehr ausgiebige Dienste besorgt. Aus Dankbarkeit hat sie mir bei verschiednen Sachen geholfen aber wie's scheint bin ich so blöd gewesen ihr diesen Torquato im Bauch zurückzulassen wann ich von Rom weggegangen bin! In Wahrheit ähnelt das Kerlchen viel mehr ihr als mir, zum Beispiel hat er keine Locken wie ich, aber ich kann die Kindchen ja nicht alle so gleich machen wie wenn's Hühnereier wären, oder Signior Notarius?

Jedenfalls war's gar nicht so absonderlich dass ich ihm grad jetzt begegne: Torquato kennt nemlich die Enkelin von der alten Jungfer aus meiner Herberge weil seine Mutter und ihre Großmutter dieselbe Arbeit in zwei nah beieinanderliegenden Herbergen machen.

Sag mal Torquato, frag ich, wie heißt denn deine Mama? Ihr Name ist Anna, Signiore. Dieser Name sagt mir aber gar nichts, und denk ich bei mir, nun sieh mal an, Salaì, du hast ein Kind mit ihr gemacht und weißt nicht mal wie sie heißt. Andrerseits muss ich gestehn, Signior Notarius, dass ich mich manchmal sogar nicht mehr an den Namen von einem Weib erinnre dem ich sieben Stunden zuvor einen Dienst besorgt, was soll man da bei sieben Jahren verlangen?

Geht's deiner Mama gut, Torquato? Oh ja, sehr gut, danke, wenn du möchtest bring ich dich sofort zu ihr, das hab ich ja schon gesagt. Neinneinnein jetzt nicht um Himmelswillen, sag ich sofort, denn ich möchte in der Gegend von der Herberge seiner Mutter nicht wiedererkannt werden. Nemlich hier wimmelt es von Leuten denen ich einen Haufen Schotter schulde und in sieben Jahren muss aus den Zinsen ein Berg geworden sein so gewaltig als wie die Kuppel unsrer Kirche Santa Reparata in Fiorenza, der Himmel möge sie beschützen, Amen.

Aber wie Ihr Euch denken könnt, Signior Notarius, wollte ich unbedingt sehn ob die Mutter von Torquato just diese schöne Magd von damals ist, also ich der Vater von Torquato. Denn jeder Mann wo auf der Straße ein Kindchen trifft das er nie zuvor gesehn und das ihm sagt, hallo du da guten Tag pass auf ich bin dein Sohn, der will doch wissen ob das stimmt oder nicht, hab ich Recht?

Und wo mir der Junge so ruhig und ganz anders als Alighiero erscheint, der ja immer gehörig Krawall macht, beschließ ich also zu probiren ob der Kleine mir helfen kann und stell mich artig vor, indem ich ihm die Hand geb wie man's unter richtigen Männern macht und sag, gut Torquato, sehr erfreut dich kennenzulernen, ich heiße Salaì. Oh, ganz meinerseits, entgegnet er. Hör mal Torquato, was möchtest du werden wenn du groß bist? Nun, ich will gut lesen und schreiben und rechnen lernen und mich auf viele Dinge verstehn, sagt er sehr ernst. Potztausend Torquato, ich bewundre dich sehr, sag ich zu dem Bürschchen und drück ihm nochmal die Hand, da fühlt er sich hochgeehrt und lächelt zufrieden. Bei mir denk ich, nun sieh mal einer an, wie gewaltig die Unterschiede zwischen zwei Brüdern sein können, der hier will ein Wissenschafftler werden als wie Lionardo, wogegen Alighiero einer ist wie ich, nemlich wenn du ihm sagst er soll in die Schule gehen dann spuckt er dir ins Gesicht. Gott scheint ja irrsinnig viel Fantasie zu haben, wenn er sogar zwei Kindchen die aus demselben Schwengel kommen so unterschiedlich macht.

Dann schick ich die unleidliche Enkelin von der Jungfer aus meiner Herberge weg, die hat nemlich die ganze Zeit mucksmäuschenstill zugehört wie eine kleine Spionin, und weil sie ein rechtes Biest ist protestirt sie eine Weile, aber schließlich trollt sie sich zum Glück. Darauf frag ich Torquato: Willst du mein Freund sein? Er denkt ein wenig drüber nach und sagt dann, hm, ich glaub ja, weil du nett bist. Wunderbar, dann hör dir an was wir jetzt machen, wir beide gehn zusammen zu der Herberge wo deine Mutter arbeitet, die heißt de la Fontana, stimmt's? Ja richtig, sagt er. Und das, Signior Notarius, war der erste Beweis dass er mein Sohn ist, denn so hieß die Herberge wo ich vor sieben Jahren mit Lionardo übernachtet und die schöne Magd kennengelernt hatte. Sodann bitte ich Torquato mir einen seiner Schuhe zu geben, und er gibt ihn mir sofort weil er ist sehr neugierig was ich damit machen will. Gut Torquato, sag ich, wenn wir gleich vor der Herberge de la Fontana ankommen gehst du ohne mich hinein und sagst deiner Mutter, du hast irgendwo auf der Straße einen Schuh verloren und bittest sie, dass sie mit dir rausgeht um ihn zu suchen, verstanden? Weißt du, ich hab deine Mutter vor langer Zeit kennengelernt und jetzt, wo ich nach Rom zurückgekehrt bin möchte ich sie überraschen, aber nicht sofort. Du darfst aber auf gar keinen Fall sagen dass ich in der Nähe versteckt, ja nicht mal dass ich in Rom bin! Für heute werd ich dir nur zuwinken und auf diese Weise ciao sagen wenn ich von der Herberge weggeh, und lass ich dir den Schuh dort wo ich stehe zurück ohne dass deine Mutter mich entdeckt. Du sorgst dafür dass sie ihn findet und alles geht gut aus, und wenn du's so machst wie ich sage, werden wir für immer Freunde bleiben. Aha, na gut, sagt er ein bisschen erstaunt, aber wann sehn wir uns wieder nach dieser Sache mit dem Schuh? Nun, ich versprech dir, in den nächsten Tagen werd ich mich bei deiner Mutter vorstellen und so sehn wir uns dann wieder, einverstanden, Alter? Ja, aber was soll das Alter bedeuten? Ach, das ist so ein Ausdruck den man unter wahren Freunden benutzt. Oh, ich verstehe jetzt sind wir beide wahre Freunde, sagt der Kleine sehr ernst aber auch erfreut.

Wie Euch gewiss nicht entgangen ist, Signior Notarius, ist Torquato ein sehr verständiges Kind und bemüht er sich mit Fleiß alles richtig zu machen. Wir sind zur Herberge de la Fontana gegangen wo er alles genau nach meinem Plan gemacht: Er hat so getan wie wenn er seinen Schuh verloren hätte, den ich in der Hand halte, und schon ist seine Mama aus der Herberge herausgekommen. Die Namen der Weiber erinnre ich nie, Signior Notarius, aber die Weiber selbst sehr wohl, und hab nur einen Augenblick gebraucht um zu erkennen, dass die Mama von Torquato wirklich die schöne Magd ist die ich mir vor sieben Jahren zur Brust genommen.

Das Weib beginnt sofort hier und da nach dem Schuh zu suchen, und wie sie sich bückt um unter einem Karren nachzuschauen kann ich, hinter der Straßenecke versteckt, ihr ein wenig unterm Rock zwischen die Beine und von vorn auch in den Ausschnitt linsen, und bemerke dass sie fast überhaupt nicht älter geworden ist, von wegen. Teuffel auch, Signior Notarius, sie ist noch immer sehr gut beieinander, denn sie hat ein feines Paar Fleischbällchen vor der Brust und an den Hinterbacken etcetera, kurz, wenn man sie so anschaut kriegt man sofort Lust einen schönen Ritt mit ihr zu machen.

Das Ganze ist aber schnell gegangen, denn ich hatte eine mörderische Angst zu lang in der Nähe von der Herberge de la Fontana zu bleiben. Wenn mich einer meiner Gläubiger von vor sieben Jahren erwischt hätte, Signior Notarius, hätt er mich gewiss in den Kerker zu den Ratten werfen lassen, denn ich selbst erinnre mich nicht mal mehr wie viele Schulden ich hier in Rom bei Straßenhändlern und verschiednen Geschäften gemacht, aber muss saumäßig viel gewesen sein.

Jetzt kommt ein guter Moment um sich davonzustehlen, denn die Magd dreht sich grad um und kann mich nicht sehen, also winke ich rasch Torquato zu und zeig ihm dass ich den Schuh vor mir auf den Boden fallen lasse. Dann verkrümel ich mich zwischen dem Volk auf der Straße aber gleich darauf krieg ich einen Stoß dass es nur so kracht, dreh mich um und da steht ein Berg aus Fleisch und Muskeln vor mir, der fragt mit lauter Stimme, was zum Teuffel machst du denn hier?

Es ist Patroclo, der Pappone, der genau so überrascht ist wie ich dass wir uns begegnen. Er packt mich fest am Kragen und sagt, gut Salaì, jetzt verrat mir doch mal wo dieser Freund von dir steckt, Rubè oder wie immer der heißt. Äh, hm, nun, ich glaub der hat sich in seinem Laden eingeschlossen, Signior Patroclo. Hat er eben nicht, sagt der Pappone, denn da bin ich grad gewesen und war niemand dort und das weiß ich genau, denn ich hab die Tür eingetreten, so konnt ich reingehen und überall nachschauen. Also wenn du ihn triffst, sag ihm dass Patroclo ihn sucht wegen dieser Angelegenheit, und will ich nicht länger warten sonst nehm ich seinen Kopf und lass einen Karren drüber fahren dass er zermatscht wird als wie ein fauler Apfel, kapirt? Oh gewiss, Signior Patroclo, sag ich und dieweil er mich noch immer am Hemdkragen in die Höhe hebt, kommen ein paar Leute näher um zu sehen was da zwischen mir und Patroclo los ist. Erst in dem Moment lässt der Pappone meinen Kragen los und ich krieg wieder Boden unter den Füßen. Mitten zwischen dem Volk das uns umringt steht genau vor mir die schöne Magd Anna und lacht mich an.

So, Signior Notarius, wenn Ihr einverstanden seid, mach ich hier wieder mal eine leere Zeile, denn jetzt folgt ein kurzer Bericht über andre Dinge darin ich Euch rasch erklären werde was ich kapirt hab, aber das wird kein langes Herumreden, sonst blickt man in meinem Memorandum überhaupt nicht mehr durch.

Wie Patroclo weg ist, sagt die Magd zu Torquato, bitte geh jetzt nach Hause, mein Schätzchen, ich komm später nach, und er sagt, in Ordnung Mama, ich geh sogar gern denn will ich noch meine Übungen in Mattematik fertigmachen.

Nun sind die Magd und ich allein und tauschen wir reichlich Begrüßungen und Küsse und Umarmungen, und sie sagt, Salaì so wie du gekleidet bist scheinst du ein großer Herr. Da muss ich ihr dieselben Sachen erklären wie Gioseppina, nemlich niemand darf wissen dass ich im Auftrag von Lionardo in Rom bin, drum sag ich allen ich steh im Dienst der Grimani aus Venedig.

Dann hebt ein langes Gespräch zwischen uns an, durch das ich eine Reihe Dinge erfahre die all meine Zweifel und Fragen ausräumen und das erklär ich Euch sogleich.

Um es kurz zu machen, ich hatte vergessen dass die schöne Magd, die übrigens Anna heißt, vor sieben Jahren, kurz bevor ich Rom wieder verlassen, nicht nur von mir feine Dienste kriegte sondern auch von einem polnischen Menschen, der war ein genialer Kopf voll verschrobener Ideen. Damals hat er hier in Rom Mattematik gelehrt, sonderlich aber auch Astrognomie, nemlich die Lehre davon wie sich die Planeten wirklich bewegen, und er sagte, dass die Erde sich um die Sonne dreht, nicht umgekehrt wie alle meinen. Wann er mir das erzählt, schien mir die Sache ein ausgemachter Humbug, doch manchmal können auch die närrischsten Sachen wahr sein, so du sie genau betrachtest, also hat er vielleicht Recht. Ich denk freilich immer noch dass die Menschen sich jeden Tag mit so verflucht vielen Problemen rumschlagen müssen, dass es keinen großen Unterschied macht ob die Erde sich so oder andersrum bewegt, oder etwa nicht?

Jedenfalls war dieser überaus gelehrte Mann (ach, bevor ich's vergesse, er hieß übrigens Kopernikus, lustige Namen haben die Leute in Polen) furchtbar schüchtern und hatte noch nie zuvor eine Frau gehabt, ja ich hatte sogar erst gedacht er wär ein warmer Bruder. Stattdessen hat er sich klammheimlich hinter meinem Rücken an die schöne Magd rangemacht, wie hieß sie noch gleich, ach ja, Anna, und schließlich gehörig flachgelegt. Was ich nicht wusste und was mir die Magd jetzt gesagt, ist dass auch Kopernikus ausversehen das Große Schlamassel angerichtet hat, nemlich er hat der Magd – zack Torquato in den Bauch geschoben.

Wie Anna mir erklärt dass Torquato der Sohn vom Kopernikus ist, bin ich sehr erleichtert, aber denk bei mir du bist wirklich ein Trottel Salaì, denn hättest du dich an Kopernikus erinnert wär dir sofort klar geworden dass Torquato sein Kind ist, nicht deins, denn er möchte immerfort lernen und lesen und schreiben, also alles Sachen wo man zuhause bleiben muss und im Dunkeln über staubigen Büchern sitzt, und gewiss wird Torquato dabei so sauertöpfisch und schüchtern werden als wie sein Vater.

Leider ist dieser Kopernikus dann aus Rom fortgegangen, sagt Anna, und hatte keine große Lust den Papa von Torquato zu spielen. Darum ist er auch ein bisschen ein mieser Kerl weil er hat die arme Magd mit ihrem Kind das ernährt werden musste allein gelassen, wogegen ich zwar ein paar Kindchen im Bauch von Dorothea und Gioseppina gelassen, Signior Notarius, das stimmt, aber das hab ich natürlich nicht absichtlich getan und das nächste Mal pass ich auf wie ein Schießhund, ich versprech's.

Anna stimmt mir zu dass Torquato mächtig viel von seinem Vater mitgekriegt hat, nemlich einen großen Kopf mit trefflichen Gedanken darin und ist schon viel gebildeter als sie. Abends steht er immer am Fenster und betrachtet die Sterne und den Mond und nicht mal er selbst kann sagen warum. Wie mir schon selbst aufgefallen ist hat Torquato einen sehr ruhigen Karakter, ist gehorsam und geht seiner Mutter nicht allzu sehr auf den Senkel, denn die Ärmste hat ja einen Haufen Arbeit zu tun, kurzum er ist wirklich ein braves Kind.

Die Magd, nemlich Anna, hat sich den Arsch aufgerissen um den Kleinen großzuziehen, und nachdem Kopernikus weg war hat sie nie wieder einen Mann gehabt, weder einen zum Heiraten noch einen für ein paar Sauereien. Und wie sie das erzählt schaut sie mich so an dass völlig klar ist sie braucht so bald wie möglich einen Dienst nach allen Regeln der Kunst. Wir haben eine ganze Weile geplaudert und uns an die merkwürdigen Dinge erinnert die uns damals passirt sind, und an die vielen gefehrlichen Abenteuer die wir zusammen bestanden haben. Und zuletzt lächelt mich die Magd an und sagt, nun Salaì, du wirst mich doch nicht allein lassen in der Zeit wo du in Rom bist?

Darum sind die Tage nach dieser Begegnung noch mühevoller geworden, denn ich musste auch noch diese Magd im Reigen meiner Dienste an Dorothea und Gioseppina unterbringen. Ihr könnt Euch vorstellen, Signior Notarius, wie sehr ich mich abgerackert um dieses Grüppchen Weiber zufriedenzustellen, von denen die eine es so wollte die andre so, und obendrein musst ich aufpassen wie ein Luchs dass ich sie nicht verwechsle. Zum Beispiel hab ich mich nicht erinnert welche von den dreien wollte dass ich sie von hinten auf dem Stuhl nehm statt von der Seite auf dem Tisch, vor allem aber ohne das übliche Spielchen mit dem halben Apfel und dem Zwieback, und immer wenn ich was falsch mach krieg ich zu hören, sag mal Salaì, wofür hältst du mich eigentlich? Zum Glück hab ich einen guten Kniff gefunden um wenigstens bei den Namen keinen Fehler zu machen, nemlich ich nenn sie alle meine Teure Schätzchen Liebste etcetera, da kann nichts schiefgehen.

Aber es gibt noch ein Problem, denn inzwischen hab ich das Mägdelein mit einer Haut so weiß wie Sahne und Lippen wie Blut so rot und Brüsten wie zwei Äpfel so rund schon wieder zweimal auf der Straße gesehen, und zwischen mir und ihr sind Blicke hin und hergegangen die waren so feurig, Signior Notarius, wenn man da ein Stück Holz zwischen unsre Augen gehalten hätte, es hätte sicherlich zu brennen angefangen. Während ich sie anschau zieh ich ihr in meiner Fantasie Stück für Stück die Kleider aus, hoppla fort mit der Bluse, hoppla weg mit den Schuhen, hoppla jetzt ist die Unterhose dran etcetera etcetera, und sind meine Blicke so geil und glühend dass ich glaub wenn das Mägdelein nach Haus kommt, ist ihre Haut verbrannt, so dass ihre Freundinnen fragen, Lucia bist du etwa in der Sonne eingeschlafen?

Aber leider ist jedesmal wenn ich dem Mägdelein begegne ihr Mann dabei, nemlich dieser zahnlose Mummelgreis mit dem grässlich übel gelaunten Gesichtsausdruck, wo Renzo heißt. Darum kann ich sie nicht nur nicht ansprechen, ich kann dem Mägdelein, wie zum Henker heißt sie noch gleich, ach ja Lucia, nicht mal näher kommen.

Und so sitzt mir der Gedanke an sie auch dann im Kopf und hämmert dort wie ein Specht, wenn ich einer von den andren drei Dienste besorg, und dann denk ich, ich schwöre bei den Eiern von Lionardo wenn es mir endlich gelingt sie zu kriegen dann zieh ich sie so aus und leg sie so hin und dann besorg ich's ihr mal so und mal so, ha, probiren wir doch gleich mal aus, ob das funktionirt. Aber dann fällt mir ein, ach verflucht, wie kann ich bloß an sie rankommen ohne dass mich dieser alte Knasterbart erwischt, der mich sogar abmurksen lassen könnte wie man erzählt? Aber da ist mir wieder eine ganz ausgezeichnete Idee gekommen, Signior Notarius, die erklär ich Euch später, jetzt nicht, sonst verwickelt sich mein Bericht zu sehr. Nemlich, ich weiß nicht ob Ihr das bemerkt habt, aber Salaì macht die Dinge gern anständig und mit Fleiß und Verstand, so auch wenn ich die Gemälde von Ser Lionardo kopir, dann mach ich sie nemlich ganz getreulich nach, sonst glauben die Leute ja nicht dass sie vom großen Lionardo da

Vinci stammen und dann kann ich lange warten bis ich die verkauf.*

Zum Glück war ich in der Sache mit dem Buch unterdessen ein gutes Stück weitergekommen indem dass ich mir, wie ich vorhergesehen, eine feine Position verschafft um wieder mit Rubè Ferramonti und Blasco zu verhandeln.

Denn wie Ihr Euch gewiss entsinnt, Signior Notarius, musste Rubè der kleinen Hure einen Riesenbatzen Geld geben, und da hatte er keine andre Wahl, denn Patroclo suchte ihn schon überall und früher oder später würde er ihn finden und dann würde er ihm noch die letzten Haare vom Sack abreißen und in den Mund stopfen und auch die andre Hälfte von seinem Leib, nemlich die wo noch heil war, zertrümmern.

Auch Ferramonti steckte tief in der Patsche, weil der Wirt von der Osteria hatte bisher keinen roten Heller von den Grimani gesehn, drum schäumte er vor Wut, und so Ferramonti nicht bezahlte würde er ihm die Eier abreißen um sie in Essig zu marinieren und zusammen mit Ferramontis Hirn gut gebraten servieren. Und um den Rest von Ferramonti, nemlich Rumpf Beine Arme etcetera würde sich der Schlachter mit seinem Fleischklopfer kümmern.

Damit ich selbst keine Probleme kriege, denn ich bin ja nicht blöd, Signior Notarius, hatte ich in der Zwischenzeit übrigens dem Wirt das bezahlt was ich gegessen hatte, nemlich eine Suppe einen Fisch ein bisschen Gemüse ein Stück Torte und basta, weil ich hatte ja nicht so übertrieben wie Ferramonti.

* Tatsächlich kopierte Salaì berühmte Werke von Leonardo und verkaufte sie als dessen Schöpfungen, womit er die Sammler jahrhundertelang in die Irre führte (vgl. C. Vecce, *Leonardo*, Rom 1998, S. 344 f).

Und auch Blasco war verzweifelt, denn sein Vater musste schnellstens einen ganzen Karren voll Geld finden um das dem Hässlichen dem Krüppel und dem Zauberer zu geben, die ihn beim Kartenspiel betrogen hatten. Das war ein Auftrag von dem Kerl mit den verbeulten Eiern gewesen, also eigentlich von mir, aber das wusste Blasco natürlich nicht. Wenn sein Vater nicht zahlte würden sie ihm das Haus wegnehmen und Blasco bliebe nur dieser ~~egosit egoitis~~ dieser Vater wo nur an sich selbst denkt und blöd ist und ein Dreckskerl, und das ist als Erbschaft nicht so umwerfend.

Also hab ich angefangen mit jedem der drei um den Preis zu feilschen, aber konnten wir niemals zu viert zusammenkommen denn Rubè und Ferramonti mussten sich vor Pappone und dem Wirt verstecken und liefen immer von einem Ort zum andren durch Rom wie zwei Diebe die von den Sbirren gejagt werden. Diese Treffen waren aber nicht so einfach, denn Ihr könnt Euch vorstellen, Signior Notarius, dass beide kurz vorm Durchdrehen waren, drum musste ich sie in den absonderlichsten Ecken der Stadt besuchen und hatten eine solche Scheißangst dass sie sich am liebsten im Hintern einer Fliege verkrochen hätten, so sie nur gekonnt hätten. Und ich glaub das ist tipisch für die Leute die sich mit Komplotten und Verschwörungen und obskuren politischen Ränken beschäftigen, nemlich solche Menschen dünken sich große tüchtige und mutige Männer wo sie doch immerfort von wichtigen und geheimen und blutrünstigen Dingen reden, aber kaum passirt ihnen selbst was Gefehrliches, machen sie sich in die Hose und zittern als wie ein kleines Kind.

Rubè hat sich von einem Kapuzinerpater eine Mönchskutte geben lassen und geht jetzt, den Kopf tief unter der

Kapuze verborgen, von einer Kirche zur andren, kniet in der ersten Reihe vorm Altar um dort zu beten und murmelt unaufhörlich die Novenen zu Unsrer Lieben Gottesmutter, aber das tut er nur um die Verkleidung perfekter zu machen. Ich glaub es ist trotzdem nicht verkehrt dass er betet, denn wenn man ein so verfluchtes Pech hat wie er dann ist die einzige Lösung dass man sehr viel zur Muttergottes und zu allen Heiligen betet, sonst schickt einem der Teuffel ein noch ärgeres Pech, was dem immer trefflich gelingt, und am Ende kommt man aus der Patsche gar nicht mehr raus.

Ihr könnt Euch gut vorstellen, Signior Notarius, wie mühsam das war mit Rubè über den Preis von dem Buch zu verhandeln und ihm dabei von Kirche zu Kirche zu folgen dieweil er unablässig den Rosenkranz murmelt, Avemariagratiaplena etcetera etcetera, und ist tief in seiner Kutte verkrochen und hat so irre Augen dass es scheint wie wenn er in Furcht vor der Rache unsres Herrgotts lebt, aber hat bloß Schiss dass er von Patrocolo dem Pappone geschnappt wird. Und jedesmal wenn ich ihn besuchen komm sagt er, diese verfluchten Mistkerle die mich in dieses Komplott reingezogen haben, aber früher oder später wird die Wahrheit ans Licht kommen. Und das sagt er in einem sehr heldenhaften Ton, aber manchmal sagt er auch, geh zur Hölle Salaì, wenn ich dich nicht kennengelernt hätte säß ich jetzt nicht so in der Scheiße, und wenn er das sagt klingt es nicht ganz so heroisch. Ich antworte ihm, nur Mut, du wirst schon sehen alles renkt sich wieder ein, und sag noch mehr solche blöden Sachen, denn bei denen wo an Komplotte glauben ist es sowiso zwecklos wenn du ihnen erzählst wie die Dinge in Wahrheit gelaufen sind, erstens weil sie dir kein Wort glauben und zweitens, wenn ich Rubè das wirklich gesagt hätte, er hätte mich gewiss massakrirt und das wär keine so gute Sache.

Ferramonti dagegen hat sich erst bei einem Vetter versteckt, der ein Gasthaus hat, und jeden Abend wenn alle schliefen ist er in die Küche geschlichen, hat sich über die Vorräte hergemacht und ist die ganze Nacht wachgeblieben um alles aufzuessen. So gab's am andren Morgen nicht einen Krümel mehr und die Gäste beklagten sich bitter, drum hat der Vetter ihn aus dem Gasthaus geschmissen. Also muss Ferramonti auf der Straße schlafen und hat in einer Gasse nah bei seiner Wohnung eine stinkende Hütte gefunden in der ein Bettler lebt, da wohnt er jetzt. Anfangs wollte der Bettler ihn nicht aufnehmen, aber dann hat er ihn erkannt: He du bist doch der wo sich vor ein paar Tagen in der Osteria hier um die Ecke vollgefressen und hat dann alles ausgekotzt und dann weitergegessen. Ferramontis großes Fressen hat ihn also so berühmt gemacht dass sogar der Bettler bereit war ihn zu beherbergen. Doch obwohl Ferramonti erst seit ein paar Tagen in der Hütte wohnt ist er schon furchtbar schmutzig und immer müde und hungrig und mit seinem langen Bart und der fettigen Haut und den Haaren die ihm in der Stirn kleben sieht er aus wie ein Besessener, so dass man bei seinem Anblick große Angst kriegt und gleich ein Kreuzzeichen macht. Und sogar der Bettler der noch ärger stinkt als Ferramonti freut sich nicht mehr so sehr, ihn als Gast zu haben. Andrerseits ist es gut dass Ferramonti in dieser Hütte wohnt, denn so weiß ich immer wo ich ihn finden kann.

Blasco wiederum muss seinem Vater helfen der eine Mordsangst vor dem Hässlichen dem Zaubrer und dem Krüppel hat, denn die haben geschworen, so er seinen Verpflichtungen bei ihnen nicht nachkommt, stecken sie ihn mit dem Kopf voran und einem Stein um den Hals in einen Misthaufen. Also wohnt Blascos Vater jetzt in einem Fischerboot auf dem Tiber wohin Blasco ihm jeden Tag was zu essen und saubere Kleidung bringt, aber er nutzt die Gelegenheit um alle zwei Minuten zu sagen, Vater, du bist wahrhaftig ein saublödes Arschloch, denn wärst du in deinem wurmstichigen Hirn nicht von diesem verfluchten Laster besessen dass du mit den gemeinsten Schurken Karten spielen musst, würden wir jetzt nicht mitten in diesem Komplott stecken. Aber es konnte ja nur einem Volltrottel wie dir einfallen mit drei Galgenvögeln zu spielen, die der Hässliche der Zaubrer und der Krüppel heißen.

Auf Befehl von Blascos Vater legt das Fischerboot jeden Tag an einer andren Stelle am Tiberufer an damit die drei Betrüger ihn nicht entdecken. Ihr könnt Euch nicht vorstellen, Signior Notarius, welch eine Mühe das für den armen Blasco war, jeden Morgen den Tiber nach seinem Vater abzusuchen, und erst recht für mich der ich beide finden musste!

Obendrein trauen mir Blasco Ferramonti und Rubè kein bisschen und wollen mir nicht sagen wer von ihnen das Buch hat, denn sie fürchten dass ich's ihnen klau. Denkt bloß Signior Notarius, wie wenn ich ein gemeiner Dieb wär und ihr Pech ausnutzen wollte! Schwierig wird es auch dadurch dass wir niemals zu viert zusammenkommen können, aber andrerseits hat das auch einen Vorteil wie ich sogleich erklär.

Wenn ich zu Rubè geh um über den Preis für das Buch zu verhandeln, find ich ihn in irgendeinem unbekannten Kirchlein (dann wird's für Patroclo noch schwieriger, ihn zu finden), da kniet er mit gefalteten Händen vor dem Altar und wiederholt unaufhörlich die Novenen, Avemariagratiaplena etcetera etcetera, dann hört er einen Augenblick lang damit auf, flüstert aus dem Inneren der Kutte heraus: Wie viel Geld wollen die andren beiden? und fährt gleich fort mit lauter Stimme die Novene zu murmeln Avemariagratiaplena etcetera etcetera. Ich antworte, hundertfünfzig, aber das ist gelogen, denn Ferramonti und Blasco wollen mindestens das Doppelte. Da flüstert Rubè wütend, die spinnen wohl, unter dreihundert geh ich niemals nicht! und hebt dann wieder mit der Novene an Avemariagratiaplena etcetera.

Also kehr ich zu den beiden andren zurück und sag, hört mal, Rubè will hundertzehn. Sie glauben mir und rufen empört, um Himmelswillen, zweihundert müssen es mindestens sein, und dann geh ich wieder zu Rubè der inzwischen die Kirche gewechselt hat, und damit ihn wirklich niemand sieht sitzt er zusammengekauert in irgendeiner dunklen Ecke, zum Beispiel einem Beichtstuhl, da macht er weiter mit seiner Novene Avemariagratiaplena etcetera. Wie ich sag, deine Freunde sind mit hundertdreißig zufrieden, entgegnet er, was zum Teuffel ist denn in die gefahren? Es müssen mindestens hundertachtzig sein. Also geh ich nochmal zu Ferramonti und Blasco und sag, Rubè hält es nicht mehr aus den lieben langen Tag Novenen zu beten, und ist er mit hundertfünfzig zufrieden. Sie antworten, sag ihm dass er ein Dreckskerl ist und dass wir mindestens auf hundertsiebzig kommen müssen. Wie ich dann Rubè sag dass die andren hundertzwanzig wollen, knurrt er, elende Feiglinge, ich mach's nicht unter hundertfünfundsiebzig! Dann berichte ich den beiden, dass er nur noch hundert will, die regen sich wieder auf und so geht der Preis langsam immer weiter runter.

Kurzum, Signior Notarius, am Ende musste ich mit keinem von den dreien streiten, denn das besorgten sie schon untereinander, und hab ich dabei meine eignen Interessen so gut verteidigt dass das Buch zuletzt zwar einen Haufen Geld gekostet, aber ich hab ein schönes Sümmchen gespart und Ser Lionardo müsste mir die Füße küssen. Denn hätte ich mir nicht die kleinen Kniffe mit dem Hürchen, der Partie Karten und dem Essen was die Grimani bezahlen ausgedacht, hätte mein Ziehvater das Buch zu einem viel weniger ehrlichen Preis kaufen müssen, aber wie Ihr seht, Signior Notarius, bin ich immer für Ehrlichkeit. Leider hab ich auch einen Haufen Geld ausgegeben um den Kerl mit den zerbeulten Eiern und den Hässlichen den Krüppel und den Zaubrer zu bestechen und um mit Ferramonti essen zu gehn. Außerdem hab ich mir ein paar neue Hemden und Schuhe kaufen müssen denn Lionardo hat mir zwar wirklich schöne und kostbare Kleider gegeben, dass ich in Rom eine gute Figur mach, aber ich kann doch nicht wochenlang dieselben Sachen tragen, oder? Und außerdem, mal ehrlich, Signior Notarius, in Rom stehn massenweise Händler auf der Straße, die verkaufen Fritelle gebratene Fische warme Brotfladen frischen Käse Wurst aus den Bergen und Schweinsbraten, und geht man eine halbe Stunde spatziren trifft man mindestens zwei Dutzend von denen, und auch wenn man bloß hier mal und da mal probirt hat man sich am Ende vom Spatziergang vollgestopft wie ein pralles Kissen. Jetzt stellt Euch mal vor wie es mir da erst ergangen ist, wo ich von Blasco zu Rubè und von Rubè zu Ferramonti gehen musste, und danach erst Dorothea dann Gioseppina und schließlich dieser andren, wie heißt sie noch gleich, ach ja Anna, tüchtig einen Dienst besorgen musste. Ich war den lieben langen Tag unterwegs auf der Straße, und drum hab ich Lionardos Geld wohl unter mindestens hundert Händlern Tavernen und Osterie aufgeteilt.

Was zum Teuffel wollte ich eigentlich sagen, ach ja. Leider ist ausgerechnet am Ende von den Verhandlungen mit Blasco Rubè und Ferramonti alles zimlich komplizirt geworden, und jetzt erklär ich Euch sogleich, warum.

Grad will ich zu Blasco gehen um bei ihm zuhaus den endgültigen Preis festzulegen und bin schon fast angekommen, da, verfluchter Mist, Signior Notarius, steht schon wieder Lucia vor mir, nemlich dies Mägdelein mit einer Haut so weiß wie Sahne und Lippen wie Blut so rot und Brüsten wie zwei Äpfel so rund. Diesmal sind wir sogar allein, nemlich ich hab weder Anna noch Dorothea noch Gioseppina dabei und das Mägdelein mit der Haut so weiß wie Sahne ist ohne Mastro Renzo da, ihren alten Mann mit dem miesepetrigen Gesicht und ohne Zähne.

Sogleich stellen wir uns in einen Hauseingang, da kann uns fast keiner sehn wenn wir reden. Signior Notarius, Ihr könnt Euch nicht vorstellen mit welcher Anmut und Bescheidenheit diese Lucia alles angehört hat was ich ihr gesagt, nemlich dass ich noch nie ein Mägdelein sah das lieblicher und ehrbarer aussieht und dass ich bezaubert bin von ihren Lippen wie Blut so rot und ihrer Haut so weiß wie Sahne. Von ihren Brüsten wie zwei Äpfel so rund hab ich nichts gesagt, denn ich achte die Weiber wirklich, Signior Notarius.

Dann sag ich dass ich auf ihre Gunst hoffe und flehe um ihre Begleitung wann immer sie es für richtig und gut hält, und erklär mich zu ihrem demütigen Diener und ergebenen Kavalier, und dass ich sogar bereit bin dem Tod ins Auge zu blicken, bloß um mich am reinen Licht ihrer Augen zu ergötzen, etcetera etcetera, kurzum all diese Sachen die man einem sehr scharfen Weib sagt um ihr zu bedeuten, dass man sie nackt ausziehen und ihr einen von diesen besonders guten Diensten besorgen will, aber das darf man nicht direkt sagen denn den Weibern gefällt es anders besser, warum weiß ich auch nicht.

Das Mägdelein hört mir recht zufrieden zu, aber zeigt es nicht zu sehr, und darin sind die Weiber höchst geschickt denn so halten sie die Männer hin wie man es bei den Hunden macht, wo den Knochen zur Belohnung erst dann kriegen wenn sie alles richtig gemacht was ihr Padrone von ihnen will. Schließlich sagt sie: Nun, mein guter Jüngling, deine Worte sind höchst freundlich, aber ich bin eine Frau im Ehestand, drum kann ich mich nicht freizügig und unmoralisch und liederlich benehmen. Denn ich achte meinen Gatten sehr welcher ein überaus tüchtiger ehrenwerter und fleißiger Mann ist. Signior Notarius, dies ist nach meiner Erfahrung der Satz den alle Weiber sagen wenn sie es kaum erwarten können ihren Männern Hörner aufzusetzen, denn, mal ehrlich, welchem Weib würde es nicht am Arsch vorbeigehn dass ihr Mann fleißig ist wenn sie den schönen Salaì vor sich hat, bei dem man auf den ersten Blick sieht dass er bei den Weibern nur eine einzige Arbeit machen kann, aber eben die einzig richtige.

Also geb ich Lucia das zur Antwort was man in solchen Fällen sagt, nemlich: Oh, welch weise und gütige Worte, Ihr habt im Grunde Recht, meine Dame, und es ist besser wenn ich mich sofort hinwegbegebe, dann bringt Ihr Euren Gatten, den fleißigen Mann welcher mit dem größten Respekt behandelt werden muss, nicht in Verlegenheit. Also sag ich Euch Addio, und zum Abschied nehm ich ihre Hand und streife sehr sanft mit meinen Lippen darüber und dann mach ich eine Bewegung wie um mich zu entfernen, wobei ich sie tiefbetrübt anschau.

Und wie ich's erwartet, seh ich just in diesem Moment ein recht verzweifeltes Blitzen in den Augen des Mägdeleins das scheint zu sagen, verflucht nochmal, ich glaub jetzt hab ich übertrieben, wahrscheinlich wär's besser gewesen wenn ich kein so großes Teater gemacht und meinen Mann, diesen blöden Sack, gar nicht erwähnt hätte.

Den Ball fang ich sogleich auf und sag, nein wartet, ich bin allzu heftig in Leidenschaft zu Euch und Euren reinen ehrbaren Augen entbrannt, drum können wir vielleicht eine diskrete Form für unsre Begegnung finden bei der niemand beleidigt wird, was meint Ihr?

Da seh ich große Erleichterung in ihren Augen, die scheinen zu sagen, uff, gottseidank. Und auch das hab ich erwartet, Signior Notarius, denn in aller Bescheidenheit, diese Art von Verhandlungen mit Weibern kenn ich so genau dass ich sie an der Universität unterrichten könnte, wo Kopernikus Lectiones in Astrognomie oder wie immer das heißt gehalten hat. Und ich wette, ich hätte viel mehr Studenten als wie er, und sonderlich würden die jeden Tag mit großem Fleiß viele praktische Übungen machen.

Doch da sagt das Mägdelein etwas was ich nicht erwartet hab, nemlich dies: Ja gern, mein guter Freund, natürlich kann man das machen, aber müssen wir uns sehr in Acht nehmen denn mein Gatte ist beileibe kein Dummkopf und hat genau gesehn wie du mich angeschaut wann wir uns begegnet sind. Und gewiss hat er dich bereits von seinen Schergen überwachen lassen und hat genaueste Kunde über dich eingeholt, und wenn wir einen falschen Schritt tun geht es übel mit dir aus.

Wie ich das hör, Signior Notarius, wird mir hundeelend, denn ich hätte mir niemals nicht träumen lassen dass dieser scheußliche Methusalem noch so aufgeweckt ist zu merken dass ich seine Frau mit Blicken durchbohrt hab, aber schlimmer noch, er hat mich sogar verfolgen und überwachen lassen, was keine so gute Sache ist, bedenkt man dass in seinem Auftrag schon zwei arme Teuffel abgemurkst wurden. Und ich frag mich: Ob es womöglich der Mann von Lucia war wo mir diese seltsamen Warnungen mit der Zahl 10 geschickt? Aber gleich darauf denk ich, das ist nicht möglich, denn die erste Warnung kam wann mir zwei Kerle den Zettel mit der Zahl auf den Tisch von einer Osteria gelegt, und das ist passiert gleich nachdem ich in Rom angekommen, und hatte Lucia nur vom Fenster meiner Herberge aus beobachtet, wogegen sie oder ihr Mann mich noch nie gesehn hatten und meinen Namen nicht kannten.

Jedenfalls hatte ich ja, wie gesagt, schon ewig lang drüber nachgedacht wie und wo man die Sache zwischen mir und Lucia organisiren könnt, also erzähl ich ihr meinen Plan und die Idee gefällt ihr sehr. Sie sagt sofort ja, was mich sehr glücklich macht und so geil dass ich mir Lucia mindestens zwölf oder dreizehn Mal zur Brust nehmen müsste um genügend Befriedigung von ihr zu bekommen.

Dann verlasse ich sie und geh zu Blasco und seinem Vater, aber ich brauch eine Ewigkeit um sie zu finden denn an diesem Tag hat das Fischerboot an einem so versteckten Winkel des Tibers angelegt, und ist so schwer dahin zu gelangen dass sogar ein Vogel wo im Flug ankommen kann geflucht hätte, wie schwierig das ist. Endlich steig ich, die Füße tropfnass und mit schlammverschmierten Beinen, in das Boot und gleich frag ich Blasco, nun mein Freund, wie geht's deinem Vater? Da packt er mich an den Schultern, schüttelt mich wie eine Puppe und schreit, halt den Mund Salaì, von diesem Stück Scheiße diesem hundsgemeinen Drecksack und elenden Verräter will ich nicht mal mehr den Namen hören, verstanden? Blasco ist wirklich wütend wie eine wilde Bestie.

Dann erzählt er mir dass sein Vater ihn wieder einmal reingelegt hat und hat Blasco wahrhaftig in Teuffels Küche gebracht, denn er hat sich klammheimlich allein mit dem Hässlichen dem Zaubrer und dem Krüppel verständigt und ein Abkommen unterschrieben, darin er Blasco zu seinem Verwalter ernennt. Also müssen die drei Betrüger sich jetzt an Blasco wenden, so sie das Geld haben wollen, und wenn er nicht zahlt dürfen sie sein Haus verkaufen, weil das gehört ja auch seinem Vater. Darum hat Blasco alles bei den Sbirren angezeigt und gefordert dass der Hässliche der Zaubrer und der Krüppel arretirt und für die nächsten zwanzig Jahre in den Kerker geworfen werden weil sie seinen Vater betrogen und bedroht haben. Aber wie die Sbirren zu Blascos Vater gehn um ihn zu fragen ob das alles wahr ist, sagt er, um seinen Arsch zu retten, ach was, das ist bloß der übliche Schwachsinn den mein Sohn verzapft, er ist nemlich ein bisschen verblödet. Die drei Kameraden mit denen ich Karten gespielt, sind brave Jungs und hab ihnen das Haus von meinem Sohn aus freiem Willen geschenkt. Darum suchen der Hässliche der Zaubrer und der Krüppel jetzt nach Blasco um ihm sämtliche Knochen im Leib mit Hämmern zu zerschlagen, das soll ihm eine Lehre sein, sie bei den Sbirren zu verraten, und dass sie das wirklich tun werden, darauf darf man wetten.

Darum hat sich Blasco jetzt selbst in das Boot geflüchtet darin sich vorher sein Vater versteckt hielt. Der aber ist zurück in sein Haus gegangen, da sitzt er jetzt ungestört und erzählt allen, ach wenn ihr wüsstet in welch ein Verderben sich mein Sohn, dieser Unglücksrabe, geritten hat! Er schuldet drei armen Jungs einen Haufen Geld, drum suchen sie ihn schon in ganz Rom. Und obendrein hat Blascos Vater schon wieder angefangen allnächtlich mit neuem Gesindel und finsterem Gelichter Karten zu spielen.

Dieweil er mir diese Geschichte erzählt, verflucht Blasco seinen Vater immer wieder und sagt, wenn er am Leben bleibt und den Alten zu fassen kriegt wird er ihm mit einer Säge alle Finger absäbeln und sie ihm einen nach dem andren in den Hintern stecken, das wird ihm eine Lehre sein, das ganze Geld der Familie beim Kartenspiel zu verlieren.

Dann sagt Blasco, Salaì, mein Freund, gut dass du jetzt gekommen bist, denn ich weiß nicht mehr was ich machen soll. Ich bitte dich lass uns das Geschäft mit dem Buch schnell abschließen, dann hab ich wenigstens ein bisschen Geld, und wenn ich das dem Hässlichen dem Krüppel und dem Zaubrer anbiete, geben sie sich vielleicht damit zufrieden und verkaufen mein Haus nicht.

Bei mir denk ich, Teuffel auch, ich hab Blasco doch nur einen klitzekleinen Streich gespielt, und jetzt kann er sich praktisch gleich begraben lassen bei so einem Pech. Denn das ist wirklich wahr, Signior Notarius, es gibt Leute die braucht man bloß einmal ein bisschen zu kneifen, schon fallen sie ohnmächtig um. Jedenfalls sagt das immer eine Freundin von mir aus San Godenzo, wenn sie will dass ich ihr zum sechsten Mal hintereinander einen Dienst besorg und ich sag, nein danke, ich bin müde und mir ist schon fast schlecht.

Zu Blasco sag ich, aber gewiss doch, mein Lieber, auch ich will diese Geschichte mit dem Buch über Kosmologie endlich hinter mich bringen, die geht mir nemlich schon maximamente auf den Sack. Mein Padrone hat mir befohlen dass ich mich in seinem Auftrag so schnell als wie möglich nach Frankreich begebe, drum werd ich morgen meine Sachen für die Reise packen und am Tag darauf verlass ich Rom. Willst du mir also sagen wer von euch dreien dieses verfluchte Buch hat? Ferramonti hat's bei sich zu Hause, sagt Blasco, da ist es am sichersten.

Zum Glück weiß ich wo ich Ferramonti finde und der kann mich sehr gut in seine Wohnung bringen, mir das Buch geben und das Geld einstecken das wir vereinbart haben.

Gut, einverstanden, sag ich. Aber bevor ich das Buch hole musst du mir morgen einen großen Gefallen tun, mein lieber Blasco, sonst wird aus der ganzen Sache nichts. Wieso wird nichts draus? fragt Blasco und vor Schreck springen ihm die Augen aus den Höhlen.

Also erklär ich ihm wie er mir bei einer bestimmten Sache helfen muss, aber braucht er sich keine Sorgen machen denn mein Plan ist so fein ausgeklügelt dass bestimmt alles gut geht.

So, aber jetzt mach ich hier unten wieder mal eine Pause mit einem neuen schönen Schnörkel, dann könnt Ihr Eure Augen ein wenig ausruhn, Signior Notarius. Denn jetzt beginnt ein sehr wichtiger Teil von meinem Memorandum, den müsst Ihr sorgfältig bis zum letzten Wort lesen, sonst könnt's Euch gar scheinen wie wenn Blasco durch meine Schuld gestorben wär, aber so ist das mitnichten und ganz und gar nicht gelaufen, verstanden?

Am Nachmittag vom nächsten Tag hab ich mich endlich mit Lucia getroffen, nemlich der mit den Lippen wie Blut so rot etcetera, und um genau zu sein wir haben uns in der Wohnung von Blasco gesehn welche er mir auf meine Bitte hin zur Verfügung gestellt. Zur gleichen Zeit war Blasco in meinem Zimmer in der Herberge und ich hab ihm geraten, er soll sich einschließen und niemandem auf keinen Fall nicht öffnen, und wenn's Gottvater persönlich wär. Außerdem hab ich ihm befohlen er soll sich von Zeit zu Zeit ans Fenster stellen und dort recht gut sichtbar stehenbleiben, gewandet in eins meiner eleganten Kleider voller Knöpfe Schleifen und Spitzen die ich mir aus Fiorenza mitgebracht, und das soll er tun damit es so aussieht wie wenn er ich wär, also Salaì. Schließlich hab ich ihm noch gesagt er soll sich keinen Hut aufsetzen, weil, und das hab ich schon in meinem ersten Memorandum erzählt, Blasco hat lockiges Haar als wie ich und ist ebenso groß, drum wird jeder wo von unten von der Straße aus hochschaut denken dass ich, Salaì, wirklich in meinem Zimmer bin.

Diesen Plan hab ich mir ganz allein ausgedacht und drum war er perfekt, Signior Notarius, das kann ruhig mal gesagt sein. Lucia wird, statt zur gewohnten Zeit heimzukehren, ein paar Stunden mit mir in der Wohnung von Blasco verbringen, dass wir dort Sauereien machen. Und wenn ihr Mann mich verdächtigt, dann kontrollieren seine Schergen sofort meine Herberge und glauben ich bin dort, wogegen es aber Blasco an meiner Stelle ist. Bei ihrer Rückkehr wird Lucia ihrem Mann irgendeine Lüge auftischen und falls nötig kann ihm eine vertrauenswürdige Freundin bestätigen dass sie die ganze Zeit bei ihr war.

Wenn Lucia dann nach Haus gegangen ist, warte ich erstmal eine lange Weile bevor ich in meine Herberge zurückkehr, und wird so spät sein dass die Spione von Mastro Renzo mich nicht mehr erwarten. Aber sie würden mich sowieso nicht erkennen denn werde ich die Kleider von Blasco tragen, zum Beispiel sein rotes Wams was man mit keinem andren verwechseln kann, und so wie er mit meinen Kleidern wie Salaì aussehen wird, so werd ich in den seinen wie Blasco aussehen. Dann wird Blasco, angetan mit seinen eignen Kleidern, die Herberge wieder verlassen und jeder der uns ausspionirt wird uns auf den Leim gehn wie eine blöde Fliege.

Der erste Teil vom Plan funktionirt dann auch trefflich, denn Blasco kommt zur rechten Zeit in meine Herberge und zieht sich meine Kleider an, dieweil ich in seine schlüpfe, mitsamt dem roten Wams. Dann geb ich ihm den Schlüssel zu meinem Zimmer, er gibt mir den zu seiner Wohnung und zuletzt schaff ich's sogar noch dass mich keine der alten Vetteln oder Mägde von der Herberge sieht wie ich hinausgeh.

Wann ich vor der Tür von Blascos Haus ankomme steht Lucia schon da und erwartet mich, auch sie recht kunstvoll verkleidet, nemlich mit einem weiten Umhang und einen Schleier über dem Kopf, und ist eigentlich unmöglich zu erkennen. Bei der Geilheit die mich gepackt scheint's mir fast schon wie wenn ich sie nackt seh und bereit von mir genommen zu werden, und da denk ich bei mir, kaum zu glauben Salaì, für dieses Weib riskirst du dein Leben, denn wenn dich die Schergen ihres Mannes erwischen machen sie dich zu Hackfleisch. Und ist wirklich wahr, Signior Notarius, was man so sagt, nemlich wenn man einen Mann ordentlich zum Laufen bringen will soll man keinen bösen Hund auf seine Fersen setzen sondern ein nacktes Weib vor ihn.

Die Fortsetzung vom Plan ist dann freilich nicht so gut gelaufen was ich auf der Stelle erklär. Es hat sich nemlich sofort gezeigt dass die Eltern von Lucia eine große Dummheit begangen haben, sie mit diesem Sabbergreis Mastro Renzo zu verheiraten, denn sie hätten ihr lieber einen schönen Jüngling suchen sollen der in seinen Unterhosen jene zwei oder drei Pfund reiner Liebe stecken hat wo die Weiber so nötig brauchen. Und ich will mich ja nicht rühmen, Signior Notarius, aber die besitz ich und fühlen sich auch schön fest an.

Denn kaum sind wir allein, erkenn ich sofort dass Lucia in Punkto Sauereien so viel Erfahrung hat als wie ein Stück Holz, nemlich hat sie keinen blassen Schimmer wie ein Weib sich einen ordentlichen Dienst besorgen lässt. Ich sag ihr, leg dich so hin und sie legt sich anders, ich versuch sie auf eine Seite zu drehn und sie dreht sich ausversehen auf die andre, kurzum es war wie wenn man mit einem dieser Weiber vögelt von denen Ser Lionardo Bildnisse malt, die haben zwar alle ein schönes durchtriebenes Lächeln aber, darauf wette ich, wenn du sie umarmst ist's wie wenn du einen Besen in den Händen hältst. Obendrein hab ich ja so lang davon geträumt Sauereien mit Lucia zu machen, dass ich glühe wie ein brennendes Holzscheit, und bin vollauf bereit dem Mägdelein eine gute Dosis von meinem Panzerbrecher zu verabreichen, doch nach einer halben Stunde Zungenspielchen, stellt Euch mal vor Signior Notarius, hat sie sich noch immer nicht ausgezogen! Also fang ich an die Bändchen auf ihrem Rücken zu lösen, und da sagt sie, nein Salaì, bitte tu das nicht. Aber ich mach weiter, denn ich kann alles aktzeptiren, Signior Notarius, aber ertrag's nicht zwei schöne Brüste wie die von Lucia in ihrem Versteck zu lassen, die brauchen sogar gewiss viel

Licht und Luft, sonst werden sie traurig. Und über meinem beharrlichen Aufknüpfen sind diese verflixten Bändchen endlich alle gelöst und mach ich mich daran diese beiden prächtigen Bälle zu befreien die schuld dran sind dass allen Römern der Schwengel tagelang aufrecht steht. Aber Mamma Mia welch eine Überraschung, plötzlich halt ich zwei Halbkugeln aus Holz in der Hand.

Tja, Signior Notarius, dieweil ganz Rom glaubt dass Lucia den geilsten Busen der Stadt besitzt, finden sich unter ihren Kleidern bloß ein Paar stinknormale Brüste, aber damit sie schön rund aussehn als wie zwei Äpfel hat Lucia sich mit zwei hölzernen Halbkugeln das Kleid ausgestopft. Sie fängt an zu weinen, oh Salaì, ich hab gehofft du entdeckst es nicht, jetzt willst du gewiss nichts mehr von mir wissen, ich bitt dich sag's niemandem, denn nur mein Mann weiß es, oh Mamma Mia welch eine Schande, etcetera etcetera. Da sag ich, Kopf hoch sei unbesorgt, ich sag's niemandem. Kurzum, Signior Notarius, ich muss sie sogar trösten und ihr Küsschen auf die Stirn geben wie man's bei Kindern macht. Insgeheim denk ich, Himmelarsch, was für ein verfluchtes Pech, musst ich unbedingt mein Leben für diese hier riskieren, wo die nicht mal Brüste hat. Aber dann schau ich genauer hin und seh, sie ist gar nicht wirklich platt als wie die Weiber die Lionardo malt. Gewiss, es sind nicht gerade die prächtigen prallen Kugeln die sie durch die Täuschung hingekriegt hat, aber sind zwei recht hübsch geformte Brüstchen nemlich ungefehr wie zwei frische kleine Käselaibe. Und wiewohl sie aus Scham versucht mich zurückzuhalten, komm ich näher um mir diese Kügelchen genauer anzuschaun und seh, dass die beiden Knospen schön hell rosa und rund und spitz sind, und da frag ich sie, Lucia, warum steckst du dir diese Holzdinger in den Ausschnitt statt diese beiden hübschen Kügelchen die du da hast, in Ruhe zu lassen? Und sie ruft, gefallen sie dir denn wirklich? Mein Mann sagt immer dass sie abstoßend sind, denn sie sind zu klein und mager und scheinen wie die von einem jungen Mädchen. Ich antworte, aber nein, im Gegenteil, sie sind wirklich hübsch und anmutig, und du hast es überhaupt nicht nötig mit einem solchen Gebirge rumzulaufen. Und in diesem Moment seh ich einen Blick voll Dankbarkeit und Überraschung in Lucias Augen, und sie fragt mich, meinst du das wirklich, Salaì? Aber klar natürlich, warum fragst du? Da nimmt sie mein Gesicht, drückt es fest gegen eine ihrer Knospen und sagt, oh ja, ich bitte dich, sag's mir nochmal dass sie dir gefallen, los sag es, und dann fängt sie an sich zu winden wie ein Aal und ist stark wie ein Pferd wann sie ihre Beine um die meinen schlingt, und sagt mit heiserer Stimme, jetzt nimm mich, Salaì, los, mach schon. Kurzum, Signior Notarius, da haben wir uns aufeinander gestürzt als wie zwei Büffel, und von dem Moment an hat Lucia recht gut ihre Pflicht getan, nemlich hat sie sich von vorn und von hinten nehmen lassen, zwei Stunden lang und wirklich ganz meisterhaft, bumbumbum, und es tut mir nur leid für Blasco dass wir ein Bein von seinem Bett zerbrochen, aber in gewissen Momenten kann man nicht alles auf die Goldwaage legen wie ein Händler wo Safran verkauft. So haben wir, wie ich ihr zum vierten Mal Befriedigung verschaff, ein Krachen gehört und das Bein bricht grad in dem Moment durch wann sie sagt, oh Salaì, woher krieg ich noch einmal so einen wie dich? Ich antworte, kein Problem, vor sechs Jahren hab ich ein weiteres Exemplar nach meinem Modell in Umlauf geschickt, aber Lucia versteht den Scherz nicht.

Zuletzt ist mein Schwengel durch die viele Arbeit fast

abgeschürft und wir bleiben umarmt liegen um auszuruhn und zu plaudern, was mir immer recht gut gefällt, denn nach den Sauereien schwatzen die Weiber für ihr Leben gern und ich lass sie gewähren, denn so kann ich die Zeit nutzen um nachzudenken und die Geschäfte zu planen wo ich danach erledigen muss. Lucia erzählt mir von ihrem Mann, der ist immer missmutig und unfreundlich und behandelt sie wie ein Stück Dreck weil die beiden keine Kinder kriegen. Er sagt das wär gewiss ihre Schuld, aber das Mägdelein meint, da er siebzig Jahre zählt und sie fünfundzwanzig ist die Sache mitnichten so klar. Weißt du Salaì, sagt sie dann mit einem Seufzer, vielleicht braucht's jemand wie dich um mein Problem mit den Kindern, so nicht kommen, zu lösen, und ich antworte oh nein um Himmelswillen, bei mir kriegst du genau das umgekehrte Problem.

Und so kann ich sagen, Signior Notarius, dass es zuletzt mit Lucia und mir wahrhaftig nicht übel gelaufen ist, ja, bevor wir uns trennen fragt sie ob wir uns in den nächsten Tagen wiedersehn. Aber ich antworte nein, erstens weil ich nach Fiorenza, unsrer Vaterstadt, Gott schütze sie, zurückkehren möchte, zum zweiten weil ich keinesfalls noch ein viertes Weib zu den andren drei hinzufügen kann welchen ich schon mit mordsmäßiger Mühe fast jeden Tag einen Dienst besorg, denn was für mich am meisten zählt das ist die Treue, Signior Notarius. Dann erinnre ich mich zum Glück noch dass ich das Mägdelein was Wichtiges fragen wollte, nemlich: Hör mal Lucia, sagt dir die Zahl 10 etwas? Ich weiß, die Frage ist wunderlich, aber seit einiger Zeit krieg ich sonderbare Botschaften immer mit dieser Zahl darauf und hab keine Ahnung was zum Henker das bedeuten soll. Sie macht ein sehr erstauntes Gesicht und sagt, nein Salaì, davon weiß ich wirklich nichts, und muss ich zugeben die Antwort scheint mir ehrlich.

Nun hab ich ja beileibe kein Herz aus Stein, also versprech ich Lucia dass ich sie besuchen komme wenn ich wieder mal in Rom bin, aber trotzdem seh ich, wie sie sich den Schleier über den Kopf zieht um fortzugehn, hat sie eine Träne im Gesicht. Ich tu so wie wenn ich nichts bemerke, denn ich hab einen Bärenhunger und will in meine Herberge zurück bevor es Nacht wird, um was zu essen. Denn ich mag vielleicht kein so guter Esser wie Ferramonti sein, Signior Notarius, aber nachdem ich einem Weib Dienste besorgt hab muss ich mir unbedingt was Gutes in den Bauch schieben, sonst werd ich zimlich mürrisch, ich weiß nicht ob Euch das auch so geht.

Jetzt aber aufgepasst, denn ich muss Euch was Wichtiges sagen, nemlich dies. In meinem vorigen Memorandum hab ich geschrieben dass ich Blascos Leiche gefunden nachdem ich den Abend mit Dorothea verbracht, also nicht mit Lucia, aber aufgemerkt, Signior Notarius, das war nicht wirklich eine Lüge sondern nur eine Sache, die ich Euch ein bisschen anders erzählt hab, denn ich wollte vermeiden dass Ihr Euch eine falsche Vorstellung macht wie die Dinge gelaufen sind, und womöglich fällt Euch sogar ein dass ich Blasco kaltgemacht hab, aber das ist natürlich ganz und gar nicht wahr, ich hab mich doch klar ausgedrückt, oder?

Also, ich wollte sagen, ich bin in die Herberge zurückgekommen wann es noch zimlich hell war, aber auch schon spät genug dass ich den Spionen von Mastro Renzo nicht mehr in die Arme lauf, so er sie denn wirklich geschickt. Und bin wieder sehr schlau gewesen, denn auch diesmal hat mich keine von den alten Weibsen aus der Herberge bemerkt wie ich hineingeh. Von der Straße aus seh ich Blasco nicht am Fenster stehn, aber deswegen mach ich mir keine Sorgen, denn hatte ich ihm ja gesagt er soll sich nur von Zeit zu Zeit blicken lassen, sonst hätte jemand wo ihn beobachtet unser Spielchen womöglich durchschaut.

Grad freu ich mich dass alles glatt gelaufen ist, da packt mich plötzlich jemand von hinten am Kragen und zieht mich in einen Hauseingang und ich denk sofort, so jetzt ist's passirt, jetzt machen die Spione von Mastro Renzo dich einen Kopf kürzer, und mir fällt noch ein dass es wohl wirklich besser gewesen wär wenn ich Lucia einen längeren Dienst besorgt hätte, dann wär ich erst später krepirt und es hätte sich wenigstens noch gelohnt. Heilige Jungfrau Maria und alle Heiligen, denk ich, helft mir, jetzt ist der Moment gekommen wo ich den Löffel abgeben muss, fahr zur Hölle Lionardo du und dein verdammtes Buch, Gott schütze Fiorenza und unsren großen Gonfaloniere Pier Soderini Amen.

Aber es war bloß der Kerl mit den Beuleiern der mich in eine dunkle Ecke gezogen, und ohne sich für seine üblichen groben Maniren zu entschuldigen stößt er mich gegen eine Mauer und sagt, hör mal Salaì, die Sache mit dem Hässlichen dem Zaubrer und dem Krüppel wird allmählich brenzlig. Der Vater von Blasco hat ihnen eine Riesensumme Gelds angeboten damit er in Ruhe gelassen wird, viel mehr als ich den dreien versprochen. Darum scheißen die jetzt auf das was ich sage und auf Befehl von Blascos Vater sind sie nun hinter Blasco her. Denn der hat sie obendrein bei den Sbirren verpfiffen und ich kann in der Sache gar nichts mehr tun, verstehst du? Lieber Salaì, ich hab's dir ja gleich gesagt, das ist ein erzgefehrliches Pack, so du die um einen Gefallen bittest, sagen sie vielleicht ja, aber dann drehn sie plötzlich durch und kann man gar nichts mehr machen, und jetzt entschuldige aber ich muss gehn.

Dann ist er weg und lässt mich wie einen Deppen in diesem Hauseingang stehn und hat mir nicht mal Zeit zum antworten gegeben, aber das ist die übliche Art und Weise wie sich in Rom Leute wie er benehmen, wo immer in schmutzigen und geferlichen Geschäften stecken.

Wann ich zu meinem Zimmer komm, klopf ich an und flüstere, he Blasco, mach sofort auf, ich bin's, Salaì. Aber dann entdeck ich zu meiner großen Überraschung dass die Tür einen Spalt offensteht und mach mir augenblicklich große Sorgen, denn ich hatte Blasco ja gesagt er soll sie immer verschlossen halten, niemandem aufmachen und niemals rausgehn, und war sicher dass er es so halten würde, denn er kennt keinen von den Menschen die ich in Rom kenn, außer seinen Freunden Rubè und Ferramonti.

Signior Notarius, Ihr wollt mir im Übrigen bitte außerdem vergeben wenn ich in meinem vorigen Memorandum nicht gleich klipp und klar gesagt, dass ich bei meiner Rückkehr schon wusste dass Blasco im Zimmer meiner Herberge auf mich warten würde. Aber auch das hab ich lieber weggelassen, sonst hätt ich Euch ja die ganze Geschichte mit Lucia erklären müssen, und Ihr wisst ja schon, dass ich die nicht erzählen wollt, weil sonst kriegt Ihr eine falsche Vorstellung von der ganzen Angelegenheit, stimmt doch, oder?

Ich will's kurz machen, jedenfalls find ich den toten Blasco und hat eine große Wunde unterm Kinn wie wenn man ihm ein dickes Messer in den Hals gestoßen hätte, und strömt ein Meer von Blut aus dem Hals, das hat das ganze Bett besudelt, und außerdem hat Blasco reichlich viele Wunden im Bauch und an den Seiten etcetera etcetera wie ich's Euch ja schon erzählt.

Und da bin ich, wie Ihr schon wisst, Signior Notarius, mit all meinen Sachen aus der Herberge geflüchtet, aber ohne die blutigen Kleider wo Blasco trägt, denn das wär wahrhaftig eine ganz gewaltige Dummheit gewesen. Weil ich schon beschlossen hatte Rom sofort zu verlassen, geh ich zu Ferramonti um das Buch zu holen, aber er hat ja immer noch dies kleine Problem, nemlich er wird vom Wirt und dessen Freunden gesucht die ihm an den Kragen wollen, also geh ich ihn in dem Gässchen hinter seiner Wohnung besuchen wo er sich in der Hütte versteckt und den ganzen Tag lang mit einem zerlumpten und stinkenden Bettler zusammenhockt.

Bei unsrer Begrüßung weint Ferramonti fast vor Freude wann er hört dass ich gekommen bin, ihm das Geld zu bringen womit er seine Schulden bei dem Wirt bezahlen kann, dann wird der ihm nemlich nicht mehr die Eier abreißen um sie in Essig zu mariniren und in seiner Osteria zusammen mit Ferramontis gebratenem Gehirn zu serviren, und was von Ferramonti übrigbleibt wird er nicht mehr dem Schlachter geben damit der es mit dem Fleischklopfer platthaut. Also gehen wir zu Ferramontis Wohnung um das Buch zu holen und auf der Straße blickt Ferramonti sich wie von Furien gejagt immerfort nach rechts und links um, wie wenn der Wirt hinter jeder Ecke hervorkommen könnte, und man sieht genau der Ärmste hat in den vergangnen Tagen immer die Hosen voll gehabt, also hat er wirklich ein Scheißleben geführt.

Wann wir bei ihm ankommen geht er das Buch aus dem Versteck holen, nemlich es ist in einer Schublade in einem niedrigen Möbel und hinter einem Vorhang verborgen.

Aber wie ich Euch schon berichtet, das Buch ist verschwunden und Ferramonti kommt verzweifelt zu mir zurück und sagt, Sa-salaì, d-da-das B-buch ist nicht mehr da.

Also geh ich stinksauer weg und auf der Straße hör ich Leute rufen: Man hat einen Toten in der Herberge gefunden! Ruft die Sbirren! Welch ein entsetzlicher Anblick! Und ich hör auch wie sie sagen der Tote wär dieser junge Herr aus Fiorenza. Da wundre ich mich erst, aber dann versteh ich.

Wer den toten Blasco gefunden hat, muss geglaubt haben das wär ich, denn er war ja nicht nur in meinem Zimmer und trug meine Kleider, er hat auch fast dieselben Haare und die Größe wie ich. Also denk ich, dieweil ich in einem Versteck steh, umso besser, jetzt fällt keinem ein dass ich gesund und munter bin und drauf und dran aus Rom zu flüchten, aber ausgerechnet in dem Moment spür ich ein Händchen das mich von hinten berührt, dreh mich um und seh dass die Enkelin von der alten Vettel aus meiner Herberge mich erwischt hat, und schon schreit sie, Großmutter, Großmutter komm her! Der Signiore aus Fiorenza ist hier!

Es war sonnenklar, Signior Notarius, wenn die Leute erstmal begriffen hatten dass der Tote im Bett nicht ich war, würde der Verdacht auf mich fallen und die Sbirren hätten mich sofort verhaftet und für die nächsten zweihundertfünfzig Jahre in den Kerker gesteckt. Also bin ich wie ein Pferd im Galopp mitten durch die Menschenmenge gestürmt, doch kaum bin ich um die Ecke seh ich vor mir drei Männer von denen ist einer sehr hässlich, einer sieht aus wie ein Erzgauner und der dritte ist verkrüppelt. Die drei zeigen auf mich, kommen auf mich zu und rufen dabei, ha, seht mal, das muss er sein! He Blasco, komm mal her! Und sehn dabei nicht so aus wie wenn sie mir freundliche Dinge sagen wollen.

Ich hab sofort begriffen was passirt war, Signior Notarius, nemlich das sind die drei Falschspieler wo den Vater von Blasco im Auftrag von Beuleiergesicht, also in meinem Auftrag, reingelegt haben, und jetzt suchen sie Blasco um ihm den Arsch aufzureißen und haben gesehn dass ich so groß bin als wie Blasco und hab fast dieselben Haare und sonderlich trag ich seine Kleider, nemlich dieses vermaledeite rote Wams das man mit keinem andren verwechseln kann. Und wenn ich ihnen jetzt sag, oh nein, halt mal, entschuldigt, aber ich bin nicht Blasco, sondern ich heiße Salaì und ich war's der wo euch den Auftrag gegeben hat, Blascos Vater über den Tisch zu ziehen, dann glauben sie mir gewiss nicht, erstens weil sie nicht wissen wer ich bin und haben mich ja auch noch nie gesehn, zum zweiten weil Blasco hat sie bei den Sbirren verraten und die drei Schurken können's kaum erwarten, mit ihm, also in diesem Fall mit mir, kurzen Prozess zu machen um dann das Haus von Blascos Vater zu verkaufen und sich das Geld untern Nagel zu reißen.

Grad in diesem Moment hör ich andre Schreie hinter mir und ein paar Leute rufen: Der Junge aus Fiorenza hat in seinem Zimmer einen Mann getötet, ergreift ihn! Und wie ich mich umdreh zeigt jemand auf mich und ruft, schnappt ihn euch, packt ihn und macht ihn fertig!

Kurzum, Signior Notarius, ich wurd von hinten und von vorn verfolgt, aber zum Glück ist links von mir eine Gasse, da schlüpf ich hinein und renn mit einem Affenzahn davon, dieweil ich hör dass meine Verfolger ungefehr zwanzig Schritt entfernt sind. Aber wie ich nach rechts abbiege bin ich in einer Sackgasse gelandet, denn direkt vor mir steht ein kleiner Palazzo und unterdessen kommen die wo mich verfolgen, das werden mindestens zehn sein, immer näher, nemlich sie sind vielleicht nur noch fünfzehn Schritt entfernt und schreien, da ist er da ist er schnappt ihn euch! Also bleibt mir nichts andres übrig als in den Palazzo zu flüchten und blitzschnell die Treppen hinaufzustürmen.

Die Weiber und die Kinder in dem Haus sehn mich die Treppen rauflaufen und hören von unten das Geschrei, haltet ihn haltet ihn, er ist ein Mörder! und da schreien auch sie vor Schreck, aber ich hab nicht aufgegeben, Signior Notarius, nemlich wie ich im obersten Stockwerk angekommen bin, hab ich ein kleines Türchen aufgestoßen und steh auf der Terrasse vom Dach. Rasch mach ich das Türchen wieder zu, aber weil ich keinen Schlüssel hab schließ ich es mit einer sehr guten und wissenschafftlichen Technik, die hab ich selbst erfunden und würde Lionardo gewiss neidisch machen, nemlich ich hau mit einem großen Ziegelstein den ich gleich in der Nähe gefunden auf den Türgriff, tongtong, so verbiegt das Schloss, der Mechannismus funktionirt nicht mehr und alles ist trefflich blockirt. Dann renn ich über die Dächer der Nachbarhäuser davon, dieweil meine Verfolger an der Tür ankommen und jetzt brauchen sie eine Weile, um sie einzutreten, so hab ich alle Zeit der Welt mich aus dem Staub zu machen.

Danach bin ich von einem Ende zum andren durch Rom gelaufen, wie ich schon erzählt, um eine Kutsche nach Fiorenza zu finden, unsrer Vaterstadt, Gott schütze sie, und nachdem ich auf der Straße geschlafen hab als wie ein Bettler, treff ich Del Carretto und beginn am nächsten Tag endlich die Reise wo alle kennen, bei der ich nemlich durch La Storta gekommen, dann durch Baccano, Monterosio, das Kastell von Ronciglione, die Stadt Viterbo, die

Stadt Montefiascone, Capraccia, die Stadt Orvieto wo man feine Lautensaiten macht, Ponte Carnaiolo, Castel de la Pieve, Castiglion del Lago, l'Ossaia, Castiglion Fiorentino, Bastardo, Ponte de le Vane, Treghi und schließlich bin ich nach Fiorenza gelangt, und sind insgesamt achtzehn Poststazionen. Und wär es ja auch eine schöne Reise gewesen wenn man mich in Fiorenza nicht arretiert und in den Kerker gesteckt hätte, und diese Sache, ich will ja nicht pingelig sein, Signior Notarius, aber die hat mich doch etwas verdrießlich gestimmt, also sehn wir bitteschön jetzt mal zu dass wir hier so schnell wie möglich Schluss machen, einverstanden?

Sooo, endlich fertig, hab fürwahr eine Ewigkeit geschrieben und bin hundemüde, aber dieses neue Memorandum ist mir wirklich trefflich gelungen und gefällt mir ausnemend gut. Leider hab ich keine Zeit mehr es durchzulesen, doch ich glaub das ist gar nicht nötig, denn Salaì ist einer, wenn der sich Mühe gibt dann macht er seine Sache ordentlich. Mir scheint jetzt ist alles klar und Ihr, Signior Notarius, könnt sicher sein dass ich nichts Böses getan, im Gegenteil, ich hab mich wie ein guter und treuer Diener der Stadt Fiorenza benommen, drum könnt Ihr mich jetzt unbesorgt wieder in Freiheit setzen, denn unter andrem muss ich nach Haus um dort Wasser auf mein Ei zu geben, sonst trocknet es nemlich aus, aber ich glaub das hab ich Euch schon gesagt, oder?

Stets Euer getreuester
Salaì

Nach der Verlesung des neuen Memorandums von Salaì, welches in dreifacher Ausführung transkribiert und als weiterer Beweis zu Lasten des Angeklagten zu den Akten gegeben wird, hebt die Verhandlung um 12 Uhr wieder an.

Salaì hat nämlich zugegeben, im Rahmen eines verbrecherischen Gesamtplanes zahlreiche schwere Vergehen begangen zu haben, zum Schaden der drei noch nicht zur Gänze ermittelten Personen, welche vorerst jedoch als Blasco, Rubè und Ferramonti bekannt sind, außerdem zum Schaden des Vaters von Blasco:

- Betrug vermittels eines Spiels mit gezinkten Karten, ausgeführt von drei gewerbsmäßigen Falschspielern, welche der Gerichtsbarkeit derzeit unter den Namen Hässlicher, Zauberer und Krüppel bekannt sind.
- Nötigung und Bedrohung durch ebenjene drei Falschspieler zum Schaden von Blasco und seinem Vater.
- Unbezahlte Schulden bei der Herberge, in welcher der Angeklagte in Rom Aufenthalt genommen, außerdem (wie der Angeklagte selbst gestanden hat) bei anderen Gläubigern derselben Stadt.

Die im Bericht des Angeklagten zutage tretende Verwirrung ist ein untrügliches Anzeichen, dass er mit jedem neuen Rapport versucht, die Lügen zu verbergen, welche er auf höchst ungeschickte Weise in seinen Memoranden ausgestreut hat. Erst durch Anwendung des hochnotpeinlichen Verhörs hat er, freilich nur zu einem kleinen Teil, die Wahrheit preisgegeben. Zum Beispiel hat Salaì im vorletzten Memorandum behauptet, er habe mehrere Tage lang «wie ein Schwein» gegessen und versprochen, später zu erklären, warum dies so war. Doch die Erklärung (die Mahlzeiten mit Ferramonti) ist erst im nächsten Memorandum erfolgt, nachdem der Angeklagte der Tortur unterzogen wurde.

Dieses Gemenge aus schwerwiegenden Unterlassungen, Widersprüchen und Falschaussagen (teilweise vom Angeklagten selbst zugegeben) zeigt folglich, falls ein solcher Beweis noch nötig sein sollte, welche Wahrheit Salaì verzweifelt zu verbergen versucht: Er selbst hat Blasco getötet und sich dann des Buches bemächtigt, um den mit Blasco, Ferramonti und Rubè vereinbarten Preis nicht zahlen zu müssen. Danach hätte er Ser Leonardo da Vinci das Buch wahrscheinlich ausgehändigt, den Rest des Geldes, welches Leonardo ihm für den Erwerb anvertraut hatte, jedoch für sich behalten.

Denn der Angeklagte lügt schamlos, wenn er behauptet, es sei ihm nicht gelungen, in den Besitz des Buches zu gelangen, welches er möglicherweise später zu einem teuren Preis zu verkaufen hoffte.

Salaì hat nämlich von Anfang an die Poststationen aufgezählt, an denen er im Verlauf seiner Reise Halt gemacht hat. Er behauptet, es seien achtzehn, doch wenn man die von ihm genannten Stationen zählt, ergeben sie nur siebzehn. Durch diese Unstimmigkeit neugierig geworden, hat der Kriminalnotar Salaì gebeten, in allen folgenden Memoranden stets sämtliche Ortschaften aufzuzählen, durch welche er bei seiner Reise gekommen ist, um auf diese

Weise zu überprüfen, ob der Angeklagte immer dieselbe und nur diese eine Station auslassen würde (was auch tatsächlich geschehen ist). Es handelt sich um die Ortschaft Figline zwischen Treghi und Ponte delle Vane, an der Salaì mit Sicherheit Halt gemacht hat, denn dazu nötigen die Reisestrecke und die große Entfernung zur nächsten Station. Diese Auslassung hat den Verdacht geweckt, dass er an eben dieser Poststation von Figline eine Gesetzeswidrigkeit begangen haben könnte. Daher wurden zwei Gendarmen an diesen Ort geschickt, welche nach einem kurzen Verhör herausfanden, dass Salaì tatsächlich in Figline übernachtet und einer jungen Magd der Poststation ein Buch anvertraut hat. Das Mädchen erzählt, sie habe, ohne zu wissen, dass sie es mit einem gefährlichen Verbrecher zu tun hatte, mit Salaì eine Nacht verbracht und sich unsterblich in ihn verliebt. Darum habe sie eingewilligt, bis zu seiner Rückkehr ein Buch für ihn in Verwahrung zu nehmen. Dabei handelt es sich tatsächlich um genau jenen Band, den in Rom zu erwerben Salaì beauftragt war, was bedeutet, dass er nicht auf geheimnisvolle Weise in der Wohnung von Ferramonti verschwunden ist, wie der Angeklagte berichtet hat, sondern dass er von diesem selbst mitgenommen wurde, nachdem Salaì Blasco getötet hat, was die Vermutung der Anklage bestätigt.

An dieser Stelle unterbricht der Angeklagte den Notar, um einzuwenden, er habe mitnichten jemanden getötet. Er gibt zu, dass er das Buch zuletzt tatsächlich in seinen Besitz bringen und auf die Reise nach Florenz mitnehmen konnte, bittet aber darum, erklären zu dürfen, warum und auf welche Weise solches geschah, um seine Lage endgültig zu klären.

Angesichts der Schwere der Anschuldigungen, welche

gegen den Angeklagten erhoben werden, zieht sich der Kriminalnotar zu einer Unterredung mit dem Verhandlungsskribenten in das Beratungszimmer zurück.

Die Verhandlung wird nach einer Stunde um 1.30 Uhr fortgesetzt. Nach wohlweislichem Abwägen aller vernünftigen Gründe für und gegen die Bitte des Angeklagten gewährt der Notar diesem die Gelegenheit, eine letzte Schrift vorzulegen, nach welcher das Urteil gesprochen werden soll. Davon unberührt bleibt bestehen, dass die Anklagepunkte (Mord, Betrug, Diebstahl) die Todesstrafe vorsehen, welche alsbald zu einem geeigneten Zeitpunkt und am geeigneten Ort in der Öffentlichkeit zu vollstrecken ist.

Der Angeklagte unterbricht den Notar abermals, fällt auf die Knie, verspricht unter Tränen, das Hohe Gericht unverzüglich von seiner Unschuld zu überzeugen, und beschwört alle Behörden von Florenz, Gott schütze es und seinen großen Gonfaloniere Pier Soderini, Mitleid mit einem jungen Menschen zu haben, der durch Leonardo, diesen Verrückten (wörtlicher Ausdruck des Angeklagten), in eine Intrige geraten sei, die seine geistigen Kräfte überfordert.

Der Kriminalnotar gebietet dem Angeklagten zu schweigen, lässt ihn von den Häschern wieder auf die Füße stellen und in die Zelle zurückbringen, auf dass er dort eine weitere Schrift verfasse, die er zu seiner Verteidigung vorzulegen gedenkt. Die Verhandlung soll mit der Verlesung des letzten Memorandums des Angeklagten fortgesetzt werden.

Die Sitzung wird um 1.45 Uhr aufgehoben.

LETZTES MEMORANDUM

DARIN EIN FÜR ALLE MAL ERKLÄRT WIRD

Wie Salaì schließlich das Buch für Lionardo fand
Und aus Rom fliehen konnte
ohne abgemurkst zu werden
Insonderheit aber den Kindchen erklärt hat
Wie Columbus es fertigbrachte
Amerika zu entdecken
(wenn er's denn war)

Hochehrwürdigster Signior Notarius,

zuvörderst dank Ich Euch recht sehr dass Ihr diesmal vergessen habt mich auspeitschen zu lassen, bevor Ihr mich ein neues Memorandum schreiben lasst, denn das Auspeitschen bereitet kein so großes Vergnügen und ist immer besser wenn man's vermeiden kann, sonderlich für den Rücken.

Zum zweiten scheint's mir unglaublich dass Ihr mich wirklich hängen lassen wollt wegen der Sachen die ich, Salaì, selbst Euch in gebührender Deutlichkeit und sehr aufrichtig erzählt, nemlich ohne irgendwas zu verbergen, denn ich schwör Euch Stein und Bein und bei den Eiern von Lionardo dass ich die Wahrheit gesagt, und nur am Anfang hab ich ein paar Sächelchen ausgelassen, weil zu viele Einzelheiten auf einmal hätten doch nur ein großes Durcheinander in Eurem Kopf angerichtet.

Jedenfalls glaub ich gar nicht wirklich dass Ihr mich hängen lassen wollt und meiner Meinung nach war das bloß ein Scherz, zwar ein zimlich derber, aber auch recht lustig, hahaha. Egal, ich nehm die Dinge jedenfalls nicht gern auf die leichte Schulter, und drum werd ich in dieses letzte Memorandum alles, aber auch wirklich alles reinpacken was ich Euch noch nicht erzählt, also auch blödes und unwichtiges Zeugs, dann überzeugt Ihr Euch endlich davon dass ich nichts Böses getan und lasst mich frei.

Also praktisch ist das alles so gelaufen: Lionardo wollte

die erste Weltkarte machen darin auch Amerika enthalten ist, um seine Freunde Benci und Vespucci zu beeindrucken, und hat mich nach Rom geschickt dass ich ihm dieses Buch kauf, was in Lothringen, also eigentlich im Elsass gemacht wurd. Aus dem Buch kann er dann klammheimlich die Karte kopiren die's schon gibt, und mit wenig Mühe eine gute Figur machen, was Lionardo immer besonders gern tut. Also hat er mich rundum fein gewandet mit Bändern Spitzen Schleifen etcetera und mich nach Rom geschickt, wo ich nach einer schönen Reise angekommen bin bei der ich in achtzehn Poststazionen Halt gemacht, nemlich in Treghi, Figline, Ponte de le Vane, Bastardo, Castiglion Fiorentino, l'Ossaia, Castiglion del Lago, Castel de la Pieve, Ponte Carnaiolo, der Stadt Orvieto wo man feine Lautensaiten macht, Capraccia, der Stadt Montefiascone, der Stadt Viterbo, dem Kastell von Ronciglione, Monterosio, Baccano, dann La Storta und bin schließlich in die Stadt Rom gekommen (aufgepasst, Signior Notarius, nehmt zur Kenntnis dass ich diesmal Figline nicht vergessen hab, was zwischen Treghi und Ponte de la Vane liegt, sonst sagt Ihr noch ich will Euch wieder reinlegen).

In Rom angekommen bin ich zuerst zu Pater Dati gegangen und dann zum teutschen Buchhändler wo Silber heißt, aber haben mir beide nur dummes Zeug erzählt dass ich bloß Zeit verlor, und war sonnenklar dass sie sich vor Angst in die Hosen machen und sehr misstrauisch sind und was vor mir verbergen wollen. An dem Abend hat jemand mir die erste Drohung mit der Zahl 10 zugesteckt, nemlich die auf dem Tisch von der Osteria wo ich zu Abend gegessen. Dann hab ich Rubè Blasco und Ferramonti getroffen, wo mir erst haufenweise Schläge versetzt und mich dann gefangen genommen, aber haben mir auch viele interessante Dinge über Vespucci und Columbus erzählt und darüber wie das mit der Entdeckung von Amerika wirklich gelaufen ist. Das Wichtigste aber war, sie besaßen das Buch was ich suchte, und damit sie vollends durcheinanderkommen und ich ihnen das Buch abkaufen kann, hab ich ihnen gesagt dass bei dieser Geschichte gewiss auch die Elsässer ihre Hand im Spiel haben. Nemlich das sind sehr mächtige Teutsche wo sich hier in Rom besonders breitgemacht haben, und richten grad hier und außerdem in Teutschland mit lügnerischen Verleumdungen gegen die Päpste und mit Betrügereien jeglicher Art große Verwirrung an, damit sie eine ganz neue teutsche Kirche aufbauen und die von Rom zum Teuffel schicken können. An dieser Geschichte waren Rubè Blasco und Feramonti zwar sehr interessirt, aber das Buch haben sie mir leider trotzdem nicht verkauft.

Dann hab ich Dorothea getroffen, das ist die Tochter von einem Elsässer und muss ich entdecken, dass ich mit der vor sieben Jahren ein Kind gemacht, das heißt Alighiero und ist ein rechter Schlingel, der immerfort böse Streiche ausheckt. Dann hab ich Gioseppina getroffen mit der ich vor sieben Jahren Sauereien gemacht und muss ich entdecken, dass dabei auch ein Kind rausgekommen ist, das heißt Deledda und auch sie stellt gern Unsinn an. Dann hab ich die Magd getroffen die Anna heißt, die hab ich mir vor sieben Jahren auch auf den Spieß gesteckt, aber mit ihr hab ich kein Kind gemacht, sondern muss entdecken das hat an meiner Stelle ein Pole und Professor für Astrognomie getan, der heißt Kopernikus, und dieses Kind heißt Torquato und ist vernünftig und gehorsam und lernt gern immerfort Mattematik und stellt sich Abends ans Fenster um die Sterne am Himmel zu beobachten. Dann hab ich jedem von meinen drei Freunden, nemlich Rubè Blasco und Ferramonti einen kleinen Streich gespielt, damit sie alle drei furchtbar nötig Geld brauchen und einsehen dass sie mir das Buch verkaufen müssen, das Lionardo haben will. Was noch, ach ja, ich hab andauernd dieses scharfe Weib Lucia getroffen, die ist mit Mastro Renzo verheiratet und hat eine Haut so weiß wie Sahne und Lippen wie Blut so rot und hat mich, immer angeschaut wie wenn sie sagen wollte, nimm mich besorg's mir, und lief mit einem Paar großer Kugeln herum, die brachten die Schwengel von halb Rom in Aufruhr, aber waren bloß aus Holz.

Dann hat man mich wieder mit der Zahl 10 bedroht, nemlich mit einem Hühnerkopf voll Blut in der Tasche, wie eklig und was für ein saublöder Streich, meint Ihr nicht auch, Signior Notarius?

Jedenfalls ließ es sich in den Tagen wann ich mit Dorothea und Alighiero spatzirenging, nicht vermeiden dass ich Gioseppina und Deledda begegne, denn in Rom gibt's Wiesen wo die Kindchen des Abends alle miteinander spielen und ihre Mütter bringen sie dahin. Also haben wir uns am Tag bevor ich Lucia den Dienst besorgt und dann Blasco ermordet in meinem Bett gefunden und aus Rom fliehen musste, alle in einem Park von Rom getroffen, nemlich nicht nur Dorothea und Alighiero, wie ich anfangs erzählt, Signior Notarius, nein, jetzt wo ich's genauer bedenke waren alle da, Dorothea Anna und die Kindchen Alighiero Deledda und Torquato. Die spielen miteinander wie wenn sie sich seit eh und je kennen und laufen mal hierhin mal dahin und zerren von rechts und links an mir und machen Späße, indem dass sie zum Beispiel sagen, komm mit uns angeln Salaì, wir brauchen noch einen Wurm, und klettern auf meine Schultern, ziehn mich an den Ohren, rutschen mir den Rücken runter und kneifen mich in den Hintern dass ich wütend werd etcetera etcetera. Aber in Wirklichkeit vergnüg ich mich köstlich beim Spielen mit den Kindchen, denn so brauch ich nicht bei den drei Müttern zu stehn, die sind nemlich in ein Gespräch vertieft, das könnt Ihr Euch schlimmer nicht vorstellen, Signior Notarius.

Anna setzt eine listige Miene auf und sagt zu den beiden andren Müttern, wie sehr sich eure beiden Kindchen doch gleichen, sie haben genauso lockiges Haar wie jemand den ich kenne, das ist wirklich eigenartig. Die beiden antworten, ach ja? Tja, äh, hm, stimmt, und dann entgegnet eine der beiden auf diese Unterstellung: Jedenfalls hat auch dein Sohn was Besondres, wer weiß was für ein Mensch der Vater ist. Damit will sie sagen, na, du hast doch selbst keinen Ehemann und auch dein Sohn hat keinen Vater. Da macht die Magd ein undurchschaubares Gesicht und hebt wieder an, jaja, Salaì ist wirklich ein netter Kerl, und eine der beiden andren erwidert, ha, das hätt ich gleich sagen können dass auch du das weißt, und damit will sie eigentlich sagen: Das wissen ja sogar die Steine, dass er dir auch einen Dienst besorgt. Das dritte Weib sagt, ich mach ein paar Schritte, denn Gezänk mag ich nicht, da rufen die beiden andren, was denn für Gezänk, vielleicht ärgert es dich bloß dass dein Sohn jemandem ähnelt den du gut kennst. Und so geht's immer weiter mit schlauen und bösen Anspielungen, worauf sich nur die Weiber so gut verstehn, dass sie sogar den heiligen Joseph zum Fluchen bringen könnten wenn sie's wirklich drauf anlegen.

Dieweil die drei Weiber wetteifern wer am gemeinsten sein kann, schleich ich mich davon, denn es ist zwar höchst ergötzlich, in einer Frau zu stecken, aber zwischen zwei oder dreien, das sollte man lieber vermeiden, und so geh ich mit den drei Kindchen einen Spatzirgang machen. Wo ich grad an diesem Tag kurz davor bin das Geschäft mit Rubè Blasco und Ferramonti abzuschließen und sowieso zu Ferramonti gehen muss um das Buch zu holen, beschließ ich diesen freien Moment zu nutzen und ihn in dem Sträßchen nah bei seiner Wohnung zu treffen, wo er sich bei dem Bettler in der Hütte versteckt hält.

Wie wir bei ihm ankommen, schaut Ferramonti erst ein bisschen erstaunt auf die drei Kindchen hinter mir. Die sind ebenfalls recht erstaunt wann sie sehn dass ich ein Freund von Ferramonti bin, denn sieht er genau so aus als wie der zerlumpte schmutzige Bettler mit dem er in der Hütte lebt.

Ferramonti begrüßt mich, g-g-gottlob, endlich k-kommst du Sa-salaì, ich bitte dich sag mir: W-wi-wird's nun was m-m-mit dem Ge-geschäft? Lieber Ferramonti, sei unbesorgt, ich hab mich mit deinen Freunden über den Preis geeinigt und bin gekommen dir zu sagen dass ich das Buch morgen bei dir abhole und dir das Geld gebe, einverstanden?

Er sagt, b-bi-bitte hilf mir Salaì, ich hab schon v-v-viele Tage lang k-k-keine neuen Kleider me-mehr a-a-angezogen, weil ich A-a-angst hab nach Haus zu gehen, wo der W-wirt und seine Fr-freunde auf mich wa-warten könnten, b-be-begleitest du mich bitte?

Also gehn wir alle zusammen zu Ferramontis Wohnung wo zum Glück niemand auf ihn wartet um ihm die Kehle durchzuschneiden, und kann ihn sowieso niemand erkennen, denn in wenigen Tagen hat er sich von einem normalen Menschen in einen echten verlausten fiesen Bettler verwandelt. Also wechselt er seine Kleider die nach Pisse und Schweiß stinken und nimmt sich neue saubere, und ist sehr froh dass er sich in Ruhe auf sein Bett legen kann, statt immer auf dem Boden der Hütte neben dem andren Bettler zu schlafen und zu essen, und pissen und kacken musst er da auch.

Doch Ferramonti kann sich nicht lang ausruhn, denn Alighiero und Deledda nutzen die Gelegenheit, wann ich kurz auf die Straße geh um Brot und Wasser zu kaufen, so sind sie ein paar Minuten lang in Ferramontis Wohnung allein und fangen an ihre Nasen überall hineinzustecken und ein großes Durcheinander anzurichten. So entdeck ich, wie ich zurückkomm, dass Alighiero aus der Anrichte Zwieback und Wein genommen und überall in der Wohnung auf dem Boden verstreut hat, so dass man bei jedem Schritt auf etwas Hartes tritt und auf Pfützen ausrutscht, und das macht krickkrack plitschplatsch, und die ganze Wohnung stinkt nach Wein. Deledda hat derweil alle Kleider von Ferramonti aus den Schränken gerissen und hat ihren Spaß dabei die anzuprobieren, wie's der Weiber Art ist, und hat sich eine Unterhose von Ferramonti als Rock angezogen und ein Paar Strümpfe als Handschuhe und zuletzt hat sie alle Kleider auf dem mit Zwieback und Wein verdreckten Boden ausgebreitet. Und weil das so lustig war, hat sie obendrein ordentlich Pipi auf einem Haufen Wollsachen gemacht dass die jetzt schön tropfnass sind, und nachdem sie mindestens zwanzigmal auf dem Berg aus Wolle herumgesprungen ist hat sie alle Sachen ins Bett von Ferramonti gestopft.

Unterdessen versucht der arme Ferramonti Alighiero

festzuhalten, denn der hat ein kleines Bild von der Wand genommen und benutzt es als Schläger um Nüsse gegen eine Reihe Gläser zu schießen, wo auf einem Schrank stehn, und wie ich zurückkomm hat er schon vier Gläser zerbrochen und die Scherben sind überall auf dem Boden verstreut, so dass auch sie krickkrack unter den Füßen machen.

Nur Torquato ist ruhig geblieben ohne Unheil anzurichten, und war zufrieden sich still in Ferramontis Wohnung umzuschaun und sich dann ans Fenster zu stellen, wie er es auch bei sich zu Haus macht wann die Sterne am Himmel stehn, und jetzt beobachtet er friedlich den Garten im Hof unter dem Fenster.

Sogleich verpass ich Alighiero und Deledda ein paar gehörige Maulschellen und entschuldige mich bei Ferramonti für die Verwüstungen die sie angerichtet. Das m-macht nichts, lie-lieber Salaì, mit mir ist's so-so-sowieso aus, ich hab k-k-keine Zu-zukunft mehr, und ich weiß nicht wa-warum, a-a-aber ich spür dass die Ge-geschi-schichte mit dem Wirt nicht gut ausgeht, und obendrein hab ich heute einen Bä-bä-bärenhunger.

Bevor ich die drei Kindchen zu ihren Müttern zurückbring, such ich erstmal gründlich in den Kleidern von Alighiero und Deledda um sicher zu gehen, dass die nichts aus Ferramontis Wohnung stibitzt haben. Die Operazion dauert eine ganze Weile weil die zwei Racker sich wie Aale winden und lassen mich nicht in ihren Taschen suchen und ich verlier sogar Torquato aus den Augen, aber dann find ich ihn zum Glück wieder.

Wie wir zu Anna Gioseppina und Dorothea zurückkommen, haben die drei Weiber gottseidank aufgehört Gift zu verspritzen und mit bösen Anspielungen zu sticheln und sind zu normalem Geschwätz unter Weibern zurückgekehrt, nachdem sie sich ausgetobt. Ja, sind sie sogar übereingekommen sich gegenseitig zu helfen, wo doch keine von ihnen einen Mann hat. So muss zum Beispiel Alighiero nicht mehr allein zuhause bleiben wann Dorothea des Nachts den Kranken von der Bruderschaft der Anima beisteht, sondern kann bei Deledda schlafen, und wie Torquato das hört, ruft er sofort, Mama Mama ich will auch mit Alighiero bei Gioseppina und Deledda schlafen, und die Magd sagt, in Ordnung mein Schatz, du darfst auch mit.

Dorothea sagt dass sie eigentlich gleich damit anfangen können, denn hat sie grad heut Nacht Dienst bei ihrer Bruderschaft, und um sich bei Gioseppina einzuschmeicheln die bettelarm ist nimmt Dorothea eine Kette aus Silber von ihrem Hals und schenkt sie ihr. Ich glaub ja, Signior Notarius, dass die Elsässer Geld ohne Ende haben, also ist dieses Kettchen für Dorothea einen Dreck wert. Die drei Kindchen rufen, hurra, wir können die ganze Nacht zusammen Unsinn machen, und Recht haben sie, denn ich erinnere mich wann ich bei meinen Freunden zuhause schlafen durfte hab ich mich auch immer sehr gefreut, denn die andren Jungen hatten nur Dummheiten im Kopf wie mit dem Ball oder mit hölzernen Schwertern spielen, aber ich hab immer die Gelegenheit genutzt um zu ihren Schwestern ins Bett zu schlüpfen, wo ich dann mit allen geknutscht hab, eine nach der andren und hab keine ausgelassen.

Dies Gerede darüber wo die Kindchen schlafen sollen nutz ich aus und verabschiede mich von Anna Gioseppina und Dorothea wie wenn nichts wär, obwohl ich in Wirklichkeit doch in weniger als zwei Tagen abreisen werde. Jedes der drei Kindchen kriegt einen Abschiedskuss und das Herz ist mir schwer dass ich sie verlassen muss, aber was soll man da machen, Signior Notarius, niemand ist perfekt, nicht mal die Kindchen, denn die haben oft Mütter wo einem zimlich auf den Sack gehen.

Anna und Gioseppina bleiben hier, also kann ich sie bei meiner nächsten Reise nach Rom wiedersehn. Dorothea aber wird früher oder später nach Teutschland zurückkehren, und drum hatte ich's ihr an diesem Tag schon gesagt dass ich übermorgen nach Fiorenza zurückgeh. Da hat sie so laut geschrien dass meine Haare, wären sie nass gewesen, nach ein oder zwei Sätzen von Dorothea gewiss getrocknet wären und hätten mir aufrecht vom Kopf abgestanden als wie Kornhalme. Salaì, verflucht, warum hast du mir das nicht früher gesagt? Zum Donnerwetter, du weißt genau dass mir plötzliche Sinneswandlungen ganz und gar nicht behagen, du bist und bleibst der übliche vermaledeite Unruhestifter wo nichts ordentlich planen kann! Ich entgegne, Schatz, du bist ungerecht, dass du mich so behandelst, denn ich ... Aber sie schneidet mir das Wort ab und sagt kalt als wie ein Stück Eis, Salaì, ich will lieber eine Ungerechtigkeit begehen als Unordnung ertragen.

In diesem Moment, Signior Notarius, hab ich nicht nur kapirt dass zwischen mir und Dorothea alles aus ist, sondern auch dass ich mit so einer Art von Weib nie wieder was zu tun haben will, nicht mal gelegentlich für eine kleine Sauerei. Diese ständigen Beleidigungen und teutschen Pinggeligkeiten können einem wirklich den Sack zerbröseln und sind eine große Übertreibung, schließlich haben Dorothea und ich zusammen ein Kind gemacht, das ist ja nicht nichts was man da gemeinsam hat, oder?

Aber gleich darauf hat sie sich wieder beruhigt und gesagt, entschuldige bitte mein Liebster dass ich so zornig geworden bin, vielleicht ist's der Kummer weil ich dich schon wieder verliere. Darf ich morgen für einen letzten Abschiedsgruß in deine Herberge kommen? Ich sag, ja Liebste, morgen bin ich dort, doch ist es besser wenn du nicht kommst, denn ich muss meine Sachen für die Abreise richten. Aber sobald ich einen freien Moment hab komm ich zu dir, in Ordnung? Da hat sie endlich gelächelt, ja, einverstanden, mein Schatz. Mein Versprechen war natürlich nicht ehrlich gemeint, Signior Notarius, denn wie Ihr wisst hatte ich ja schon ein Stelldichein mit Lucia verabredet und Dorothea kann sich gehackt legen. So wie die Dinge standen, wär's sicher ehrlicher gewesen ihr jetzt die Wahrheit zu sagen, aber auch so zwecklos wie wenn man einem zum Tode Verurteilten sagt, he du, der Ehrlichkeit halber sag ich dir dass deine Frau mit mir ins Bett gehn will, sobald du krepirt bist. Und das ist eine Bestätigung, Signior Notarius, von dem was ich immer sag, nemlich dass man im Leben zwar meistens ehrlich sein soll, aber man soll's damit auch nicht übertreiben.

Was danach passirt ist wisst Ihr schon, nemlich ich hab Sauereien mit Lucia gemacht und entdeckt dass sie statt zweier Brüste wie Äpfel so rund zwei Halbkugeln aus Holz hat. Wie ich dann in die Herberge zurück bin treff ich auf den Kerl mit den zerbeulten Eiern der zu mir sagt, pass auf Salaì, denn der Hässliche der Krüppel und der Zaubrer gehorchen mir nicht mehr. Und schließlich bin ich in mein Zimmer gekommen wo Blasco liegt, dem jemand mindestens ein Dutzend Messerstiche verpasst hat.

Nun muss ich leider was gestehn, denn in meinen vorigen Memoranden hab ich immer erzählt dass Blasco tot war, Signior Notarius, und das war auch nicht gelogen, oh nein, denn Lügen erzähl ich niemals nicht, aber um genau zu sein, Blasco ist erst ein bisschen später gestorben, nemlich ich meine, wann ich ihn gefunden, da atmete er noch, Teuffel auch, und ob er atmete, er röchelte sogar zimlich laut und sagte Sachen die man hören und verstehn konnte.

Salaì, du alter Drecksack, sagt Blasco wie ich reinkomm, endlich bist du zurück, seit Stunden will ich um Hilfe rufen aber mir versagt die Stimme, denn ich hab wohl viel Blut verloren, drum glaub ich mit mir ist's aus.

Ich denk, ich bin in einem Alptraum, Signior Notarius, denn das ist mir noch nie passirt dass ich vor einem steh wo gleich krepiren wird, was ja wohl klar ist, denn er schwimmt in einem See von Blut und hat ein Dutzend Messerstiche im Leib. Ich seh dass die Wunde im Hals eigentlich nicht so tief ist, aber nach der Menge Bluts zu urteilen muss jemand den armen Blasco wohl richtig gründlich bearbeitet haben.

Mir zittert die Stimme wann ich sag: Nicht doch Blasco, Kopf hoch, du wirst sehen dass es dir gleich besser geht, und was man sonst noch für Mist zu jemandem sagt für den es kein Fitzelchen Hoffnung mehr gibt. Ich will seinen Kopf ein bisschen anheben, aber er sagt, nein, lass das, je mehr ich mich bewege desto schneller bin ich tot. Vor kurzem war mir sogar wie wenn eine Frau, ganz in Weiß gekleidet vor mir steht, die sah aus wie die Jungfrau Maria, und drum geht's sicher gleich zu Ende mit mir.

Ich bitte dich Blasco, sag's mir, wer hat dir diesen üblen Streich gespielt? Es waren zwei, antwortet er, die haben mich überrumpelt und ich konnte nichts machen, hab nicht mal kapirt wie das passirt ist, denn kaum hatte ich die Tür geöffnet sind sie blitzschnell zu Werke gegangen.

Verfluchte Scheiße, Blasco warum hast du denn bloß die Tür aufgemacht? Ich hatte dir doch gesagt, du sollst dich hier einschließen bis ich zurückkomme!

Ich weiß, sagt er, aber dieses Weib von dir hat mich reingelegt. Von wem redest du, Blasco? Von diesem Weib, Salaì, deiner Teutschen, ist das nicht die wo du mir mal vorgestellt?

Naja, eine Teutsche ist sie eigentlich nicht, sag ich, sie ist aus dem Elsass. Aaaah! stöhnt Blasco entsetzt, nun wird mir alles klar.

Kurzum, es ist so gelaufen, Signior Notarius: Wer an die Tür von meinem Zimmer geklopft, das war Dorothea und hat sich auch ordentlich mit ihrem Namen vorgestellt dass ich sie erkenn. Ich hatte das vergessen, aber einmal haben Dorothea und ich bei unsren Spatziergängen Blasco auf der Straße getroffen, nemlich das war als ich sie einander vorgestellt, und hab gesagt, Blasco, das hier ist Dorothea die mein Ding in der Hand hat, wenn es groß wird. Also stimmte das gar nicht, was ich gedacht, nemlich dass Blasco und ich keine gemeinsamen Bekannten in Rom haben außer Rubè und Ferramonti.

Teuffel auch, Blasco, warum hast du die Tür aufgemacht? Weil sie geklopft hat, antwortet er, und hat gesagt, mach auf Salaì, ich bin's, Dorothea. Denn wenn ich nicht aufgemacht und geantwortet hätte, wär sie doch misstrauisch geworden, wo sie ja schon von der Straße aus gesehen haben muss dass in deinem Zimmer jemand ist, und drum hätte sie gewiss jemandem von der Herberge Bescheid gesagt und das hätte großen Ärger geben können. Aber bevor ich die Tür aufgemacht, hatte ich mir eine feine

Lüge ausgedacht: Ich hätte ihr gesagt dass du mir eines von deinen Kleidern verkaufen willst und dass ich sie grad anprobire und auf dich warte bis du von einer Besorgung zurückkommst. Aber wie ich die Tür aufgemacht, sind statt Dorothea diese beiden reingekommen, haben ihre Messer gezückt und jetzt krepir ich, Salaì.

Das ist doch nicht möglich, dann wollte Dorothea mich also umlegen! ruf ich und kommen mir fast die Tränen vor Angst, denn um ein Haar hätte ich ja anstelle von Blasco dran glauben müssen.

Aber das ist doch klar, Salaì, verstehst du denn nicht dass hinter all dem die Entdeckung von Amerika steht? Das sind Sachen wegen denen Menschen umgebracht werden! Du hattest Recht wann du gesagt dass die Elsässer dahinterstecken. Sie sind's gewesen wo mich abgestochen, sie sind's auch wo das ganze Geheimnis kennen, und wollen um keinen Preis dass es entdeckt wird.

Was denn für ein Geheimnis? frag ich und bin zimlich durcheinander Signior Notarius, denn hab ich praktisch einen Toten vor mir der redet, was einem wahrhaftig nicht jeden Tag passirt.

Ach du armer Salaì, du hast immer noch rein gar nichts kapirt, sagt Blasco und erklärt mir dass in Wahrheit keiner Amerika je entdeckt hat, denn alle wussten schon immer dass man, wenn man ein paar Tage lang in diese Richtung, also nach links segelt, zu einem riesigen Land gelangt wo es Menschen und Tiere und Pflanzen gibt die ganz anders sind als die in Europa, und seit Jahrhunderten und Aberjahrhunderten gibt's geheime Karten dieser Meere und Länder wo die Umrisse des Kontinents eingezeichnet sind, den wir jetzt die Neue Welt nennen, und auf diesen Karten kann man sogar Flüsse und Berge und Seen etcetera sehen. Seit eh und je haben sich die mutigsten und neugierigsten Männer aber auch die wo ein bisschen verrückt waren, dank dieser Karten, die seit Menschengedenken überliefert werden, in alle Richtungen aufgemacht: die Chinesen sind nach Amerika, die Amerikaner nach Europa gesegelt und die Europäer überallhin.

Wenn du das Buch in der Hand hast, sagt Blasco, dann schau's dir genau an: Du wirst sehen dass es auf der Weltkarte sogar die Westküste von Amerika gibt, die noch niemand erforscht hat. Kannst du mir vielleicht erklären, wer Ringmann und Waldseemüller gesagt hat, wie Amerika auf der Seite aussieht, wo die Europäer noch gar nicht hingekommen sind? Und woher wussten sie dass es auf der andren Seite von Amerika wieder ein Meer gibt, sogar einen ganzen Ozean, statt bloß noch mehr Land? Siehst du, darum ist das Buch so wichtig: Es ist der Beweis dass man seit Jahrhunderten weiß, dass Amerika existirt und sogar wie es aussieht.

Aber dann haben ein paar gerissene Kerle in Europa die Karten der Meere und der weit entfernten Erdteile nach und nach verschwinden lassen, so kannten nemlich nur noch sie das Geheimnis wie die Welt aussieht und konnten es immer dann nützen wann's ihnen passte. Für den Handel gab's ja noch den Landweg nach Indien, drum war es gar nicht nötig sich den Arsch aufzureißen und sein Leben zu riskiren indem dass man über wer weiß wie gefehrliche Meere segelte, um sich das zu besorgen was es in Europa nicht gab und was sowieso schon auf dem Landweg ankam, nemlich Stoffe Spezereien Metalle und kostbare Steine etcetera. Und weil der Rest der Welt nicht so schlau ist als wie Europa, was man daran sieht dass die andren Völker in der modernen Welt von heute, nemlich dem Jahr 1508, nicht schreiben können wie die Europäer und haben auch keine Gedichte und Gemälde und Ideen und schöne, edle Traditionen wie die unsren, darum sind die alten Karten nach einer Weile verloren gegangen oder zerstört oder vergessen worden, oder Kindchen wie Alighiero haben sie in ihre Finger gekriegt, was den sicheren Untergang von solchen Schätzen bedeutet.

Also haben eine halbe Ewigkeit lang nur wenige, sehr wenige gewiefte Menschen dieses uralte Wissen bewahrt, wozu auch die Karten mit Zeichnungen von der ganzen Welt einschließlich Amerika und andrer unbekannter Länder gehören. Einer von diesen Obergescheiten, die seit je her Lügenmärchen über unbekannte Länder Expedizionen große Entdeckungen etcetera erfinden, war zum Beispiel René von Anjou, dem Columbus als Korsar gedient, außerdem sein Enkel, der Herzog René von Lothringen wo für die Veröffentlichung des Buchs von Ringmann und Waldseemüller gesorgt hat. René von Anjou hatte gar keine Flotte, nicht mal ein Bötchen besaß der, aber war ein großer Fachmann für Kosmografie Seekarten und kannte viele fremde Sprachen, darunter sogar die türkische. Kurzum er besaß alle Kenntnisse eines Seefahrers, aber hat sie nur benutzt um mit Hilfe von Columbus und Vespucci die Menschen zu betrügen und krumme Dinger zu drehn.

Entschuldige bitte Blasco, unterbrech ich ihn, ich weiß dass du im Moment nicht besonders gut in Form bist, aber eine Sache musst du mir erklären: Wann wir uns kennengelernt, habt ihr drei mir erzählt dass es hinter der Entdeckung von Amerika eine Verschwörung gibt um das Geheimnis von Columbus zu verbergen, nemlich dass er ein Sohn von Papst Innozenz VIII. war, dem wirklichen Geldgeber bei der Expedizion nach Amerika. Dann hat Ferramonti mir erzählt, das eigentliche Geheimnis wär dass Amerika schon viel früher von den Schotten und Wikingern entdeckt ward, und die hatten sich zusammengetan mit einer geheimen Bruderschaft von Kriegermönchen wo noch heute heimlich die Welt regirt und so weiter, bla bla bla. Und jetzt ist deiner Meinung nach das wirkliche Geheimnis dass Amerika niemals entdeckt werden musste, denn hat man heimlich immer schon gewusst dass es existirt. Und jeder der diese uralten Seekarten besaß, ist hingefahren und hat Amerika erobert wann's ihm grad in den Kram passte. Tut mir leid, äh, aber welche von diesen drei Geschichten soll ich denn nun glauben?

Das ist doch klar, röchelt Blasco, meine natürlich, denn ich bin kurz davor zu krepiren. Mit meinem Tod hast du den Beweis dass ich Recht hab, denn die Elsässer wollten mich gewiss gleich umlegen als sie gemerkt was meine Freunde und ich über die Entdeckung von Amerika rausgefunden haben. Und das haben sie von dir erfahren. Eigentlich hast du mich auf dem Gewissen, Salaì.

Wie ich das hör, komm ich mir ein bisschen dumm vor, Signior Notarius, denn mir fällt plötzlich ein dass ich Dorothea all die Dinge erzählt die ich von Blasco Rubè und Ferramonti erfahren hatte. Ich hab ihr vertraut weil ich ihr allerhand Dienste besorgte, denkt bloß, Signior Notarius, wie blöd ich war. Denn eine wo sagt dass Unordnung sie noch mehr stört als Ungerechtigkeit, die fackelt gewiss nicht lang bevor sie ihren Nächsten reinlegt, bloß um den Befehlen ihrer Landsleute zu gehorchen, auch wenn der Nächste der Vater ihres Sohnes ist. Und mir ist auch eingefallen wie wütend sie manchmal über Alighiero war, bloß weil er ihr nicht immer gehorchte – was wird sie dann erst gedacht haben wenn der ganze Rest der Welt ihren Elsässern nicht gehorchte!

Lieber Salaì, sagt Blasco und seine Stimme ist schon fast nicht mehr zu hören, ich hab tagelang nachgedacht über das was du uns über die Elsässer erzählt hast und am Ende hab ich kapirt, du hattest Recht: Hinter allem stecken immer nur sie.

Columbus zum Beispiel wurde von ihnen benutzt, aber wie sie ihn dann nicht mehr brauchten, haben sie ihn zum Teuffel gejagt, und wirklich, er ist einsam und verlassen gestorben. Um Verwirrung zu stiften haben sie dann Vespuccis Briefe veröffentlichen lassen, darin es so aussieht wie wenn er Amerika entdeckt hätte, und Vespucci zu Ehren wurd es sogar nach ihm benannt, denn er heißt Amerigo.

Und ist es nicht seltsam, Salaì, fährt Blasco fort, dass das erste Buch, wo der Name Amerika auftaucht, also das Buch was du suchst, ausgerechnet von Freunden der Elsässer verfasst wurde, nemlich Ringmann und Waldseemüller? Und seltsam ist doch wohl auch dass fast alle Geografen und Entdecker der letzten Jahrhunderte grade aus Fiorenza kommen, oder?

Das stimmt, Signior Notarius, denn das hab ich Benci und Vespucci, die Freunde von Lionardo, sagen hören.

Und überleg mal, sagt Blasco, zufällig hat Vespucci die Geldgeschäfte der Medici aus Fiorenza verwaltet, jahrelang war er ihr Bankier und drum war er ein Mensch wo praktisch denkt und gewohnt ist Geld zu zählen, Ausgabenbücher zu führen, Besitztümer zu verwalten etcetera, und hat niemals auch nur einen Fuß auf ein Schiff gesetzt und von der Seefahrt hatte er keinen blassen Schimmer, also war er genau das Gegenteil von einem Entdecker der an Abenteuer und Gefahren gewöhnt ist. Und ausgerechnet der soll Amerika entdeckt haben, das ist doch ein Ammenmärchen und können nur Trottel drauf reinfallen. Die Briefe, darin er von seiner Entdeckung erzählt, die hat er Lorenzo, dem Sohn von Pierfrancesco de Medici gewidmet, sonderlich aber dem Pier Soderini. Und der Bundesgenosse von Vespucci war ein gewisser Giannotto Berardi, auch er aus Fiorenza, und Columbus hat sich außer an viele andre auch an diesen Berardi gewandt wegen der Gelder für seine Expedizion. Hast du jetzt kapirt, Salaì, was das Buch wirklich ist, das du für deinen Padrone kaufen willst?

Was meinst du, Blasco? Nun, ganz einfach, mein lieber Salaì: das Buch von Ringmann und Waldseemüller ist nichts andres als eine neue Fassung der Kosmografie von Claudius Ptolemäus, welcher ein großer Wissenschafftler aus Griechenland war und hat vor vielen Jahrhunderten einige der ältesten Weltkarten gezeichnet.

Oh ja, ich glaub, das hat mir mein Padrone mal erzählt, sag ich, denn wirklich hat Lionardo anfangs irgendwas von diesem Ptolemäus geredet.

Gut, sagt Blasco und seine Stimme klingt immer schwächer, dann hör zu: Von diesem Ptolemäus weiß man absolut überhaupt nichts, und niemand kann beschwören dass er je gelebt, weil man hat keine Ahnung wo und wann er geboren und gestorben ist. Im alten Griechenland war Ptolemäus aber ein sehr verbreiteter Name, und sein Vorname war Claudius, ein römischer Name, der noch weiter verbreitet ist, also praktisch war das wie wenn einer heute Giovanni Paolo heißt, ein Name den allein in Rom mindestens zehntausend Männer tragen.

Ptolemäus' kosmografisches Werk blieb auf geheimnisvolle Weise jahrhundertelang verschwunden, dann hat ein griechischer Mönch mit Namen Maximo Planude behauptet er hätte es wiederentdeckt. Diese Planude war Schüler eines andren Griechen, Manuele Crisolora, dem fiel plötzlich ein dass er woanders Griechisch unterrichten könnte, und wo ist er wohl hingegangen? Ausgerechnet nach Fiorenza, welch ein Zufall, und da frage ich mich, wie kommt ein Grieche heutzutage bloß auf die Idee in Fiorenza Griechisch zu unterrichten?

Wie Blasco den Namen dieses Crisolora nennt, Signior Notarius, da erinnere ich mich dass auch Benci und Vespucci ihn bei ihren Gesprächen mit Mastro Lionardo über Geografie und Kosmografie erwähnt, und da staune ich sehr.

Unter den Schülern dieses Crisolora, fährt Blasco fort, gab's viele von diesen Antikisten von denen du uns erzählst, Salaì, zum Beispiel einer der Niccolò Niccoli hieß und rate mal mit wem der dick befreundet war? Mit Poggio Bracciolini, also mit dem Antikisten aus Fiorenza wo heimlich ein Komplize der Elsässer war, wie du mir erzählt hast. Und jetzt nimm noch hinzu dass der große Gonfaloniere von Fiorenza, Pier Soderini, ein guter Freund von den Vespucci war, die im Dienst der Medici von Fiorenza standen und Columbus Geld gaben. Kurzum, am Ende findest du einen ganzen Kreis von Fiorentinern die alle irgendwie mit der Verschwörung um die Entdeckung von Amerika zu tun haben.

Tatsächlich hab ich selbst gehört, wie Vespucci Benci und Lionardo ihr Glas gehoben haben auf Fiorenzas Ruhmestaten bei der Wiederentdeckung der antiken Kosmografen, darunter vor allem Ptolemäus, und haben Fiorenza auch allgemein gepriesen für seine Entdeckungen auf dem Gebiet der Geografie, worin niemand besser ist als die Bürger unsrer Stadt, Gott schütze sie. Trotzdem scheint mir diese ganze Geschichte nun doch ein bisschen zu weit zu führen.

Hör mal Blasco, sagt ich, du willst mir doch nicht etwa weismachen, dass Fiorenza in diese Verschwörung verwickelt ist?

Aber sicher ist Fiorenza darin verwickelt, ja, dort fängt sogar alles an: Geld, geografische Kenntnisse, antike Weltkarten und Verschwörer, kurzum alles kommt von dort. Und im Grunde geht's darum, die Leute zu überzeugen dass Europa der letzte Mist ist, damit sie alle nach Amerika gehn wo die Elsässer und ihre Freunde sie dann besser kontrollieren und über sie herrschen können. Aber was kümmert es dich, was Fiorenza anstellt, Salaì? Dein Padrone ist ja aus Venedig!

Äh, hm, tja, sag ich, es ist bloß so dass mir hier in Rom seit einiger Zeit wunderliche Dinge geschehn. Da gibt's jemand wo mir merkwürdige Warnungen mit der Zahl 10 schickt, was kann das deiner Meinung nach sein, Blasco?

Und ich erzähl ihm wie zwei Kerle einen Zettel mit der Zahl 10 auf meinem Tisch in der Osteria gelassen, und wie sie mir dann einen blutigen Hühnerkopf in die Tasche gesteckt haben.

Wiewohl er kurz vorm Krepiren ist und hat die Augen so weit aufgerissen wie wenn's zwei Spiegeleier in der Pfanne wären, starrt Blasco mich einen Moment lang mit einem Blick an, darin Überraschung Misstrauen und Neugier gleichzeitig stecken. Sag mal Salaì, fängt er dann an, habt ihr in Venedig nicht diesen Rat der Zehn, was eine besondre und sehr strenge Gerichtsbarkeit ist, wo sich mit Spionage Staatsgeheimnissen etcetera beschäftigt?

Hä? Ach ja, natürlich haben wir den. Siehst du, Salaì, aber hast du denn niemals daran gedacht dass deine venezianischen Padroni hier in Rom grad einen Haufen Probleme haben? Das wissen ja sogar die Steine dass der Papst kurz davor ist, den Venezianern zusammen mit Frankreich Österreich und Aragonien den Krieg zu erklären!

Ach ja, äh, klar, natürlich hab ich davon gehört, sag ich, aber von solchem Zeugs versteh ich nicht die Bohne und weiß nicht was zum Kuckuck ich darauf sagen soll, aber jetzt erinnere ich mich dass ich, wie ich grad in Rom angekommen, vom Fenster meiner Herberge aus einen Aufmarsch vom päpstlichen Heer gesehen das sich wirklich für einen Krieg zu rüsten schien.

Und ist dir nicht in den Sinn gekommen, beharrt Blasco, dass dich ganz gewiss alle Spione vom Papst wie auch die im Dienst Venedigs keinen Moment lang aus den Augen verlieren, wenn du für einen mächtigen Venezianer wie den Kardinal Grimani durch die Stadt läufst? Denn der Papst kann Kardinal Grimani insofern der Venezianer ist nicht ausstehn, aber andrerseits vertragen sich die Grimani auch nicht besonders gut mit Venedig, denn wie du sicher besser weißt als ich hat sich der Vater des Kardinals vor einiger Zeit nach Rom geflüchtet, nachdem der Große Rat von Venedig ihn des Hochverrats beschuldigt. Darum wird jeder wo Umgang mit dem Kardinal hat ganz gewiss beobachtet, und rät man ihm vielleicht auch den Kardinal lieber fallen zu lassen, sonst kriegt er selbst einen Prozess an den Hals und der Rat der Zehn verurteilt ihn zum Tod. Denn der Rat der Zehn wird von eben jenem Großen Rat gewählt der den Vater von Grimani verbannt hat, und ist berühmt dafür dass er nicht lange fackelt mit Leuten die Venedig

Scherereien machen, sonderlich auf fremdem Boden, wo es eine Kleinigkeit ist mal eben im Handumdrehen einen Mord zu organisiren, meinst du nicht auch?*

Da geht mir plötzlich ein Licht auf, Signior Notarius, warum Iligi, der Sekretarius der Grimani, wie ich zu ihm gegangen bin, mich sogleich abgewehrt und gesagt hat, fragt mich bloß nicht nach meinen Herrschaften die sind derzeit alle beide nicht in Rom, etcetera. Wo die Stimmung zwischen dem Papst und Venedig und zwischen dem alten Grimani und Venedig so schlecht war, musste Iligi das natürlich sagen.

Jedenfalls hab ich von Politik keinen Dunst, Signior Notarius, also klappt mir die Kinnlade runter wie ich all diese Sachen zum ersten Mal hör, und stottere ich bloß immerfort, aha äh oh ja klar, dieweil Blasco über all dem Reden an sein Ende kommt.

Jetzt entschuldige bitte, Salaì, röchelt er, aber für einen der krepirt hab ich schon zu viel gesprochen. Hier gibt's keinen Priester, drum möcht ich von dir die Absolution und die letzte Ölung, und versprich mir dass du mindestens zwanzig Messen für mein Seelenheil lesen lässt.

Klar doch, Blasco, das mach ich bestimmt, aber bitte antworte mir noch auf eine letzte Frage die ist mir jetzt erst eingefallen, aber ist furchtbar wichtig: Hast du Dorothea eigentlich ins Gesicht gesehn, nachdem sie geklopft und du die Tür aufgemacht hast?

* Die sprichwörtliche Grausamkeit des Rates der Zehn von Venedig ist keine Erfindung Salaìs. Vgl. z. B. P. Preto, *I servizi segreti di Venezia,* Mailand 1994. Die historischen Informationen über die Familie Grimani, die Salaì hier wiedergibt, sind zwangsläufig von der erregten Atmosphäre jener Zeit geprägt, aber im Wesentlichen korrekt.

Leider hab ich die Frage noch nicht mal zu Ende gesprochen, da ist Blasco schon mit offnen Augen krepirt.

Ich zeichne ein Kreuzzeichen auf seiner Stirn und schließ ihm die Augen, weil ich weiß, sowas macht man in solchen Fällen, aber pfui Teuffel, wie eklig das ist die Augen von einem Toten anfassen, Signior Notarius. Danach fängt der Teil an, den Ihr schon kennt, nemlich ich bin sofort raus aus dem Zimmer und mit all meinen Sachen aus der Herberge gestürzt und zu Ferramonti. Der hat dann den Diebstahl in seiner Wohnung entdeckt und geschrien, S-s-salaì, d-das B-b-buch ist nicht mehr da! und ich hab gesagt, na großartig du Arschloch Idiot etcetera etcetera.

Wann ich Ferramonti hab stehnlassen und bin wieder auf die Straße hinausgegangen, war dort ein Hexenkessel, denn noch hatte keiner genau kapirt wer da umgebracht wurde, doch alle suchten schon den Mörder. Und wie ich mich in einem Hauseingang versteckt, hat mich diese vermaledeite Enkelin von der alten Vettel aus der Herberge erwischt, und sogleich wurd ich von einer großen Menge Volks gejagt, bin aber auf ein Dach gestiegen und konnte von dort über die andren Dächer flüchten, etcetera etcetera.

Dann hat dieser infame Lügner Del Carretto mir sein Pferd geliehen, doch unterdessen war's zu spät zum Aufbrechen, drum musst ich in der Nacht auf der Straße schlafen und warten bis es tagt.

Aber natürlich hab ich kein Auge zugedrückt, Signior Notarius. Fuchsteuffelswild war ich, weil nach der ganzen Schufterei hier in Rom musste ich ohne das Buch für Lionardo nach Fiorenza zurück, wer weiß wer sich das untern Nagel gerissen, zur Hölle sollte er fahren, und obendrein hatte ich einen Haufen Geld für nichts und wieder nichts ausgegeben.

Aber ich hatte auch immer das Bild von Blasco vor Augen, wie er in seinem Blut daliegt und krepirt und mir dabei das Komplott um die Entdeckung von Amerika erzählt, und ich hab mir gesagt, heilige Scheiße, was hast du bloß für ein Schwein gehabt, Salaì, denk mal dass du jetzt all diese Messerstiche im Bauch haben könntest und hättest sie sogar verdient, bei dem ganzen Mist wo du gebaut.

Und dann denk ich wieder drüber nach, wie ich Dorothea die verschiednen Teorien von dem Komplott erzählt, und ich erinnere mich dass sie getan wie wenn sie nicht zuhört, aber in Wirklichkeit hat sie alles genau behalten, um es dann ihrem Vater weiterzusagen, der dann gewiss den andren Elsässern in Rom davon berichtet.

Ich möchte glatt zwei oder drei meiner kostbaren Klöten wetten dass die Kopie von dem Sonett über Columbus, die ich Dorothea hatte schenken wollen, nicht verlorengegangen ist. Nein, gewiss hat sie das Geschenk nur deswegen abgelehnt, um mir das Sonett dann heimlich zu klauen, so dass ich glauben musste sie hätte es nicht.

Nach einer Weile haben Dorotheas Vater und die andren Elsässer dann beschlossen dass ich zu viel weiß was für sie gefehrlich werden könnte, und dass sie mich darum besser aus dem Verkehr ziehn, bevor ich zu viel davon rumerzähle. Ist ja kein Zufall nicht, dass Dorothea und diese beiden Meuchelmörder in meine Herberge gekommen sind, kaum dass ich Dorothea erzählt hatte, ich will abreisen. Später wär's zu schwierig geworden mir das Maul zu stopfen. Dorothea war sicher dass sie mich in der Herberge finden würde, denn ich hatte ihr ja gesagt ich müsste für die Reise packen. Sie selber hätte natürlich lieber alles ordentlich und rechtzeitig vorbereitet, drum war sie ja auch so stinkig wie ich ihr plötzlich gesagt hab dass ich nach Fiorenza zurückgehn werde.

Ach Salaì, denk ich, wie hast du nur vergessen können dass Dorothea die Tochter ihres Vaters ist? Dabei hatte ich's doch gehört wie sie mir Alighiero vorgestellt hatte: *Er ist entzückend, aber manchmal tötet er mir wirklich den Nerv und ich ertrag's nicht mehr, dies Schätzchen.*

Die Elsässer sind Leute denen Unordnung noch mehr auf den Sack geht als wie Ungerechtigkeit, wie Dorothea damals gesagt hat. Kaum auszudenken wie's dann einem ergehen wird der ihnen andauernd in die Suppe spuckt und ihre teufflisch komplizirten Pläne durcheinanderbringt, für die sie so viel Zeit und Mühe aufwenden.

Aber ich überleg mir auch dass es vielleicht gar nicht Dorothea war, wo an die Tür von meinem Zimmer geklopft, wer weiß, vielleicht waren das die vom Rat der Zehn die Blasco umgebracht haben. Hat Blasco nicht gesagt dass es diesen Zehnern sehr gut zupass kommt, Leute, die ihnen lästig sind, außerhalb von Venedig umzubringen, also zum Beispiel in einem Herbergszimmer in einer andren Stadt? Naja, vielleicht war es aber auch Mastro Renzo der Blasco hat abstechen lassen, doch in beiden Fällen bleibt die Frage: Wenn es nicht Dorothea war, die an die Tür geklopft, wer war dann das Weib das sich als Dorothea ausgegeben hat?

Vielleicht hat dieses Weib ja nur drei Worte gesagt, nemlich Ich bin's, Dorothea, und hat sie mit teutschem Aktzent gesprochen, so dass ich womöglich auch drauf reingefallen wär. Ich hoffe sehr dass sie's nicht war, denn, mal ehrlich, Signior Notarius, ist wirklich nicht schön sich vorzustellen dass die Mutter deines Sohnes dich umlegen will. Jedenfalls denk ich dann auch an Lionardo und verfluch ihn, diesen Erztrottel, der vor seinen Freunden in Fiorenza angeben will und mich nach Rom geschickt, dieses vermaledeite Buch zu kaufen, wer weiß wo das jetzt steckt.

Aber in dem Moment, Signior Notarius, hab ich eine Erleuchtung gehabt.

Wiewohl es noch nachts war, bin ich aufgestanden, hab das Pferd an der Stazion gelassen und bin im Galopp zur Gioseppina gelaufen. Erst will sie mir die Tür nicht aufmachen, denn wenn sie um diese Stunde klopfen hört denkt sie es wär ein Dieb oder gar ein Mörder. Wie sie mich erkennt, gerät sie aber noch mehr in Aufregung, denn sie hat die Gerüchte gehört dass ich aus der Herberge geflohen bin, und sagt, ich bitte dich, Salaì, erklär mir was passiert ist, manche Leute sagen dass man dich in deinem Zimmer umgebracht hat, andre sagen der Tote sieht dir nur ähnlich, und wiederum andre dass du der Mörder bist und die Sbirren wollen dich verhaften.

Ich hab aber zu große Eile und erklär ihr nur dass ich unschuldig bin, und dann sag ich, lass mich sofort mit Deledda sprechen, es geht um eine todernste hochwichtige Sache. Gioseppina ist sehr erschrocken und bringt mich in die Kammer wo die drei Kinder schlafen wie Engelchen. Sogleich weck ich das Mädchen und wiewohl sie so schlaftrunken ist dass sie fast umfällt bestürm ich sie mit Fragen: So, jetzt sprich, du weißt alles, stimmt's? Aber das Kindchen greint und sagt, nein Salaì, ich weiß nichts, ganz bestimmt nicht, und weint vor Müdigkeit und Schreck so laut und verzweifelt dass Gioseppina böse wird: Jetzt lass doch die Kleine in Ruhe, siehst du denn nicht dass sie die Wahrheit sagt?

Da weck ich Alighiero auf und nehm auch ihn ins Kreuzverhör, fast eine halbe Stunde lang, aber kommt nichts dabei raus, denn auch Alighiero sagt bloß tausendmal, ich schwör dir Salaì, ich weiß gar nichts. Und wie er so auf meinem Schoß sitzt und ich ihm fest in die Augen blick, scheint mir Alighiero wirklich ehrlich, was praktisch niemals vorkommt, denn sonst hat er immer einen frechen Ausdruck im Gesicht wie wenn er sagen will, haha, du wirst schon sehn was ich anrichte, wenn ich erstmal groß bin.

Unterdessen ist auch Torquato aufgewacht und schaut mich mit seinen lieben ehrlichen Augen an, aber es scheint mir überflüssig ihn auch noch zu befragen, denn Torquato ist ein braves Kind und kann nichts wissen von dem, was mich interessirt. Also denk ich, verfluchter Mist, meine Kinder sind ja recht hübsch und nett, aber sind wahrhaftig auch Landplagen und dreiste Lügner, konnten sie nicht wenigstens ein bisschen so wie Torquato geraten der einem niemals Scherereien bereitet?

Dieweil plagt mich Gioseppina mit Weibergeschwätz, ich bitte dich Salaì, du musst mir jetzt unbedingt sagen was du tun willst, denn kannst du natürlich noch ein bisschen hier bleiben, aber besser ist's du verschwindest noch vor dem Morgengrauen, weil ich möchte nicht dass die Sbirren dich grad dann schnappen wenn du aus meinem Haus kommst, nemlich dann krieg ich auch Ärger und hab doch die Verantwortung für die drei Kindchen hier, bla bla bla. Das geht so weiter, bis ich plötzlich etwas entdeck und laut ausruf: Ruhig jetzt! Was zum Teuffel ist das hier?

Das Weib und die drei Kindchen erschrecken sehr über meinen Schrei. Dann geht Gioseppina auf eine Anrichte zu wo der Ball aus Papier liegt, auf den ich gezeigt, und fragt: Was ist denn los mit dir, Salaì? Das ist doch nur einer von den Bällchen aus Papier wo Torquato sich jeden Tag zum Spielen bastelt und sagt, das sind Sterne Planeten etcetera. Ja, ich weiß, sag ich, aber den da, wann er den gemacht? Heute hat er den gemacht, antwortet Gioseppina, warum willst du das wissen?

Ich nehme den Papierball, er ist etwas größer als wie meine Hand und sehr gut gemacht, nemlich aufgeteilt in zwölf gleich große Schnitze, wie die von einer Apfelsine.

Und jetzt müsst Ihr mir was gestehn, Signior Notarius, denn wo Ihr ja mein Buch über Kosmografie beschlagnahmt habt, erzählt mir nicht, dass Ihr nicht auch einen Blick hineingeworfen habt. Nemlich jeder wo meinen ganzen Bericht gehört, wär neugierig auf das Buch geworden, sogar der heilige Franziskus von Assisi, also habt auch Ihr schon jetzt kapirt, was mir in dem Moment aufgeht, und brauch ich Euch nicht mal mehr alles genau zu erklären.

Wie Ihr gewiss auch gesehn habt, ist das Buch für das ich diesen ganzen Aufstand in Rom machen musste, beileibe keins wie jedes andre. Es ist auf wirklich wunderliche und eigentümliche Weise gemacht, nemlich in drei Teile geteilt: einer ist ein gewöhnliches Buch mit Einband, Titel und Seiten etcetera, darin erklärt wird wie die Welt aussieht wenn's nach diesem Ptolemäus geht, und als Zusatz gibt's die Neue Welt, die Columbus und Vespucci oder wer auch immer entdeckt hat. Dann gibt's drinnen im Buch zwölf wahrlich sehr schöne Stiche mit Bildern von allen Teilen der Welt wie sie im Buch beschrieben werden, und wenn man diese Stiche fein säuberlich nebeneinanderlegt kommt eine große Karte dabei raus, die kann man sich an die Wand hängen, dann braucht man, so man alles zusammen betrachten will, nicht den Hals über den ganzen Tisch zu recken, und wenn einer grad was isst, zum Beispiel Brot mit Schweinsbraten, dann fallen die Krümel nicht auf die Karte und die kann nicht schmutzig werden.

Und weil die Elsässer zwar ausgekochte Spitzbuben sein mögen, aber haben Ideen im Kopf die sind gar nicht übel, haben Ringmann und Waldseemüller sich noch etwas andres für ihr Buch einfallen lassen, nemlich ein Blatt wo die Welt dargestellt ist:

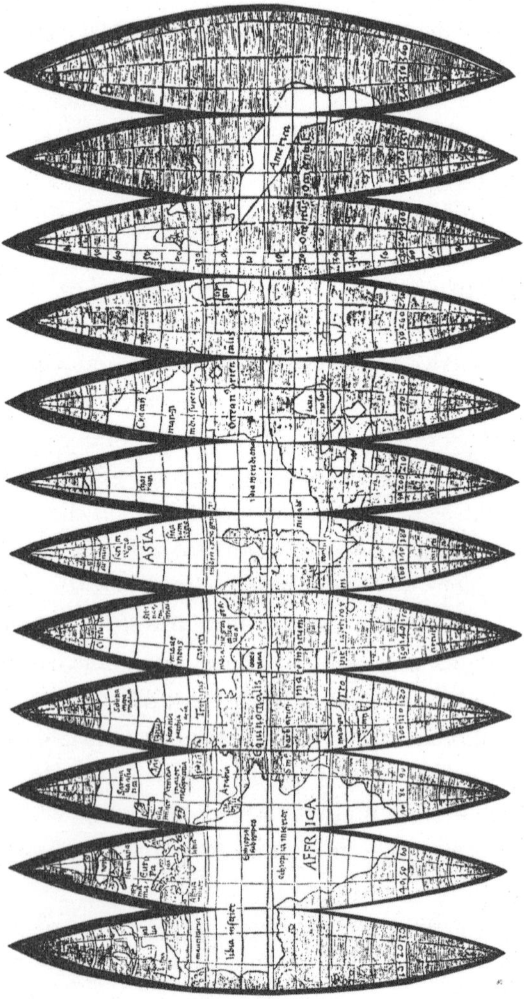

aber die ist in Scheiben geschnitten so dass man sie ausschneiden und zu einem Ball biegen kann, und dabei kommt dann zuletzt ein getreuliches Bild von der Weltkugel raus.* Wenn einer also ganz besonders versessen ist auf diese Sache mit Amerika den Entdeckungen etcetera, dann kann er das Buch lesen, sich die Weltkarte an die Wand hängen und hat obendrein den Globus, den kann er sich auf sein Nachttischchen legen, und braucht er sich vor dem Einschlafen keinen mehr runterholen wie Lionardo, sondern kann den Globus anschauen und ist zufrieden. Und das alles hatte mir Lionardo erklärt, wann er mir den Auftrag gegeben das Buch zu kaufen, und hab ich Euch ja auch schon anfangs erzählt, Signior Notarius.

Ihr könnt Euch vorstellen, wie Torquato, der so gern Bälle aus Papier macht und immerfort an die Planeten die Sterne etcetera denkt, wie dem das Wasser im Mund zusammengelaufen ist, wann er still und heimlich in den Sachen von Ferramonti kramt, das Buch über Kosmografie findet und darin einen Ball entdeckt der getreulich die Form der Welt abbildet und ist sogar kinderleicht zu bauen!

Ich bin heilfroh, dass ich das Problem jetzt endlich gelöst hab, drum kriegt Torquato keinen Anschiss von mir, nein, ich herze und küss ihn sogar, denn auch wenn ich seinetwegen zimlichen Ärger hatte, ist er im Grund doch nur ein Kerlchen von sieben Jahren und hat zwar viel Grips im Kopf aber auch der funktionirt noch nicht immer richtig.

Natürlich bin ich an dem Abend nicht grad glücklich, denn ich hab Blasco wie einen Hund vor meinen Augen

* Dieser Papierglobus aus Schnitzen ist wiedergegeben bei A. Ronsin, *Le nom de l'Amérique*, Straßburg 2006, S. 156 f.

krepiren sehen, aber grad darum möchte ich mich gern trösten lassen und das mach ich, indem dass ich Torquato ein paar freundliche Worte sag. Ich hab aus dieser Reise nach Rom sogar eins gelernt, Signior Notarius, nemlich wenn einem irgendwas schwer im Magen liegt und man ist übelgelaunt, dann ist das beste Mittel dagegen mit zwei oder drei Kindchen zusammen zu sein. Denn die gehen einem so gewaltig auf den Sack aber gleichzeitig auch auf so nette und lustige Weise, dass man am Ende ganz bestimmt all den andren Ärger vergessen hat, was Euch wunderlich dünken mag, Signior Notarius, aber ist eine wirklich gute Sache, ehrlich.

Nach Torquato wollen nun aber auch Deledda und Alighiero ein bisschen getröstet werden, nemlich sie sind noch erschrocken von meinem Verhör eben. Also spiel ich mit ihnen damit sie zufrieden sind, ich bin der Wolf und sie sind die Lämmchen und müssen sich unter den Decken verstecken weil ich sie jage und fressen will. Aber sie wehren sich mit ihren Kissen, die hauen sie mir um den Kopf dieweil ich sie angreife und ihnen in ihre kleinen Hinterbacken beiße und in die Füßchen, da lachen sie sich kaputt, kurzum, ich will eine gute Erinnerung an mich, nemlich Salaì, zurücklassen, wo zwei doch meine eignen Kindchen sind und einer fast, und wer weiß wann ich sie wiedersehen werde. Denn wenn Lionardo mich das nächste Mal nach Rom schickt weil er selbst zu faul ist, da kann er lange warten und sich gehackt legen.

Danach sag ich sehr freundlich zu Torquato, so, jetzt bist du brav und gibst es mir, ja? Das Kerlchen hat noch ein bisschen Angst dass ich mit ihm schimpfe, geht in die Küche, die Augen gesenkt wie ein geprügelter Hund, öffnet einen Schrank und holt hinter einem Haufen Brot und

Mehl und Tontöpfen etwas hervor: es ist das Buch über Kosmografie.

Signior Notarius, Ihr werdet mir gewiss vergeben, wenn ich Euch in den vorigen Memoranden nicht gesagt dass ich das Buch am Ende doch gefunden und mit nach Fiorenza genommen hab. Aber wo Ihr doch ein solcher Genius auf allen kriminellen Gebieten, nemlich Diebstahl Betrug Schwindelei Beschiss und Verbrechen jeder Art seid, habt Ihr gewiss eins schon längst kapirt: Wenn ich Euch das erzählt hätte, dann hättet Ihr mich natürlich sogleich im Verdacht gehabt dass ich Blasco kaltgemacht hab, und wirklich habt Ihr das ja sogar vermutet ohne zu wissen dass ich das Buch doch hatte. Aber ich glaub, ich hab irgendwo mal gehört, dass man niemanden zwingen kann Dinge zu sagen, die ihn eines Verbrechens verdächtig machen würden, das er gar nicht begangen hat, also eigentlich weiß ich nicht genau, ob diese Regel wirklich so lautet, aber ich glaub irgendwo steht sowas geschrieben, vielleicht könnt Ihr mir das bitte mal sagen, der Ihr ein Fachmann für Gesetzesdinge seid, in Ordnung?

Also, wo zum Teuffel war ich stehngeblieben, ach ja, also wann Torquato mir das Buch überreicht, ruft Gioseppina aus, aha, Torquato, dann bist du ja auch grad so ein Schlingel als wie Alighiero und Deledda! Denn bis jetzt hat auch sie geglaubt, dass Torquato niemandem nichts stehlen kann.

Aber nein, dieses kleine Schlitzohr hat sich das Buch in der Wohnung von Ferramonti heimlich still und leise eingesteckt, weil er den Moment genutzt hat wie ich auf die Straße rausgegangen war und Deledda und Alighiero den armen Ferramonti zur Verzweiflung gebracht haben.

Nun Torquato, frag ich den Kleinen, ich wette, nachdem du das Buch aus der Lade in dem Möbel stibitzt, hast du's aus dem Fenster in den Hinterhof unter Ferramontis Fenster geworfen, richtig geraten?

Torquato nickt langsam dieweil Alighiero und Deledda hinter mir sich ausschütten vor Lachen, denn die Art und Weise wie ihr Kamerad das Buch gemopst hat gefällt ihnen sehr gut. Und ich hab sie verdächtigt und jeden der beiden ins Kreuzverhör genommen!

Gut, sag ich zu Torquato, und wie wir zu euren Müttern zurückgegangen sind, hab ich dich aus den Augen verloren, denn du bist heimlich in den Hof zurückgelaufen um das Buch zu holen und bevor du's hierhergebracht, hast du ein andres Versteck dafür gefunden, das nur du kennst, so war's doch, oder?

Der Kleine nickt wieder.

Das ist brav, mein Söhnchen, dass du die Wahrheit gestehst. Und ich wette du hast das Buch gestohlen weil du darin diesen schönen Ball zum Zusammenbauen entdeckt hast, ja?

Torquato lächelt, denn wie ich ihm zum ersten Mal begegnet bin, hat er mir ja selbst erzählt dass er schon immer gern Papierbälle macht, und spielt damit dass es Sonne Mond Erde etcetera sein sollen, tja, versteh einer diese Polen und diese sonderbaren Ideen wo ihnen im Kopf rumspuken.

Klar, ein gewöhnlicher kleiner Junge hätte niemals erkannt dass man aus dieser wunderlichen rundum gezackten Abbildung in dem Buch einen feinen Ball machen konnte. Torquato hat's natürlich kapirt, denn sein Vater ist ja kein Igniorant als wie Salaì, sondern ein hochgelehrter Professor mit einem trefflichen Kopf.

In dem Moment sagt Gioseppina, die ein lieber Mensch

ist aber auch ein bisschen lästig wie alle Weiber, grundgütiger Himmel, wie spät es schon ist! Genug jetzt, ihr Kleinen müsst schlafen und du Salaì musst gehn, du weißt genau warum. Ich antworte, na gut, ich geh ja schon, aber die Kindchen wollen nicht, sie zerren an meinem Hemd und sagen, bitte Salaì, erzählst du uns eine Geschichte? Gioseppina ruft, auf keinen Fall, es ist viel zu spät, jetzt wird geschlafen und Schluss! Aber die drei haben schon angefangen in die Hände zu klatschen und rufen im Chor: Gegeschich-te, Ge-schich-te, Ge-schich-te! und sind nicht zu bändigen, also geb ich nach und sag, na gut, aber beeilen wir uns, denn dann muss ich gehen.

In Wahrheit hatte ich keine Ahnung, Signior Notarius, was für eine verflixte Geschichte ich mir jetzt aus den Fingern saugen sollte, denn noch nie zuvor hatte ich Kindern eine Geschichte erzählt, also sag ich das erste was mir einfällt: Ab jetzt herrscht Ruhe und seid brav! Ihr müsst wissen, dass man sich um diese nächtliche Stunde die ältesten und geheimnisvollsten Historien der Welt erzählt und darum, meine lieben Kleinen, werd ich euch jetzt von der Entdeckung Amerikas berichten.

Hocherfreut drängen sich Alighiero Deledda und Torquato um mich und ich fang an: Es war einmal ein gewisser Christof Columbus der war Pirat und hatte Amerika für seinen Vater entdeckt, der war ein Papa, aber auch ein Papst. Doch Columbus ward von allen vergessen, denn unterdessen war ein gerissener Kerl aufgetaucht der hieß Vespucci und erzählte allen, er sei es der Amerika entdeckt, aber das war erstunken und erlogen. Denn in Wirklichkeit hatte niemand es entdeckt, weil schon vor geraumer Zeit die Sincler die Wikinger und die Ritter Christi in Amerika angekommen waren. Aber die hatten irgendwann keine Lust mehr gehabt, dort zu sein, weil sie sich die Hände aufrissen wenn sie die Mohrrüben aus der Erde zogen, also sind sie alle zurückgekehrt, aber auch sie wurden vergessen. Es war nemlich so, dass Columbus mit einer gewissen Perestrella verheiratet war, die war mit den Sincler verwandt, also hatte Columbus von seiner Frau das uralte Geheimnis gehört wie man nach Amerika gelangt. Im Grunde aber waren es die Elsässer wo ihm gesagt was er tun, wann er losfahren soll, etcetera. Und obendrein hatten die Elsässer, schon bevor sie Columbus losgeschickt, den Buchdruck erfinden müssen, damit sie nemlich im richtigen Moment bergeweise Bücher drucken konnten, die sollten die Leute davon überzeugen dass Amerika was ganz Großartiges und die Kirche von Rom verderbt und liederlich ist, und dass eine neue teutsche Kirche gemacht werden muss und drum sollten alle nach Amerika gehn. Da wollen die Elsässer dann über alle Menschen herrschen, die sollen nur noch ihnen gehorchen, und vielleicht schaffen sie das sogar, denn sie sind sehr mächtig und dick befreundet mit dem Teuffel, und besonders gut verstehn sie sich mit Fiorenza, wo es einen gewissen Pier Soderini, die Familie der Medici und der Vespucci und einen Haufen Geografen und Entdecker gibt, die stecken alle heimlich mit den Elsässern unter einer Decke und arbeiten seit geraumer Zeit zusammen, um den Leuten einen Bären aufzubinden, und zu ihnen gehört zum Beispiel auch ein gewisser Lionardo, der passt gut in ihre Pläne, denn er ist einer von den allergrößten Trotteln, wiewohl er einen Ziehsohn hat der sehr klug und auch sehr nett ist, sagen die Leute.

Wann sie den Namen des Teuffels hört, erschrickt Gioseppina und sagt, um Himmelswillen, Schluss jetzt, solche

Sachen erzählt man kleinen Kindern nicht, denn die sollen immer nur gute und ehrbare Dinge im Kopf haben. Da fällt mir ein, Salaì, weißt du dass Alighiero heute Abend, wie wir nach Hause gehn, uns wieder einen seiner bösen Streiche gespielt hat? Er hat sich in einen Laden mit Früchten geschlichen und dort erst einen Apfel stibitzt, dann hat er versucht die Blüte von einer Pflanze abzureißen und wo ihm das nicht gelang, hat er die ganze Pflanze aus dem Topf genommen und sich in die Tasche gesteckt, da siehst du, welch ein Barbar dieses Kerlchen ist. Der Besitzer des Ladens hat ihn entdeckt und war sehr freundlich, denn statt wütend zu werden hat er Alighiero auf seinen Schoß gesetzt und sehr geduldig mit ihm geredet, also Sachen gesagt wie, du weißt doch, dass man so etwas nicht tut, denn du bist schon ein großer Junge und kannst vieles verstehn, etcetera etcetera. Aber Alighiero hat das ausgenutzt, um heimlich eine Hand in die Tasche des Mannes zu stecken und das Geld rauszuholen was darin war. Als der Ladenbesitzer das gemerkt hat, ist er ernstlich böse geworden und wollte Alighiero eine Ohrfeige geben, aber der hat ihm einen Finger ins Auge gebohrt und ist, dieweil der Mann sich vor Schmerz krümmt, aus dem Laden entwischt und hat sich in eine Osteria nebenan geflüchtet, wo ich gottlob rechtzeitig angekommen bin bevor er dort noch mehr Unheil anrichten und Sachen stibitzen konnte.

Ist das alles wahr? frag ich Alighiero mit sehr strenger Miene. Nein Salaì, glaub ihr nicht, das ist alles erfundener Quark und überhaupt kein bisschen wahr, sagt der Kleine. Bist du ganz sicher? frag ich, denn solche Geschichten erfindet Gioseppina gewiss nicht. Doch, das tut sie! sagt Alighiero, steigt aus dem Bett und holt einen runden Gegenstand aus einer Schublade. Zum Beispiel ist's gelogen dass ich in der Osteria nichts geklaut, denn schau her, ich hab mir was mitgenommen, nemlich das hier.

Und das Bürschchen streckt seine rechte Hand aus, darin hält er ein Ei, das glänzt so schön weiß wie wenn seine Mutter, das Huhn, es eben erst gemacht hätte.

Alighiero, du bist ein Dieb, ein Lügner und dickköpfig! ruft Gioseppina. Wenn ich das deiner Mutter erzähle verpasst sie dir gewiss eine ordentliche Tracht Prügel!

Schon gut, schon gut, so schlimm ist das nun auch wieder nicht, sag ich. Ein Ei ist ja bloß ein Ei, gib's mir mal, denn jetzt erzähl ich euch eine letzte Geschichte, aber dann geht ihr alle brav schlafen, ist das klar? Ja, er-zähl, erzähl! rufen alle drei und so heb ich an, die letzte Fabel zu erzählen, die mir wirklich gut gelungen ist, und dabei halt ich das Ei in der Hand.

Nun, meine Kleinen, was ich euch jetzt erzähl, ist die berühmte Geschichte vom Ei des Columbus. Wie ich euch schon gesagt, war Columbus gar nicht so dumm und praktisch hat er Amerika entdeckt, aber weil die Elsässer ihn immerfort wie eine Marionette benutzt haben, ist er im Grunde doch kein so großer Held als wie man glauben könnt. Während der Reise nach Amerika hatte er freilich allerhand Probleme, und ob er die hatte!

Es kam nemlich so dass die Flotte von Columbus schon seit vielen vielen Tagen mitten auf dem Ozean war, und gab fast nichts zu essen mehr an Bord und nirgendwo war eine Spur von Amerika zu sehen. Seine Mannschaft schäumte vor Wut, denn das wussten sogar die dümmsten Matrosen dass Amerika natürlich irgendwo existirt, aber man muss sich gewaltig den Arsch aufreißen um dort anzukommen, und dazu hatten sie keine Lust, was verständlich ist. Denn, mal ehrlich Kinder, keiner wo ein gesundes Hirn hat, fährt gern mitten aufs Meer hinaus, wo er, fern von seinem Zuhause, vor Hunger und Durst krepirt bloß um so einem wie Columbus einen Gefallen zu tun.

Weil inzwischen alle an Bord einen Mordshunger hatten und dachten nur ans Essen, aber die Mahlzeiten waren razionirt, hatte Columbus sich ein besondres furchtbar strenges Gesetz ausgedacht: Wenn ein Matrose die Essensvorräte vergeudet oder beschädigt wird er in letzter Instanz gleich zum Tode verurteilt und augenblicklich ins Meer geworfen. Und ein paar Matrosen waren schon verurteilt und mit Arschtritten ins Wasser befördert worden, bloß weil sie ausversehen ein bisschen gepökeltes Fleisch hatten verderben lassen.

Columbus aber war das alles scheißegal, denn er war der Kommandant der Flotte und besaß eine höchst prächtige Kabine ganz für sich allein, wo er einen Vorrat an erlesenen Speisen angehäuft, die hatte er während ihres letzten Aufenthalts in einem Hafen kaufen lassen, nemlich Schinken Wurst Wein Käse und sogar köstliche Eier, frisch vom Huhn gekackt, die hielt Columbus in einem Panzerschrank verschlossen und betrachtete sie liebevoll wie wenn er selbst das Huhn gewesen wär, das sie gemacht.

Die Matrosen waren also alle mager und blass, aber Columbus hatte eine schöne rosa Gesichtsfarbe und einen feisten runden Bauch. Darum murrten die Matrosen jeden Tag lauter und sagten, nun sieh sich einer diesenReckskerl Columbus an, erst hat er uns bis hierher geschleppt dass wir vor Hunger krepiren, und jetzt frisst er vor unserer Nase einen Haufen guter Sachen.

Also hatte Columbus ganz zu Recht zimlichen Schiss dass von einem Augenblick zum andren eine Meuterei ausbrechen könnte, in welchem Fall, das war ihm schon sonnenklar, seine Männer ihn an ein Tau fesseln und ins Meer werfen würden, um dann Wetten abzuschließen, wie lange die Fische wohl brauchen ihn fein säuberlich bis auf die Knochen abzunagen.

Darum versammelte Columbus eines Tages alle seine Matrosen um einen Tisch und sagte, immer mit der Ruhe, Jungs, ich versichre euch nicht nur dass es Amerika wirklich gibt, ich versprech euch auch dass wir ankommen werden, und dann könnt ihr haufenweise gute schmackhafte Speisen essen. Aber die Matrosen fingen an zu protestiren und brüllten, wir wissen längst dass Amerika existirt, aber das interessirt uns nicht, wir wollen nur nach Hause zurück, wir haben Hunger! Buuuh! Buuuh!

Da ließ Columbus einen Teller auf den Tisch stellen, darauf lag eins von seinen kostbaren Eiern, und sagte zu den Matrosen, ruhig Blut Jungs, ich will euch eine Gelegenheit geben: Wem es gelingt dieses Ei aufrecht hinzustellen, der darf das Kommando über das Schiff übernehmen und entscheiden was gemacht wird, nemlich ob wir nach Europa zurückfahren oder weitersegeln bis nach Amerika. Wer will's als erster wagen?

Columbus dünkte sich sehr schlau, denn es ist unmöglich ein Ei aufrecht hinzustellen, also war er sicher dass niemand es versuchen würde. Aber die Matrosen brachen sofort in Jubel aus, schrieen und hoben die Hände, ich will's probieren! Nein ich! Nein, erst ich! und untereinander flüsterten sie lachend, hahaha, was für ein Dummkopf Columbus doch ist, er kennt die alte Metode nicht, man braucht das Ei an der Unterseite bloß ein bisschen aufzuschlagen dann lässt es sich kinderleicht hinstellen, und ist ein Kniff den sogar die dümmsten Dorftrottel kennen. Und sobald der neue Kapitän ernannt ist, werfen wir

Columbus ins Meer und wetten wie lange die Fische brauchen, ihn fein säuberlich bis auf die Knochen abzunagen.

Darauf entstand eine große Stille, dieweil Columbus und die gesamte Mannschaft des Schiffes mit angehaltenem Atem beobachteten wie der erste Matrose ankam, das Ei in die Hand nahm und mit dem unteren Ende ein wenig auf den Teller klopfte bis man ein leises Geräusch hörte, nemlich krick! Dann stellte der Matrose das Ei aufrecht hin, und wo es jetzt am unteren Ende ein bisschen eingedrückt war, stand es kerzengrade und stramm als wie ein Fahnenmast. Sogleich brüllte der Matrose, hurra, ich bin der neue Kommandant, jetzt fahren wir alle nach Hause zurück und Columbus kann uns mal kreuzweise!

He Salaì, unterbricht mich Alighiero, bist du wirklich sicher dass der Kniff von diesem Matrosen funktionirt? Aber klar doch, schau her. Und ich lasse das Ei auf einem Teller krack! machen, aber verflucht, ich hab zu heftig geklopft, die Eierschale ist zerbrochen so dass fast das ganze Eiweiß herausfließt und Gioseppina muss es in die Küche bringen. Die Kindchen fangen herzlich an zu lachen, hahaha Salaì, da hast du mal wieder Mist gebaut wie üblich! Aber ich herrsch sie an, ruhig jetzt und ärgert mich nicht, sonst erzähl ich die Geschichte nicht zu Ende.

Also kehrt wieder Ruhe ein und ich rede weiter.

Nachdem der Matrose diese Worte gesprochen vergingen ein paar Sekunden bevor seine Kameraden den Mund aufmachen konnten, und in dieser Zeit saß Columbus mit großen Augen da, erst vor Kummer weil er sein schönes Ei tödlich verletzt sah, und dann vor Angst weil er die Wette verloren hatte und jetzt ins Meer geworfen würde um sich von den Fischen abnagen zu lassen. In seiner Verzweiflung fiel ihm die einzige Möglichkeit ein wie er sich retten konnte, und er befahl seiner Leibgarde: Ergreift diesen Mann der mein kostbares Ei für immer beschädigt hat! Gemäß dem Sondergesetz gegen die Verschwendung und Beschädigung von Lebensmitteln, welches auf diesem Schiff herrscht, verurteile ich, der Admiral, diesen Verbrecher zum Tode und befehle ihn unverzüglich ins Meer zu werfen!

Und bevor einer von den Matrosen etwas sagen oder tun konnte, legten Columbus' Garden den armen Mann in Ketten und warfen ihn, an ein Tau gefesselt, ins Meer, und gewiss haben die Fische ihn fein säuberlich bis auf die Knochen abgenagt. Aber darauf konnte niemand mehr wetten, denn unterdessen hatten die Garden alle andren Matrosen in ihre Mannschaftskabine zurückgejagt.

Ein paar Tage später entdeckte Columbus endlich Amerika und dann kehrte er nach Spanien zurück, wo alle sagten, ah, wie tüchtig, oh welch ein Held etcetera etcetera, und die Potentaten aller Länder wollten ihn kennenlernen und luden ihn zum Abendessen ein und fragten ihn, sag mal Columbus, warum behauptest du eigentlich du hättest Amerika entdeckt, wo doch schon die Esel wissen dass es existirt?

Columbus aber antwortete jedes Mal mit dem Eierkniff den er von seinen Matrosen gelernt, und um sich dabei nicht zu blamiren machte er es so: Er nahm ein Ei vom Tisch und sagte: Seht her, Amerika zu entdecken, das ist wie dieses Ei aufrecht zum Stehen zu bringen. Wer von euch ist dazu imstande?

Die Leute, die an der Tafel saßen, kannten den Kniff mit dem Krick nicht, denn sie waren keine Matrosen sondern Prinzen Minister Kardinäle etcetera, also alles Leute wo nicht den leisesten Schimmer vom Leben haben. Also versuchte jeder von ihnen wie ein Depp das Ei aufrecht hinzustellen und wenn sie dann aufgaben, schritt Columbus ein, nahm das Ei in die Hand, verpasste ihm ein kleines Krick! und schon blieb das Ei brav stehen. Da murrten alle und sagten, na sowas, das hätten wir ja auch tun können. Und Columbus antwortete, ihr hättet es tun können, aber ich hab es vor euch getan.

Was eine fette Lüge war, Signior Notarius, denn Columbus hatte diesen Kniff ja von einem Matrosen gelernt, den er dann hinterhältig hatte ins Meer werfen lassen. Das wusste die Tischgesellschaft jedoch nicht und so waren alle angeschmiert, aber dann erzählten sie überall vom Kniff mit dem Ei des Columbus und sagten, oh wenn ihr wüsstet was für ein gewitzter Kopf dieser Columbus ist, Ah, welch ein feinsinniger Geist, Oh, was für ein großer Mann, sein genialer Einfall wird gewiss in die Geschichte eingehen. So hat Columbus das Ei mit dem er vor seinen Matrosen eine miserable Figur abgegeben hatte, klammheimlich in eine seiner Ruhmestaten verwandelt.

So, meine lieben Kindchen, sag ich zum Abschluss, das war die Geschichte vom Ei des Columbus, welche uns lehrt dass die großen Männer manchmal auch große Schwindler sind, denn sie verdrehn die Wahrheit nach eignem Belieben und Gutdünken. Wenn ihr also von den außergewöhnlichsten Begebenheiten der Geschichte erzählen hört, glaubt nicht immer alles, denn vielleicht steckt eine fette Lüge dahinter die nach zehn oder zwanzig Jahren keiner mehr aufdecken kann, von fünfzig Jahren ganz zu schweigen, habt ihr verstanden?

Aber die drei Kindchen antworten mir nicht mehr, Signior Notarius, denn inzwischen schlafen die Glücklichen tief und fest, schnarch schnarch, und Gioseppina sagt, Salaì, ich bitte dich, hör auf den Kleinen so einen Quark zu erzählen, nimm dein Buch und verschwinde, denn es tagt schon fast und die Sbirren suchen dich in ganz Rom.

Also geb ich Gioseppina eilig einen Kuss und mach mich endlich auf, mit Lionardos gottverdammtem Buch über Kosmografie unterm Arm, und nach ein paar Stunden bin ich schon weit fort von Rom auf dem Weg in unser Fiorenza, Gott schütze es.

~~So und hier endet jetzt auch dieses Memora~~

Oh nein, verflixt, einen Moment Signior Notarius, ich hab vergessen, Euch zu erzählen was mit Alighieros Ei passirt ist! Ich hatte ja ein bisschen zu heftig Krack damit gemacht, drum war's kaputtgegangen und dieweil ich den Kindchen die Geschichte zu Ende erzähl, hatte Gioseppina das Ei in der Pfanne gebraten, so hab ich's bevor ich ging mit großem Appetit gegessen, dazu vier Scheiben Brot und ein Glas Rotwein. Dann hat Gioseppina mir das Pflänzchen gezeigt was Alighiero geklaut und wie ich noch einen Blick auf die drei Kindchen werfe, die sehr brav schliefen, hab ich mir gedacht, nun, Columbus hatte seine Eier, aber ich hab auch meine Eier und sind viel besser als die seinen, nemlich diese beiden Kinder von denen ich gar nicht gewusst dass es sie gibt, aber jetzt hab ich sie gefunden, ist das nicht wunderbar, Signior Notarius? Und ich sag zwei Kinder, aber wenn ich bedenke dass ich auch die Mama von Torquato gehörig rangenommen hab, dann sind's in Wirklichkeit fast drei, und bevor ich geh möchte ich mir eine Erinnerung an sie nach Fiorenza mitnehmen.

Also nehm ich das Pflänzchen das Alighiero gemopst und steck es mit allen Wurzeln in die Schale von dem Ei das ich gegessen hab, tu noch ein bisschen Erde aus einer andren Pflanze von Gioseppina dazu und stopf alles in meinen Reisesack. Signior Notarius, Ihr habt gewiss einen Haufen wichtiger Dinge im Kopf, und drum denkt Ihr vielleicht nicht an sowas, aber wenn Eier in einer Pflanze mit Wurzeln stecken dann muss man sie begießen sonst krepiren sie, oder besser, die Pflanze krepirt, und das ist der Grund warum ich Euch noch einmal bitte dass Ihr Euch beeilt mich hier rauszubringen, dann kann ich nemlich Wasser auf mein Ei geben, denn bei dem wirren Kopf wo Lionardo hat, sieht er die Pflanze, kapirt nicht was das ist und schmeißt womöglich alles weg.

~~Und hier endet mein Memorandum wirkl~~

Von wegen, sowas Blödes, hier kommt man ja nie an ein Ende, denn da fehlt immer noch eine kleine Sache. Ich weiß nicht, ob Ihr bemerkt habt, Signior Notarius, dass alles was ich in Rom getan sich gegen mich gewandt hat, nemlich grad so wie wenn ein Mann einen Hund vor sich hat, der bellt und um ihn zu beruhigen reicht er dem Hund ein Stück Fleisch, aber der isst das Fleisch mitsamt der Hand, die's hält.

Bei mir war das so, dass ich Rubè Blasco und Ferramonti am Anfang die Geschichte von den Elsässern erzählt hatte, damit sie mich simpatisch finden und glauben, ich wär auch so einer wo wie sie immerfort an Komplotte Verschwörungen Intrigen etcetera etcetera denkt, und mir dann das Buch für Lionardo, diesen elenden Abschreiber, verkaufen. Aber am Ende ist dabei rausgekommen dass wir vielleicht wirklich in die Verschwörung von den Elsässern geraten sind! Und die haben nicht nur den armen Blasco kaltgemacht, die Sache hätt auch mich fast den Kopf gekostet, denn nach Blascos Tod wollten die Menschen in Rom mich ~~linch~~ ~~lychn~~ ~~lünch~~ an den nächsten Laternenpfahl hängen, dann habt Ihr mich arretiren lassen, Signior

Notarius, und wollt mich trotz meinem aufrichtigen und grundehrlichen Geständnis sogar zum Tode verurteilen.

Sogar die drei Gauner wo der Mensch mit den verbeulten Eiern in Dienst genommen, nemlich der Hässliche der Krüppel und der Zaubrer, haben mir mitnichten geholfen, sondern hätten mir fast das Fell über die Ohren gezogen. Kurzum, Ihr seht, das Gerede über Verschwörungen Ränke etcetera ist wie Honig, und man hält sich besser fern davon, denn es ist angenehm im Mund zu haben, aber wenn man nicht aufpasst bleibt's an einem kleben und man wird es nimmer los und verschafft einem zudem massenhaft höchst verdrießliche Probleme.

Darum, Signior Notarius, eben weil man bei diesen Komplotten Verschwörungen etcetera weiß, wie sie anfangen, aber nicht wie sie enden, und weil man vor lauter Misstrauen halb blöde werden kann wie Rubè Ferramonti und Blasco, aus diesem Grund sag ich mir wie ich in Fiorenza, Gott schütze es, angekommen bin: Lieber Salaì, du könntest keiner Fliege was zuleide tun, aber wollen wir wetten, dass bei all den gefehrlichen Sachen so du in Rom über die Regierung von unsrem Fiorenza erfahren, früher oder später irgendjemand der noch ein bisschen wirrer im Kopf ist als die andren auf den Gedanken kommt, dich umzulegen?

Ja, ich weiß Signior Notarius, ich weiß sehr wohl dass unser großer Gonfaloniere Pier Soderini ein herzensguter und honorabler Mensch ist und, um Himmelswillen, er hat ganz sicher nichts mit dem Komplott um die Entdeckung Amerikas und mit all den andren Geschichten zu tun. Und Fiorenza ist die ruhmreichste und reinste und lauterste Stadt der ganzen Welt, aber auch in den ruhmreichsten Städten und neben den edelsten und ehrbarsten

Menschen gibt's manchmal ein paar Schurken und Hurensöhne, meint Ihr nicht auch?

Also bin ich, bevor Ihr mich habt verhaften lassen, zu fünf verschiedenen Advokaten hier in Fiorenza gegangen und hab ich bei jedem eine Art Memorandum hinterlegt, darin ich erzähl was mir Blasco über das Komplott um Amerika und Soderini, Columbus, Giannotto Berardi, die Medici, die Vespucci und die andren großen Männer der Regierung unsres Fiorenza, Gott schütze es, berichtet hat. Und hab ihnen eine kleine Summe bezahlt (das Geld war ja sowieso noch das von Lionardo) damit jeder von ihnen, so ich umgebracht oder zum Tode verurteilt werde, meine Schrift in alle Himmelsrichtungen verbreitet. Denn ich will dass die Leute es wissen und frei drüber reden können, wie's ihnen gefällt. Und weil ich sicher sein wollte dass die Sache nicht schiefgeht, hab ich jedem der fünf Advokaten gesagt, pass auf mein Guter, auch für den Fall dass du mich verrätst und meine Schrift nicht in Umlauf bringst, gibt's immer noch vier andre die es tun werden.

Drum glaub ich dass jeder von den fünfen genau das tun wird, wofür ich ihn bezahlt, damit er sich nicht blamirt und als Verräter entpuppt. Ihr mögt mir vergeben, Signior Notarius, aber das scheint mir in aller Bescheidenheit wirklich eine vortreffliche Idee, denn wenn irgendein mächtiger Mann von Fiorenza mich umbringen lässt, wird die ganze Sache für ihn und seine Freunde doch sofort nach hinten losgehn, oder?

Versteht mich recht, Signior Notarius, ich weiß ja gar nicht ob Blasco mir die Wahrheit gesagt oder ob das alles bloß ein Berg Lügen war, denn er hat gesagt Dorothea hätte an die Tür geklopft, aber nicht, ob er sie wirklich gesehn, denn wann ich ihn danach fragen wollte hatte er schon ins

Gras gebissen. Also war's vielleicht ein andres Weib was an meine Tür geklopft, und war von Renzo geschickt, die hat so getan wie wenn sie Dorothea wär, damit ihr aufgemacht wird. Drum musste der arme Blasco vielleicht bloß wegen der Eifersucht von Lucias Mann dran glauben. Oder aber es war Dorothea, dann haben die Elsässer Blasco an meiner Stelle umgelegt und Dorothea war wirklich eine teufflisch böse hundsgemeine Verräterin. Aber grad das würd mir sehr leid tun, denn ich hab Dorothea unzählige Male meinen Schwengel zum Gebrauch geliehen und hab ihr auch Alighiero gemacht, was mein Sohn ist. Das ist der Grund warum ich Euch in den vorigen Memoranden nicht sagen wollte dass sie's vielleicht war, wo Blasco auf dem Gewissen hat. Denn es ist ja wahrlich nicht besonders schön wenn man sagen muss: Wisst ihr dass mein Sohn eine Mutter hat, die mich mit Messerstichen erledigen wollte?

Es gibt aber noch eine dritte Möglichkeit: Wer mich aus dem Weg räumen wollte, waren die vom Rat der Zehn, denn die fackeln nicht lang wann ihnen einer auf den Sack geht, und es hat diesen Zehnern gewiss gar nicht in den Kram gepasst dass ich im Namen von den Grimani durch Rom laufe, weil die sind Venedig verhasst. Und ich hab sogar getan wie wenn ich Venezianer wär, wo es doch genügt mir ins Gesicht zu sehn und meinen Aktzent zu hören, um zu kapiren dass ich ein getreuester Diener unsres Fiorenza bin, Gott schütze es.

Jedenfalls sag ich Euch zum Schluss eins, Signior Notarius: Meint Ihr nicht auch dass dieser ganze Unfug den verschiedne Leute Blasco Rubè und Ferramonti erzählt, nemlich dass Columbus der Sohn vom Papst war, welcher die Entdeckung Amerikas bezahlt hat, aber vorher waren schon die Schotten und die Wikinger angekommen, oder nein, ganz anders, Amerika ward niemals entdeckt, denn seit jeher kennen es alle, bla bla bla, kurzum, meint Ihr nicht auch dass die Leute wo so einen Dreck rumerzählen uns alle für blöd halten müssen?

Dass es wirklich die Elsässer waren die das Geheimnis von Amerika immer schon kannten, das könnt ich ungefehr so glauben, wie wenn einer den ich nie zuvor gesehn eines Tags zu mir kommt und sagt, ciao Salaì, weißt du dass du um dein Arschloch herum genau zweitausenddreihundertsiebzehn blonde und siebenundzwanzig schwarze Härchen hast? Das mag einerseits durchaus stimmen, klar, warum nicht, andererseits ist's vielleicht gelogen, aber wem würde das denn nicht gründlich am Arsch vorbeigehn?

Was meint Ihr dazu, Signior Notarius, der Ihr den allervorzüglichsten Kopf habt und kennt Euch genau aus mit Diebstählen Verschwörungen Morden, überhaupt mit allen schmutzigen und krimminellen Machenschaften?

Doch jetzt wollt Ihr mich entschuldigen, ich hab die Nase gestrichen voll vom Schreiben, weil, mal ganz nebenbei, das ist wirklich nicht mein Gewerbe, und in diesem letzten Memorandum ist sowieso endlich alles klar und verständlich und könnt Ihr sicher sein, dass ich unschuldig bin und rein als wie eine Jungfrau. Also vertrau ich mich wieder Eurer Entscheidung an und verlass mich schwer darauf dass Ihr mich sofort aus dem Kerker befreien werdet, denn ich will ja nicht meckern, aber zum Krepiren hab ich nun doch keine so große Lust. Darum rate ich Euch, überlegt genau bevor Ihr entscheidet, denn Salaì kann das Leiden zwar mannhaft und mit Würde ertragen, aber vergesst nicht dass da noch die fünf Advokaten sind denen ich den Auftrag gegeben, meine kleine Schrift über den großen Gonfaloniere Pier Soderini und die andren aus der Regierung von Fiorenza zu verbreiten. Und wenn ich hingerichtet werde, dann kommt mir hinterher nicht an und beklagt Euch bei mir weil es irgendwelche Scherereien gegeben, verstanden?

Oh wartet einen Moment, eine letzte Sache noch, aber wirklich die allerletzte: Die Adressen der fünf Advokaten weiß ich nicht auswendig, denn die waren weit weg und ihre Namen sehr komplizirt, also braucht Ihr gar nicht erst versuchen sie mir mit der Tortur zu entlocken, denn damit verlieren wir beide bloß Zeit, einverstanden?

Euer getreuester
Salaì

ABSCHLIESSENDER ENTSCHEID
DES KRIMINALNOTARS ZU FLORENZ

Im Strafverfahren gegen

GIANGIACOMO CAPROTTI
GENANNT SALAÌ
schwerer Verbrechen angeklagt
und geständiger Täter.

NACH EINSICHT
des Haftbefehls, ausgestellt
vom Gouverneur von Rom und der Stadt Florenz,

NACH EINSICHT
der Verhörprotokolle des obengenannten Salaì
sowie des Zeugen Andrea del Carretto,

UNTER BERÜCKSICHTIGUNG
der Ergebnisse der von den Gendarmen
im Auftrag des Kriminalnotars bei der
Poststation von Figline durchgeführten Ermittlungen,

NACH AKTENNAHME
der von Salaì eigenhändig verfassten
und dem Kriminalnotar ausgehändigten Memoranden,

IN ANBETRACHT
der Tatsache, dass Salaì nach der Tortur in ebendiesen Memoranden sowie bei den Verhören ein volles Geständnis zahlreicher Verbrechen abgelegt hat und fernerhin anderer Verbrechen schuldig ist,

welche er mit verschiedenen Listen vor der Gerichtsbarkeit zu verbergen suchte,

ZULETZT IN ANBETRACHT
der ausgeprägten kriminellen Neigungen des Angeklagten
seines unmoralischen Wesens
der Schwere der von ihm verübten Verbrechen
der fortwährenden Widersprüchlichkeit seiner Aussagen
der erdrückenden Beweise zu seinen Lasten
seiner hochgradigen Gefahr für die Gesellschaft
seines erfolgten Geständnisses

ERGEHT DURCH DEN KRIMINALNOTAR
FOLGENDES

URTEIL

Im Namen der Stadt Florenz wird Salaì in allen Anklagepunkten freigesprochen und seine sofortige Entlassung aus der Kerkerhaft angeordnet.

URTEILSBEGRÜNDUNG
Die Behauptungen des Angeklagten über unseren großen Gonfaloniere Pier Soderini sowie über andere verdienstvolle und achtbare Persönlichkeiten der Stadt Florenz entstammen eindeutig einem von schwerer Imbezillität affizierten Geist. Der Angeklagte muss daher jenseits allen begründeten Zweifels als vollständig verrückt gelten.

UNTERZEICHNET:

Der Kriminalnotar

Der Verhandlungsskribent

Gegeben zu Florenz, am Tag etc. etc.

Stempel

Sichtvermerk der Kanzlei

ANHANG

Die Profis für Paranoia

Von keinem anderen Thema lässt sich das pseudohistorische Geschwätz, dem die Massenmedien seit einigen Jahren Tür und Tor geöffnet haben, zu so vielen obskuren und beunruhigenden Szenarien inspirieren wie von der Entdeckung Amerikas: Christoph Columbus war in Wirklichkeit ein Templer; nein, er war ein Jude, der sein Volk in das gelobte Land jenseits des Ozeans führen wollte; nein, er war ein Geheimagent des Vatikans und dergleichen Wahnideen mehr. Die krankhaft übersteigerte Phantasie, mit der Blasco, Rubè und Ferramonti die Unternehmung des Columbus beschreiben, fasst nur einige der vielen hundert Bücher und Artikel zusammen, die die Entdeckung des neuen Erdteils im Licht höchst unwahrscheinlicher, aber detailliert beschriebener esoterischer Verwicklungen rekonstruieren. Diese Bücher und Artikel zirkulieren in vielen tausend Exemplaren, werden rezensiert und in zahlreiche Sprachen übersetzt. Den Nährboden für dergleichen ausgeklügelte Theorien bilden natürlich die drei von den historischen Ereignissen betroffenen Länder: Italien, (vielleicht) die Heimat Columbus', Spanien, seine Wahlheimat, und die Vereinigten Staaten.

Die Hypothese, nach der Columbus ein Tempelritter war, außerdem heimlicher Sohn von Papst Innozenz VIII. (1432–1492), in dessen Auftrag er Amerika entdeckt haben soll, wird seit Jahren von einem italienischen Journalisten und Forscher vertreten. Ruggero Marino hat mehrere Bücher über das Thema verfasst, in denen es von Elementen mit finsterer Aura nur so wimmelt: Briefwechsel mit mystischer Zahlensymbolik, verschlüsselte Botschaften, Anspielungen auf Freimaurerlogen, undurchsichtige Komplotte, deren Beweise stets mit Formeln wie «es scheint, dass ...» oder «vermutlich» eingeleitet werden. In einem seiner Bücher [*Cristoforo Colombo – L'ultimo dei Templari*, Mailand 2005 (Christoph Columbus – Der letzte Templer)] spricht der italienische Autor über ein Werk des Renaissancemalers Melozzo da Forlì (S. 125) und erblickt in der Größe einiger Buchstaben aus Keramik eine geheime Botschaft, denn die 12 «ist eine heilige Zahl», und diese Buchstaben messen 12 mal 12 Zentimeter. Schade nur, dass die Maßeinheit des Zentimeters zu Lebzeiten Melozzos (1438–1494) noch nicht erfunden war. Ein weiteres Beispiel: Columbus sei ein Tempelritter gewesen, behauptet Marino und belegt dies folgendermaßen: Sein vermeintlicher Vater Innozenz VIII. hatte einen illegitimen Sohn, Franceschetto, der Schwager von Fürst Alberico Malaspina wurde. Dieser Malaspina pflegte gelehrte Männer in sein Fürstentum Massa Carrara einzuladen, darunter auch den Experten für Keramik Cipriano da Piccolpasso, dessen Name, so Marino, an die Insel Zypern erinnert, jene griechische Insel, die Sitz der Templer war – womit wir die Bestätigung haben, dass Columbus zum Templerorden gehörte. *Tout se tient!* Mit derartigen Taschenspielertricks kann man natürlich alles und das Gegenteil von allem beweisen. Im Hintergrund droht – für die Mode leichtverdaulicher Aufbereitung von Geschichte inzwischen ein obligater Bestandteil – der große Schatten der Kirche, die mit Hilfe anonymer Anhänger zensiert, verheimlicht, fälscht, kurzum zur Freude professioneller Paranoiker hinter sämtlichen Geheimnissen der Geschichte steckt. Marino zum Beispiel erklärt sich zum Opfer einer Verschwörung seitens der akademischen Welt, da seine Ideen, wie er behauptet, nicht genügend verbreitet werden. Da mutet es seltsam an, dass bei der Präsentation seiner Bücher, die von der größten Verlagsgruppe Italiens herausgegeben und in viele Sprachen übersetzt werden, Mitglieder der italienischen Regierung auftreten und dass Marino sogar zum wissenschaftlichen Komitee für die Jubiläumsfeiern der Entdeckung Amerikas gehörte.

Die zweite Hypothese esoterischer Geschichtsschreibung, deren Grundzüge Ferramonti im Gespräch mit Salaì am Ufer des Tibers entwickelt, wird von dem amerikanischen Schriftsteller Steven Sora unter anderem in seinem Buch *The Lost Colony of the Templars* [Rochester Vt., 2005] erläutert. Sora ist bereit, jeden Eid darauf zu schwören, dass lange vor Columbus nicht nur die Wikinger, sondern auch die Templer, schottische Clans, Ritter Christi und viele andere nach Amerika gelangten. Bei diesem ständigen Hin und Her zwischen Europa und Amerika scheint mitunter der Überblick verloren zu gehen: Sora schreckt vor Details zurück, benutzt sehr häufig Wendungen wie «vielleicht» und «wahrscheinlich», und wenn er Umstände beschreibt, die der Leser gerne vertiefen würde, hütet er sich davor zu sagen, wie und woher er seine Kenntnisse bezogen hat. Besonders nachdrücklich bezieht sich Sora auf die Legende um Henry Sinclair, einen schottischen Adeligen von den Orkney-Inseln. Denn eine im 19. Jahrhundert frei erfundene (doch bis heute von einigen Profis der historischen Phantasterei verzweifelt am Leben gehaltene) Geschichte besagt, dass Sinclair gegen Ende des 14. Jahrhunderts nach Amerika gelangte.

Den letzten Schrei in Sachen Verschwörungsphantasien im Umkreis von Columbus repräsentiert der spanische Forscher Nito Verdera, Autor diverser Veröffentlichungen und gern gesehener Gast auf internationalen wissenschaftlichen Zusammenkünften. Verdera, der, um ehrlich zu sein, weitaus strenger argumentiert als Marino und Sora, ist felsenfest überzeugt, dass die Menschheit immer schon von Amerika wusste. Ja, in einer mehr oder weniger fernen Vergangenheit soll es auf den Ozeanen sogar von Flößen und Einbäumen gewimmelt haben, die ungestört Hunderte von Kolonisatoren von einem Kontinent zum anderen brachten.

Außer diesen Konstrukten gibt es natürlich noch kühnere Theorien, wie die des berühmten Nazijägers Simon Wiesenthal, dem zufolge Columbus heimlich ein Jude war und versucht hat, den Traum des in Spanien schweren Verfolgungen ausgesetzten jüdischen Volkes von einem neuen Gelobten Land zu verwirklichen. Eine andere beliebte Vorstellung ist die von einer Entdeckung Amerikas durch die Chinesen im Jahr 1421 – auch sie endete, wie Wiesenthals Hypothese, im großen Fleischwolf der Desinformation und des Recyclings fremder Ideen.

Das Buch, das Amerika seinen Namen gab

Ein gesichertes Faktum gibt es: Amerika verdankt seinen Namen dem Buch *Cosmographiae introductio* … (1507) von Waldseemüller und Ringmann. Das Werk enthielt eine

Karte aller Weltteile von den alten bis zu den jüngst entdeckten und jenen originellen, in Segmente zerlegten Globus zum Ausschneiden und Zusammenbauen, den Salaì am Ende von dem kleinen Torquato zurückerhält. Jahrhundertelang hielt man alle Exemplare der Weltkarte für verloren, bis gegen Ende des letzen Jahrhunderts plötzlich in einem Schloss in Deutschland eine Kopie auftauchte. Gegen Ende der 90er Jahre erteilten die Berliner Behörden unerwartet eine Sondergenehmigung für den Verkauf der Karte an die Library of Congress in Washington, obwohl das kostbare Stück zum unveräußerlichen deutschen Kulturgut gehört. Trotz heftiger Kritik an der Entscheidung kam es zum Verkauf, der dem Besitzer der Karte (dem Nachkommen eines alten Adelsgeschlechts) gut zehn Millionen Dollar einbrachte.

Eine andere unanfechtbare, doch von den Historikern nie beachtete Tatsache ist die zentrale Rolle, die das Elsass und seine Hauptstadt Straßburg bei allen großen Revolutionen der frühen Neuzeit gespielt hat: die Geburt des modernen geographischen Wissens und die wegbereitende Bezeichnung Amerikas als Neue Welt; das Entstehen der humanistischen Kultur und ihrer Grundlagentexte; die Verbreitung von Pamphleten und Traktaten, die das auslösende Moment für die lutherische Revolution darstellen sollte; zuletzt (doch zeitlich früher als alle eben genannten Phänomene) das geheimnisvolle Aufblühen des Handelskapitalismus. Verleger, Buchhändler, Ideologen, Politiker, Übersetzer, Prediger, ja sogar Geistliche, die am fernen päpstlichen Hof in Rom wohlbekannt waren: Tausend kleine und große Protagonisten dieser epochalen historischen Wendepunkte siedelten sich in Straßburg an oder machten dort Karriere. Die kleine elsässische Stadt mit knapp 270 000 Einwohnern spielte in der europäischen Geschichte eine Hauptrolle, die sie als Sitz des Europaparlaments noch heute innezuhaben scheint.

Man könnte einwenden, die *Cosmographiae introductio* sei in dem kleinen Ort Saint Dié in Lothringen gedruckt worden, also nicht im Elsass, das eine andere politische Einheit bildete. Doch wer genauer hinschaut [vgl. U. Obhof, *Der Erdglobus, der Amerika benannte. Die Überlieferung der Globensegmentkarte von Martin Waldseemüller aus dem Jahre 1507*, in: *Neue Welt und altes Wissen – Wie Amerika zu seinem Namen kam*, Offenburg 2006, S. 47], entdeckt, dass der in Schnitze unterteilte Globus, der dem Buch beigefügt war, in Straßburg vorbereitet wurde. Waldseemüller und Ringmanns Werk (ohnehin waren beide dem elsässischen Ideologen Wimpfeling verbunden) ist also in gewisser Weise auch mit den intellektuellen Kreisen des Elsass verknüpft.

Nach der Veröffentlichung der *Cosmographiae* gerät Columbus für eine Weile in Vergessenheit, und Vespuccis Stern als Entdecker der Neuen Welt geht auf. Doch man muss bis zur Geschichtsschreibung des 19. Jahrhunderts warten, um zu gewahren, dass die Entdeckung der Neuen Welt nicht so verlief, wie die Vulgata glauben machen wollte. Der Durchschnittsleser, der die Patina der offiziellen Versionen abkratzt, findet nicht nur sehr wenige gesicherte Wahrheiten. Eine strenge Prüfung der historischen Quellen ergibt sogar, dass es sich bei mindestens zwei der vier Reisebeschreibungen, die Vespucci berühmt machten, um Fälschungen oder Lügen handelt (Stefan Zweig nannte die Bezeichnung Amerika einen «Irrtum», Emerson schimpfte Vespucci einen «Dieb» und «unbedeutenden Schiffsjungen», der an einer Entdeckungsreise teilgenommen haben wollte, «die niemals stattfand»); dass auch andere hochgeehrte Entdecker wie Verrazzano und Caboto im Verdacht der Übertreibungen, Betrügereien und Täuschungen stehen; dass das berühmte Buch des Sohnes von Christoph Columbus über die Heldentaten seines Vaters mit ziemlicher Sicherheit ein Schwindel ist; dass man angeblich verlässlichen Zeitzeugen der Entdeckung Amerikas wie Pietro Martire d'Anghiera (1457–1526) leichten Herzens die Verantwortung für Hunderte gefälschter Dokumente zuschreibt und so weiter. Andererseits gibt es, um innerhalb des eingeschränkten Horizonts von Salaì zu bleiben, kein einziges Gemälde Leonardos, bei dem da Vincis Urheberschaft nicht in Zweifel gezogen wurde.

Wenn die Taten der Entdecker der Neuen Welt hinter den Nebelschleiern der Lügen nicht mehr zu erkennen sind, wenn Straßburg die heimliche Kommandozentrale von allem ist – gibt es dann womöglich wirklich ein großes Komplott? Wie auch von Gelehrten bemerkt wurde, die gegen Paranoia immun sind [vgl. A. Ronsin, *Le nom de l'Amérique*, Strasbourg 2006, S. 185], stellt Waldseemüllers Karte die Umrisse der Ostküste Südamerikas recht genau dar, obwohl der Teil des Kontinents damals noch nicht erforscht war und man nicht einmal wusste, dass er von Asien getrennt ist. Dieses unerklärliche Faktum hat natürlich zu unzähligen Spekulationen angeregt. Sollte die Erklärung wirklich das große Komplott sein, wird man die Hintergründe erst dann genauer untersuchen können, wenn Autoren, Verleger und Kritiker aufhören, den Horizont mit kitschigen Pseudokomplotten von Päpsten, Tempelrittern und Freimaurerlogen zu vernebeln, wie die Leserschaft sie bis heute stoisch schlucken musste.

Wir sind jedenfalls bei unseren historischen Recherchen nach wie vor nur auf heimliche Zusammenkünfte von Marionetten gestoßen, die felsenfest davon überzeugt waren, alle zusammengenommen der große Drahtzieher zu sein.

Was die anderen Quellen betrifft, aus denen wir für dieses Buch schöpften, so verweisen wir auf unseren vorhergehenden Roman *Die Zweifel des Salaì.* Der Satz von Dorothea «Ich will lieber eine Ungerechtigkeit begehen als Unordnung ertragen» stammt von Goethe (zitiert bei Stefan Zweig, *Die Welt von gestern*).

Zuletzt mag uns der geneigte Leser nachsehen, dass wir uns in diesem Buch so dreist bei den Namen von Figuren und Autoren der italienischen Literatur bedient haben (Renzo und Lucia, Alighiero, Rubè ...). Wenn der Bestseller-Trash keine Skrupel hat, den armen Dante Alighieri in obskure esoterische Ränke und andere kitschige Albernheiten zu verwickeln, sei es dem völlig ungebildeten Salaì erlaubt, die Väter der guten Literatur auf seine Weise zu ehren. In Erwartung, dass das große Pendel der Geschichte seinen Ausschlag früher oder später wieder korrigiert.

MIX
Papier aus verantwortungsvollen Quellen
FSC® C083411

Das für dieses Buch verwendete FSC®-zertifizierte Papier
Pamo Super liefert Arctic Paper Mochenwangen, Deutschland.